わりなき恋

岸惠子

幻冬舎

わりなき恋

目次

装幀　三村 淳

プロローグ

二〇一一年　初秋

夏というには、空の青が高かった。

東京駅の構内は、人が群れかえっていたが、二十二番線のホームは、間もなく発車する新幹線に、乗客は既に収まり、まばらになった人びとの間に、背の高い一人の男が立っていた。

男は階段の方角を見ていた。

その時、まるで、歌舞伎の舞台からせり上がるように、一人の女が浮き上がってきた。エスカレーターから全身を現した女は男に向かってほんのすこし紅潮させた頬で走ってきた。

「また、待たせちゃった。今日こそは三十分ぐらい前に着いて、あなたを待っていたかった」

「待つ女は似合わないよ」と、男が言った。

女は男から視線をはずし、遠い眼をして呟《つぶや》いた。

「また秋が来てしまうわね」

「すこしさびしいな」とつけ加えた。

「夏の終わりのつくつくぼうし、あれはほんとにさびしいね」と男が言った。

「来る秋はさびしいけれど……でも、秋には秋の華やぎがあるわね」と女はほほ笑んだ。

「あのね、手紙を書いたの。久し振りに書いた手書きのラヴレターよ。電車のなかで読んでね」

男はちょっと眩《まぶ》しそうに女を見た。その顔が途方もなくさびしそうに笑った。

発車のベルが鳴った。

うっすらとしたその笑顔のまま男は電車に乗り、間もなくドアが閉まった。滑るように走りだした電車はあっという間に加速して飛び去っていく。

その後ろ姿を見る女の顔に、ゆれるような、ほほ笑みが浮かび、その奥に隠れていた、沁《し》みいるようなさびしさや、懐かしみが、溢《あふ》れだして、頬を濡らした。

ほほ笑みが消えたとき、電車の姿も消え去っていた。


夕暮れどき、遠慮したようにまたたきだした銀座のネオンのなかを女は歩いた。

ついこの間、男にぴたりと寄り添って歩いた道をなぞるようにして歩いた。

東日本大震災から半年以上が経《た》ち、ひところより活気を取り戻した銀座の表通りは、女が憶《おぼ》えている「銀座の柳」の面影などどこにもなく、世界に名を馳《は》せる高級店ばかりが並び立ってはいるが、節電のせいもあって蒼《あお》ざめている。

それでも若い人たち、もうあまり若くない人たちの群れがそれぞれの賑《にぎ》わいで、ゆったりと、けれどどこかせわしなく行き交っている。女は、『ＦＡＲＯ《ファロ》（灯台）』というレストランのあるビルの前を通りかかり、ちょっと足を止めて、「灯台」から漏れる明かりを、見あげた。

灯台の明かりを頼りに、女の航海がはじまるのだ。

止めた足を人の往き交う雑踏のなかに戻した女は、視線を遠くに結んで、ゆっくりと歩いた。

肩に羽織った淡い色の長いコート・カーディガンがほっそりとした体にまとわりついたり、ビル風になびいたりして、束の間、人の流れに添う浮草のようにはかなく揺れ、あっという間に雑踏に呑《の》み込まれて見えなくなった。

プラハの春

二〇〇五年、春。

伊奈笙子《いなしょうこ》は、成田発パリ行きの飛行機に乗るのをためらっていた。バブルがはじけて既に十数年、世の中それほど景気がよいわけでもないだろうに、この日のファーストクラスは満席で、やっと取れたのは三列目の通路側、しかも隣まで塞《ふさ》がっているという。

「隣が空席になるのは、今のところ、五日後になりますし、それさえ確かではないですよ。直前に予約が入ることもあるし、ま、賭けのようなものですね。それでもお一人席がお望みですか」

「空を飛んでいるときくらい独りで、黙って、自由な気分でいたい。話しかけられるのがいやなの」

「といっても後部に一席だけポツンとある一人掛けの席はおいやでしょう」

「いや、みんなから見られて晒《さら》し者になったみたいでいや」

「その席でさえここ当分空いていませんがね」

「ご繁盛で結構ねえ。世の中、不景気でもお宅サマには関係ないんだ」

「とんでもない。火の車ですよ」

笙子のフライトに特別な配慮をしてくれる航空会社の知り合いは、めずらしくかなり悲痛な声をあげた。

迷った末、結局この日に決めたのは、贅沢《ぜいたく》を言ってパリ到着が遅れては、ブルターニュのロケハン（ロケ地の下見調査）を、現地のコーディネイターとパリのスタッフに任せることになる。性分としてそれはできない。


伊奈笙子は、舞台を国際的規模でひろげる、かなり優秀なドキュメンタリー作家である。得意とするのは、ヨーロッパを中心とする、その近辺、東欧や中東、ロシア、アフリカにまで及ぶ範囲を、人道的視点で、それぞれの文化や、歴史的変遷を分かりやすく、映像で繋《つな》いでいくことである。

かつて、日本で起きた国際的スパイ事件を克明に調べて、ドキュメンタリー映画に持ち込んだこともある。

軽い物語などのナレーションは彼女自身が受け持つが、適当なパーソナリティーが見つからないときは、ためらわずに画面に出た。そのせいか、すっかり顔が馴染《なじ》まれてしまった。

映画などの衣裳デザインも手掛けるし、エッセイも書くが、マルティタレント、などという出来合いの言葉を忌み嫌うある種の矜持《きょうじ》をもっている。

もっと簡単に言えば美意識なのだが、そう言いきってしまうと忸怩《じくじ》たるものも感じる。とはいえ、これまでに誰も彼女に対してそんな表現を使ったことはない。

彼女は世間というものが、自分で物事を見極めたり、考えたりすることに怠惰で、大勢に流され、柔軟性に欠け、ちょっとでも異質なものは出来合いのカテゴリーに嵌《は》め込んで雑に始末してしまうことに抵抗したいのだ。ということは、彼女は自分がどんなカテゴリーにも入り得ない不便な生き物だと思っている。

別に偏屈でもないし、ざっくばらんで人付き合いもいい。ただ、自分の信念だけは徹底的に貫く。義理も人情も切り捨て、いかなる利害が絡《から》もうと、頑《かたく》なほどに自分を忠実に生きる。さしたる考えもなく、世の流れに簡単に迎合して楽に生きている人たちから見れば、かなり面倒臭い女のようにも思われがちだが、生来のお人好しで、底なしにやさしいところもある。

それがときどき仇《あだ》となる。仇となって返ってきた不都合を（またやっちゃった）と臍《ほぞ》を噛みながらも、相手も自分も恨みはしない。自分の早とちりを美徳だと信じるしあわせな性分の持ち主でもある。

混み合ったラウンジを出て飛行機に向かいながら笙子は夢想の賭けをした。乗るはずの隣人が何かの事情で急に乗れなくなる。それも出発寸前にその「事情」は起きなければならない。

空席待ちの人びとに連絡しても間に合わないほどの間際でなければ意味がない。すこし異常なほど笙子はその日「独り」に拘《こだわ》った。

このころのファーストクラスの座席は、路線や機種によっては既にカプセルのように独立したソロシートになっていたが、成田―パリ航路はそんな機種の導入が遅れていて、この日も従来どおり二席ずつ並んだシートが左右に四列ほどあり、通路が広く膨らんだスペースにたった一個のソロシートがある。笙子が晒し者席といって避ける座席である。

常連は多くの場合、最前列の窓側を希望する。最前列は足元に広いスペースがあり、ほかの乗客の気配を感じることもない。そのうえ、乗客が少ないときは隣を空けてもらう。笙子は運がいいのか、航空会社が気を遣ってくれているのか、これまでの長い年月、隣に人がいたことは二度しかない。

ゆったりした気分で無人の隣席に手荷物やら雑誌やらノート類を並べ、そのくせ、読むでもなく、書くでもなく、空の上の無国籍地帯のなかで、誰へも、何への気兼ねもなく、無心で漂う時間に、日常と切り離された安らぎを感じる。そのためにファーストクラスの切符を買う。秘書はエコノミーで自分はファーストといういわゆる社費旅行のおエラい方々より、身銭をきって為《な》す自分の唯一の贅沢のほうがよっぽど上等だ、と笙子は思っている。

人嫌いではないのだが、基本的に独りでいるのが好きだった。

その日、笙子の賭けは吉と出た。と思い込んだ。超満員の機内で、笙子の隣だけが無人なのだ。離陸まであと五分になっても、窓側の隣席は空のままである。

「ラッキー」と低く呟いて、脱いだコートを空席に投げ、朝刊を大きく開いたとき、新聞の端がざっくりと折れた。

「あ、失礼しました」

男の声だった。新聞を開くのと、「事情」などなかった隣の乗客が笙子の前を通って席に着こうとしたのが同時だったのだ。

「こちらこそ、失礼しました」

がっかりした思いが声にまで出て慌てて引き上げたコートを「それ、こちらでお預かりしましょう」と、男性客を案内してきたキャビンアテンダントが、ほぼ否応《いやおう》なしに掬《すく》い上げて、「ハンガーにお掛けしておきます」とにっこり笑った。(勝手にしろヨ)。なんとなく、それこそ勝手に気分が乱れた。

ほぼ十二時間同席しなければならない隣人は、持ち込んだカバンを席に置いただけで、後方に消えた。次に現れたときにはチャコールグレーの機内用パジャマを着ていた。離陸間際に乗り込んでそのままパジャマに着替える手際のよさが、旅慣れたビジネスマンを思わせた。

離陸した飛行機には静電気が放つ独特の臭いが充満し、けだものが唸《うな》るようなエンジンの低い音が蔓延《はびこ》る。いくらファーストクラスでも、満席になると空気が重い。

笙子は「凶」と出た賭けに観念して、お決まりのシャンパンを飲み、昼食までの間すこし眠ろうと思った。アイマスクと、機内の埃《ほこり》混じりの空気を遮断するハニカムマスクを鼻につけ、レシーヴァーから流れてくる落語を聞きながら、みっともないほどの完全武装をしてシートを倒した。うとうとしているうちに本格的に眠ってしまったらしい。

あたりに食器の音や、人の気配がしてシートを起こすと、前列のほうは既にテーブルセットが整っている。熟睡したのはほんの十五分ぐらいだった。

ふと見ると隣人が左手に赤ワインのグラスをもち、その前に立ててしまったテレビスクリーンに邪魔されながら、右手一つでシート脇に収めてあるテーブルを取り出そうと苦戦している。二人の間にあるかなり広い肘掛《ひじかけ》に置けばいいのだが、気流が悪いのか揺れがひどいので、置かれたグラスは滑り落ち、ワインは飛び散ることだろう。

「お持ちしましょうか？」

笙子は思わずワイングラスに手を差し伸べた。

「あ、ありがとうございます。大丈夫です。ご親切にどうも」

男は恐縮したような笑い声で、軽く頭を下げ、見るからに大丈夫ではない悪戦苦闘を続けていた。「どうも」と頭を下げたとき、ちらっと見えた横顔に小さな笑窪《えくぼ》が浮かんでいた。揺れがひどくなりグラスのなかでワインが騒いでいた。

（勝手に遊ばせ。これっぽっちのご親切、受けたらいいのに、日本の男はええカッコしいでダッメねえ）と笙子は心のなかで毒づいたが、その様相といえば、アイマスクを額にずり上げ、耳にはおおきなレシーヴァー、おまけに白いハニカムマスクが鼻と上唇を覆っていて、見えているのは眼と顎だけだった。女として、他人に見せられる顔ではないし、きわめて無様な姿である。

笙子がそれらをはずしたのは、昼食のサーヴィスがはじまる寸前だった。慌ただしく過ごした旅立ちの前日は食事を摂《と》る余裕もなく、お腹はスカスカに空いていた。旺盛な食欲でオードブルも、「血が滴るほどのレアーにしてね」と頼んだサーロインステーキも、飢餓児童のようにきれいに平らげた。

隣人は、キャビンアテンダントがきれいにセットしたテーブルで、ゆったりと和食を食べていた。両者の間には顔の位置に小さい衝立《ついたて》状の仕切りがあるので、身を乗り出さない限り顔を合わせることはない。

メインが終わると笙子の興味は、チーズにもデザートにもなく、食後酒のワゴンを待って、コニャックを選んだ。行き過ぎようとするワゴンの上の四角い銀皿にチョコレートが五個ずつ五列並んでいるのを見て、呼び止めた。

「いただくわ、チョコレート」

「はい」

若いキャビンアテンダントは小首を傾《かし》げてにっこりした。

「どれにいたしましょう」

「この列のトリュッフ・オ・ショコラ全部」

「五個全部お取りしますか？」

可愛い顔が面白そうにほほ笑んだ。

「お取りじゃなくて、何かに包んできてくださる？　今じゃなくて、パリへ着いてから、今夜寝る前に食べたいの」

「寝る前に五個も召し上がるのですか？」

「そう、不眠症だから、苦いチョコレートをビールとかシャンパンとか泡立つもので食べて、睡眠薬を飲むと四、五時間は熟睡できるの」

不眠には無関係にちがいない健康そうな顔が驚いている。

「お体に悪いですね」

「まだ生きているから、大丈夫よ」

離陸してすぐ仮眠をとったせいか、コニャックまで飲んだのに上手《うま》く寝付けなかった。映画を観ても、本を読んでも落ち着かない。隣に人がいるだけで、自由を阻害されたような不機嫌な気分になっている。

その隣人は静かである。座席はすでにベッド状に倒してあり羽毛の布団まで掛けられているのに寝息も聞こえず、寝返りも打たず、その静かな存在感で笙子は落ち着けない。話しかけられるのはいやなくせに、あまりにも静かだとそれはそれで妙に気になる。

出発前の一週間、根を詰めて資料を読みすぎたせいか神経が立っている。疲れているんだと納得してしかたなくシートを倒した。あちこちで低い話し声がしたり、かなり豪快ないびきまで聞こえるなか、笙子はいつの間にか眠っていた。

「失礼ですが、伊奈笙子さんですか？」

終始無言だった隣席から突然声をかけられて、驚いた。パジャマ姿ではなく、スーツに着替えていた。「日本株式会社色」と笙子が名づける紺色だった。

「ええ」

パリ到着三時間ほど前のこと、笙子は気乗りのしない脚本を、読み直しながら断る理由をメモ書きしていた。

「パリへお帰りですか」

「いえ、パリへは行くんです」

「は？　では今は日本にお住みなんですか」

「いいえ、日本へも行くんです」

私が最後に帰るとしたらどこなんだろう、と思いながら、ぼんやりと答えた笙子に男は黙った。

「パリへいらっしゃるんですか？」

当然よネ、と思いながらも珍しく会話を紡《つむ》いでみた。

「いえ、ぼくは、プラハへ行きます」

とんちんかんな会話が、男の言葉で笙子のなかにある風景を蘇《よみがえ》らせた。遠いむかしの霧に包まれたプラハ旧市街のカレル橋。そこに立っていたまだ若かった笙子。その橋がパリのアレクサンドル三世橋にオーヴァーラップして、黄金色の残照を浴びている。

プラハから亡命してきた青年の、シャタン色の髪がセーヌの川風にそよぎ、寒さに凍えた手が笙子の頬を挟んで、冷たい唇が、わずかな熱を帯びて頬をかすめていった。パリでいちばん美しいといわれるアレクサンドル三世橋に夜がはじまり、煌《きら》めきだした無数のネオンの光を受けて、青年のほっそりしたシルエットがくっきりと浮かんだり、影のなかに溶けたりしながら、笙子の視界から消えていった。それが現実のことだったのか、自分の創作であったのか忘れるほどの歳月が、その時から経っていた。

「夕陽を浴びて、あかね色に流れていたヴルタヴァ川は、今もあのままなのでしょうね」

相手に聞かせるというよりモノローグのように呟いた笙子の言葉に、男は驚いたように反応した。

「プラハにいらしたことがおありなのですか」

「ええ、三回ぐらい。はじめて行ったのは凄い大昔です。チェコに革命が起きた一九六八年の五月」

「え？　あの『プラハの春』と呼ばれている革命ですか？」

「ええ、『人間の顔をした社会主義』をスローガンに掲げてソ連型共産主義からの脱皮を図った、ドプチェクの革命です」

「伊奈笙子さんは、あの時プラハにいらしたんですか！」

「ええ、もっとも何がソ連型で、何が人間の顔をした社会主義なんだか、さっぱり分からないほど若くて無知な旅行者でしたけれど」

「驚いたなあ。ぼくは大学生でしたけれど、あの革命には胸を熱くしました。青春時代にひどく興奮した世界史の一ページでしたね。社会主義に新しい未来が拓けると思ってドプチェクに、どきどきしながら拍手を送りましたよ」

ビジネスマンにしか見えない隣人の意外な言葉に興味をもった。

「かなしい結末になっちゃいましたけれどね」

思わず言葉を継いだ。

「ドプチェクがソ連軍に逮捕されたときはほんとうにショックでした」

静かな印象をうける男の顔に、若いときの焔《ほむら》のようなものが垣間《かいま》見えた。笙子はミラン・クンデラが『存在の耐えられない軽さ』のなかで描いた、ソ連軍から受けた酷《ひど》い拷問の後、ドプチェクがとぎれとぎれにしか話すこともできず、あらゆる意味で人間としての存在を徹底的に破壊されたという記述を思い出していた。

「淡雪のように蹴散らされた束の間の『春』でしたね」

応えながら、その時から流れていった幾歳月を思った。

あれから三十七年。パリとプラハに起こった二つの革命がそれぞれに苦く、無残な終焉《しゅうえん》を迎えたその年から、ちょうど三年目の暮れに、笙子は飛行機事故で夫を亡くしていた。

「クリスマスまでには帰る」と言って、愛娘《まなむすめ》、テッサを抱きしめた夫は、ブルーグレーの瞳で笙子を見つめていた。惹《ひ》き込まれるように魅力的だったあの瞳に見つめられることは、もうない。

骨まで砕けるような激しい絶望と悔恨。蹴散らされた愛や夢。こころに嵩《かさ》んでゆく暗い瓦礫《がれき》の山。長かった独りで歩く道。独りに馴染みきったまだ若い笙子の前に現れたいくつかのまぐれ火のようにたわいもない恋。束の間の錯覚と失望。煩悩。

やがて仕事に傾いていった笙子に湧き起こってきた凄まじい力と、突き抜けた明るさ。独り生きることの覚悟。ソ連戦車に圧殺されたチェコがほぼ二十年後のビロード革命でやっと自由化を手にいれて立ち直ったことを考えると、国と個人という大差こそあれ、笙子という女は、しなうように強かった。

けれど、女の一生が詰まった夥《おびただ》しいそれらの記憶も、今、音もなく静かに、淡雪のように消えて、自分から遊離していく、と笙子は感じていた。容赦なく刻まれる「時」の無表情な歩みのなかで、笙子は女としての終盤を迎えていた。

「ソ連は黙って見ていなかったわけです。ワルシャワ条約を振りかざして戦車がチェコスロヴァキアを蹂躙《じゅうりん》したのは、八月二十一日の朝でしたね」

隣人はまだ情熱を掻き立てられた若い日々に浸っているようだった。その情熱はじわじわと笙子にも点火した。

「現地時間では八月二十日の深夜でした」

「そうか、時差がありますよね」

「翌日の二十一日には、全土を占領下に置いていましたもの。惨《むご》たらしいほどの早業でしたね」

「それにしてもお詳しいですね」

「ええ、そうならざるを得ない状況を自分で作ってしまいましたので」

男は笙子を黙って見つめた。

笙子も機内であることなど忘れて、当時のプラハの街の状況を思い出していた。街なかにある広大な公園でまだよちよち歩きだった娘のテッサが、木々に駆け登るリスを見て声をあげて喜んだこと、夜、ホテルにパパが帰ってくると、リスの真似《まね》をしてその背中によじのぼって甘えていたこと。光が満ちていた親子三人のしあわせだった日々。それらの向こうでドプチェクが進める改革が、滔々《とうとう》と流れるヴルタヴァ川の波に揉《も》まれて、浮いたり沈んだりしている光景が笙子の脳裏にひろがった。

「さきほど、ソ連は黙って見ていなかったっておっしゃいましたよね。私の夫もそう思っていましたし、同じことを言ったチェコの青年がいたんです。さっきも申し上げましたけれど、当時、私は政治とかイデオロギーとかにさしたる関心も知識もなく、『プラハの春』ってどこに咲いているんだろう、なんて軽々しい気分でノンシャランと町見物をしていたとき、呼び止められたんです。ドルをおもちじゃないですかって。プラハの医科大学の学生が二人、切羽詰まった様子で闇ドル買いに必死になっていたんです。その蒼ざめた顔を見て、あ、プラハは革命の真っ最中なんだ、と、ちょっと短絡的にというか、直感的に呑み込めたんです。亡命資金を集めているということが」

「何語で話されたんですか？」

「一人は英語、もう一人はフランス語、それも驚くほど流暢《りゅうちょう》なんです。『ぼくたちの国は母国語だけを知っていれば生きていけるほど強くはないんです。できることなら国境を接している国全部の言葉を話せるようになりたいくらいです』と言っていました」

「そうなんでしょうね」

「それを聞いたとき、弱者のかなしみや、絶望が分かった気がして、翌日からドル払いでガイド役を頼みました。でも、せっかくドプチェクが命がけで改革を進めているのになぜ亡命を考えるのか不思議で、訊《き》いてみたら、ちょうどそれがカレル橋の上の夕暮れどきで、ヴルタヴァ川の向こうに沈んでゆく太陽の残照を浴びて、フランス語の上手い方の学生が、真剣な顔で叩《たた》きつけるように言ったんです。『ソ連が黙って見ていると思いますか』って」

「ソ連は黙って見てはいませんでしたね。無残なほど徹底的に革命を蹴散らしましたね。それからその青年たちはどうなったんでしょう」

「夫と私が亡命先を提供しました。田舎にある家に、あの年の夏のはじめまで」

「え？　二人とも？」

「いいえ、みんなで四人。夫は医者で、プラハへは医師会の仕事で革命の奔《はし》りのころからたびたび行っていて、もともとドプチェクのシンパでしたので、当然の成り行きでした」

「驚きました。ぼくが若いころ、胸を躍らせた『プラハの春』に、伊奈笙子さんが関わっていらしたなんて、思ってもみませんでした」

「関わったなんて、そんなたいそうなことじゃありません。でも、パリに起こった『五月革命』の最中にいて、ゼネストであらゆる交通機関が麻痺しているそのパリから、内容の異なったもうひとつの革命のただ中に飛び込んだのですから、いくら世間知らずの私のなかにも地殻変動のようなものが起こりまして、ルポルタージュ・エッセイというか、小説というか、虚実ないまぜのものを書きました」

「本もお出しになっているのですか」

「ええ、もしプラハにたびたびいらっしゃるのでしたら、読んでいただきたいわ。かなりの自信作です」

笙子は自画自賛を自らからかうように、ちいさく笑った。

「プラハへは月に一度、多いときは二度行っています。ご本はかならず拝読させていただきます。申し訳ありません。お名前は存じ上げていましたが、国際的に活躍なさっているということだけで、実はお仕事そのものを拝見したことは一度もないのです。さきほど、フランスへの入国書類を書き込んでいらしたとき、偶然眼に入ってしまって思わず声をおかけしました」

男はちょっと照れくさそうに言った。

「あ、私、横着で、テーブルも出さずに、肘掛の上で書きましたものね」

「お蔭《かげ》で、プラハのお話が聞けました。実は飛行機はいつも隣りを空けてもらっているのに、今日は満席で、しかも隣りが女性と聞いて参ったなあ、と思っていました。飛行機のなかでこんなに話が弾んだことは一度もありません。いや、話しかけたこともありません。六、七年前から一年に十数回ヨーロッパ―東京を往復していますが、お会いしなかったのが不思議なくらいですね」

「いっしょの飛行機だったことはあったかもしれませんね。でも、私も隣りを空けてもらっていたので、お会いするわけがありませんでした」

飛行機は着陸態勢に入っていた。男はそう若くはないのに若々しく、美男というほどではないのに、なんとはない魅力があった。

「大変野暮なことですが、ビジネスマンの悪癖で、つい名刺を出してしまいました」

「私は名刺をもちませんので」

男の名刺を受け取り、笙子は読んでいたシナリオのページを破いて、パリの電話番号だけを書いた。

「あ、熱心にお読みになっていた脚本じゃないですか！」

「いいえ、断るつもりのシナリオです。映画の演出ははじめてなので、かなり期待してはいたのですが……」

何年も前から、映画の演出をと言われ、その気になった笙子にときどき送られてくる脚本はどれも気に入らず、二十年ほど前に本腰を入れて書いた彼女自身の脚本は、伊奈笙子らしくない、社会派すぎるといってスポンサーから敬遠された。「笙子の魅力は中身と外見のミスマッチなのにね。誰もそこまで見抜かないのね」と、大事な友人である女優の桐生砂丘子《きりゅうすなこ》が慰めてくれたものだ。

遠いむかしに思いを翻《ひるがえ》しているうちに飛行機は成層圏の澄み切った真っ青から、森やビル群がひろがる地上に近づいてきた。それは紛れもなく見慣れたパリ郊外の風景だった。隣人とはその後、一九六八年を前後として、世界中に巻き起こった、既成の体制の改善を求める学生運動や、ヴェトナム戦争反対デモの話などをして、笙子がひそかに男の年齢を計算しようとしているとき、

「いや、今の若い人たちは、あんなに熱い時代があったことさえ、知る人は少ないでしょう。ぼくはかなり早熟な子供でした。でも飛行機のなかでこんな話ができるとは、思いもよらないことでした」と言った後で笙子の思惑に応えるように笑って付け足した。

「ぼくももうじき還暦です」

胸中を見透かされて笙子も笑った。

「私、年齢に関しては、端数は切り捨て、そのうえ勝手に七掛けの人生と決めていますので、厚かましいことに、今も女盛り真っただ中のつもりです」

こぼれたほほ笑みに女が咲き、その花びらの陰に彼女特有の鎮まったさびしさがあった。それは幼いときから纏《まと》っている孤独というもう一枚の皮膚でもあった。

「すばらしい方とお目にかかりました」

男の笑顔にまた小さい笑窪が浮かんだ。

乗客が立ち上がっても飛行機のドアが開くまでに時間がかかった。あれほど隣りに人がいることを拒み、独りに執着していたのに、未知の男とのお喋《しゃべ》りで、胸のなかに爽快感《そうかい》が宿り、気分が晴れ晴れとしている自分を笙子は訝《いぶか》しんだ。男は笙子の好みのタイプではなかった。

ただ、その話しぶりが静かで、底に潜んでいそうな知性や、骨太そうなプライド、それを裏付けるしたたかな人生経験のようなものが笙子を捉えた。二度と会うことのないだろう男の顔をもう一度見ておきたいと思った。

「いい、長旅でしたね」

別れの挨拶のつもりで振向きざまに声をかけたら、似ても似つかぬ男がきょとんとした。

「失礼しました」

そうか、隣人は、乗ってきたときのように、ドアが開いてみんなが降りてから、おもむろに立ち上がるのだろうと思いながら、もう振向かずに速足で歩いた。笙子の意識はすみやかに翌日から取り組むドキュメンタリーに移っていった。

シャルル・ド・ゴール空港は混み合っていて、荷物待ちの笙子の後ろから声がかかった。

「伊奈さん。ぼくはプラハへの乗り継ぎがあるので、ここで失礼いたします。ご機嫌よう」

屈託のない笑顔だった。

「お元気で行っていらっしゃいませ。さようなら」

はじめて全身を見せた男は背が高く、機内持ち込みのカバンとスーツ・ホルダーを軽々と持って人込みのなかへ消えていった。

「あ、九鬼《くき》さんとごいっしょでしたか」

迎えに出てくれた航空会社の人が言った。

「クキさん?」

「偉い方なんですよ」と会社の名前を言ったが、雑踏にかき消されて聞きとれなかった。

「偉い方が秘書も連れず、手荷物だけで海外出張ってめずらしいわね」

「いつもお一人で、身軽ですよ。伊奈さんと同じようにウチの大事なお客さまです」

タクシーに乗ってから名刺を見たら、九鬼兼太《けんた》とあった。

ブルターニュ

スタッフの待っているパリへ着いてから、笙子は時差の調整もせず、翌日の新幹線でブルターニュの主都レンヌまで行き、そこから土地のコーディネイターの車で、奇岩が群居するグラニット・ローズ海岸へ向かった。

「大丈夫ですか。一日休んでからの方がよかったのに。笙子さん時差に弱いじゃないですか」

スタッフが心配した。

「だからすぐ行動したほうがいいの。時差に気を遣っていたら二週間ぐらい使い物にならないのよ。それに日本から来るときは、太陽とともに東から西へ向かってくるから楽なのよ。太陽に逆行して飛ぶと大変」

とはいえ笙子はかなり疲れていた。


その地形から、しばしば「六角形」と呼ばれるフランスは、その地方、地方によって際立った特徴があり、信じられないほどのバラエティーに富んでいる。今回、そのなかの一地方を選び、歴史を含めての文化や、風俗などをドキュメントふうに撮る、という企画が持ちこまれたとき、笙子はためらわずにブルターニュを選んだ。

「六角形」の左上に位置し、大西洋と英仏海峡のなかに突き出たフランス北西部を占める半島。古くはアングロサクソンから追われたケルト人によって開拓され、九世紀にはブルターニュ公国として独立し、地方によってはいまだにフランス語と併用して「ブルトン語」を話す誇り高い人びと。

グラニット・ローズ海岸に近づくと、空模様がただごとでない動きで刻々と変化してきた。天空の高みから降りかかる陽差しを受けて、真っ赤に染まったちぎれ雲が、低く垂れこめた黒雲の裂け目を割ってまるで生き物のようにくねくねと漂っている。波が高く舞い上がって、粒の荒い飛沫《しぶき》が、満潮の波打ち際まですすんだスタッフに襲いかかった。

「なんだかひどくエロティックだな」

誰かが感に堪えたように呟いた。赤やむらさきに染まった小動物のようなはぐれ雲は、妙にもやって厚ぼったく、舌舐《したな》めずりをしている淫乱《いんらん》な女のくちびるに見えなくもない。

「あのちぎれ雲、サン・マロの海賊がシンボルとして首や頭に巻いていた赤いスカーフにも見えるわね」と、笙子は、優秀なコーディネイターであり、良き相棒でもある植木哲《うえきさとし》に呟いた。

笙子は、大航海時代の海の男たちの話にロマンを感じた。十七世紀ごろのフランスには、ヨーロッパの多くの国がそうだったようにまだ「海軍」がなく、交戦中だったイギリス船が英仏海峡に現れるや、「コルセール」を名乗る荒くれ男たちが蛮勇を振るって襲いかかり、略奪の限りを尽くした。

「敵国の船を略奪して、その収益の一部を国王に納めていたんだから、すごい時代だったのね」

ローズ色の光に輝きながら笙子が植木哲に話しかけた。

「相変わらず話が飛びますねぇ。サン・マロのロケハンは三日も先ですよ。それにしても、なぜ今、十七世紀の海賊団の話を盛り込むんですか」

親子ほど年がちがう植木哲だが、何事にも逸《はや》る笙子にブレーキをかけるのが自分の役目だと思っている節がある。

「だって、アクチュエルでしょ？」

「なにがアクチュエルなんですか」

「海賊が」

「え？」

「まだそれほど騒がれていないけれど、もうかなり前から東アフリカのソマリア沖にどこからともなく、兇暴な海賊船が現れて、インド洋を航海する商船の脅威になっていることは、知っているでしょう？」

「知っていますけれど、話をひろげすぎないほうがいいな。笙子さんの悪い癖ですよ」

「今に国際問題になるわよ。国連も乗り出してくると思う」

「だからと言って、時代も発生の状況もちがう海賊団の結びつけには、無理があるなあ」

「結びつけないわよ。ただ、あなたが言ったように時代的背景も発生事情もちがうけど、世界のおおきなうねりのなかで、今、『海賊』なんていう前時代的なバルバロイが跋扈《ばっこ》するなんて、なんなんだろうと思っているの。もともとは、ソマリアの内戦の煽《あお》りで魚を輸出できなくなった漁民の反乱からはじまったことらしいけれど」

「笙子さんらしいなあ、顔や姿に似合わず、荒々しい男たちの話が好きなんだから。いっそのこと、『コルセール』とほぼ同時代に、海賊大名の異名をとった九鬼嘉隆《よしたか》の話でも引き合いに出した方が、日本人には馴染みやすいかも知れない」

端整な顔立ちの植木哲は、いつも端正な提案をする。

「クキヨシタカ？　何それ、ぜんぜん馴染みなんてないわ」

「信長が伊勢長島の一揆《いっき》を鎮圧したときに、海上から援護して猛勇を振るった荒武者ですよ。九鬼水軍として海で暴れ回ったから、海賊大名なんて呼ばれたけれど、茶道にも造詣《ぞうけい》が深く、なかなかの粋人だったそうですよ」

「そうか、日本史はあなたの専門ですものね。伊勢湾あたりで、藤原のスミトモとかが海賊みたいなことを、したとかしないとか読んだ気もするけど、忘れちゃったわ」

「九鬼家は藤原氏から出ているとも言われているんですよ」

「クキって九つの鬼？」

「そうです。『「いき」の構造』を書いた九鬼周造《しゅうぞう》の九鬼」

「九鬼水軍の末裔《まつえい》か……へーえ、だとしたら面白いな」

笑うと片頬にちいさな笑窪を刻む男の横顔がふっと浮かんだ。

「そう言われていますよ」

「ううん、『「いき」の構造』の周造さんじゃなくて、飛行機で隣り合わせた人」

「え？」

初日の悪天候が嘘のようにブルターニュにしてはめずらしく快晴が続いた。

笙子は瞼《まぶた》をすこし重く感じた。ひどく喉《のど》が渇いていた。うっすらとした頭痛もあった。この年の初夏は例年にない乾いた暑さで、帽子も日傘もなく、砂浜からの照り返しにも無頓着で歩き回った笙子は、四日目から熱を出し、空咳《からせき》に悩まされた。時差がどっと襲いかかり、体の芯がふらついた。

「サン・マロのロケハンはぼくたちに任せて、パリへ帰った方がいいと思うな。撮影本隊が着いてから寝込んでしまったら、大変ですよ」

笙子は咳込みながら、植木哲が地元のコーディネイターにレンヌまでの車の手配を頼んでいるのを遮った。

「お願い。自分の体のことは自分がいちばんよく分かる。ほんとうにダメなときは、残れと言われてもさっさと帰る。哲、信用してよ」

「してますよ。笙子さんがぼくを信用してないだけですよ。自分が全部背負い込みたい悪い癖です。ぼくはそれほど無能ですか」

「サトシくーん」

笙子はだだっ子のように、人懐っこい眼で下から植木哲を掬《すく》いあげるように見た。

「やだな、狡《ずる》いんだから……そんな眼で見ないでください。どうせ好きなようにしかしないんだから」

　スタッフが笑うなか、笙子は好きなようにした。そして、サン・マロの城壁の上を歩いているときに、ふうーと視界がぼやけ頭から血が引いてゆくのを感じた。哲の助手であり、笙子の身の回りのことにまで気を配ってくれるマモルが買ってきてくれた体温計が三十九度まで上がっていた。

「降参。パリに先に帰っているわ」

　植木哲はほっとした顔をした。付き添ってゆくと言ってくれるスタッフもていねいに断った。弱っているときは独りでいたかった。

　それにしてもレンヌからパリ・モンパルナス駅までの新幹線は辛《つら》かった。日本のグリーン車にあたるフランスTGVのファーストクラスは、コンパートメントになっていて、テーブルを囲んでソファーが二つずつ並んでいる。快適な空間なのだが、日本のような車内販売がなく、二時間あまりの間、水を買ってこなかった笙子の喉は攣《つ》れるように渇いた。

　窓際に座って広いテーブルにお互い身を乗り出すようにしてささやいたりキスを交わし合っている若いカップルの前にそれぞれ一本ずつのペットボトルが置いてある。咳込みどおしで気兼ねだったし、何よりひどく苦しかった。駅に着くまでにまだ十分はあるというときに思い切った。

「あのー」

　蓋《ふた》が開いてもう半分ほどに減っているその水を飲ませてもらおうと、声を出しかけると、顔が重なるようにしてキスの連鎖がはじまった。笙子はしかたなく口のなかの唾《つば》を総動員して、一気にマモルが買ってくれた咳止め薬の粉を水なしで喉の奥に流し込んだ。途端に息ができなくなり、猛烈な咳の発作と同時に薬の粉がコンパートメント中に散乱した。

「オーラララーッ、水、水、水！」

窓際の女の子が慌てて飲みかけのボトルを渡してくれようとしたら、「新しいのがある！」と男の子の方が、手提げから、真新しいボトルの蓋を超スピードで開けて渡してくれた。

有難いやら恥ずかしいやらで、睫《まつげ》まで粉だらけにしながら、それでも水をゴクゴクと飲んでから「メルシ……死ぬかと思った……」と言ったら、まだ、粉薬がふわふわと出てきて三人で大笑いをした。

「気がつかなくてごめんなさい。水くらい、早く言ってくれればよかったのに」

男の子がやさしい目で女の子に相槌《あいづち》を求めるように言った。

「でも、お取り込み中だったでしょ」

粉だらけの顔で精いっぱい笑うと、「そうね」と女の子が賑やかに笑った。屈託のない華やかなハイティーンのすてきに明るい笑いだった。

ホームで別れて外へ出ると、時間帯が悪く照りつける西陽を浴びて、タクシー待ちの長い行列が恨めしかった。いやに光った灰色の道路が左右に傾いてゆっくりと揺れていた。マモルの咳止め薬はコンパートメントに散乱しただけで笙子の胃には入っていかなかった。

電話がかかったのは、熱もすこしひき、咳も間遠になったある夕方のことだった。撮影本隊が到着する前日でもあった。

「伊奈笙子さんのお宅でしょうか」

低い声になぜか胸がどきっとした。

「私ですが」

しばらく間があった。

「お声ですぐ分かりましたが、ご本人が直接お出になるとは思いませんでした。九鬼です」

「あ、九鬼さん」

後から思えば予期していたようでもあり、とてつもないほど唐突にも思えた。

「今、どちらから？」

「相変わらず、パリの空港にいます。プラハへの乗り継ぎを待っています」

「まあ大変！　あれからずうーっと？　二週間も？」

つまらない冗談が、不意の電話のぎごちなさを、一気に吹き飛ばした。電話の向こうの笑い声に気楽さが感じられた。

「おっしゃるとおり乗り継ぎの人生です。一度日本へ帰りましたが、なか二日でアセアン視察があり、また日本に三日帰り、今またプラハへ行きます。お元気でしょうか、ちょっとお風邪気味のようですが」

静かで落ち着いた声が懐かしくさえあった。

「ええ、ロケハンで炎天下の海岸を歩き回って、たぶん日射病に罹《かか》り、そのまま夏風邪に直行しました」

「いけませんね、熱は？」

「三十七度五分に下がりました」

「え？　とてもいけませんね」

「いけませんばかりの人生です」

相手は電話の向こうで、何かを言い淀《よど》んでいるようだった。そして、思い切ったような声で言った。

「じゃあ、もうひとつ、いけませんを増やしてもいいでしょうか」

「ついでです。どうぞ」

九鬼兼太は笑い声になった。

「ついで、ですか。じゃ、そのついでに便乗しようかな。実は、今回のプラハは二泊三日で、その後にパリで一泊の予定なのです。もし熱が下がって、ご気分がいいようでしたら、食事にお誘いするというのは、とてもいけませんでしょうか」

「フランス料理がよろしい？　でも、たぶん九鬼さんは和食党ですね」

「伊奈さん、すてきですね。ご承諾くださるのですね」

すてきというのは、食事をいっしょにすることなのか、あまりにも単刀直入な返事のしかたのことなのか、後者だとしたら、ちょっとはしたないかな、と思ってつけ加えた。

「熱に浮かされていますので」

「あ、熱のお蔭ですか。でもうれしいです。省略法がすてきですよ」

あ、そういうすてきか。「笙子ちゃんは、省略と見切り発車の達人ですものね」と、また桐生砂丘子の声が聞こえてくる。

「では、プラハに着いたらお電話くださいます？　予約がとれたら、店の名前と住所をお知らせします」


九鬼兼太は、セーヌ河畔の寿司屋に独りで立っていた。開店早々のせいか客はまだ一人もいなかった。約束の時間より五、六分遅れて着いた笙子を迎えるために席を立ったという感じではなく、はじめからずっと立ったまま待っていてくれたようだった。

笙子は黒地に黄色くて小さい花の飛んだクレープデシンの裾のひろがったスカートに、ウエストの締まった黒いジャケットを着ていた。一見、ちぐはぐな取り合わせがかえって眼を瞠《みは》るほど個性的に身についていた。アイマスクをずり上げイヤホーンをしていた第一印象とは別人のようだったにちがいない。

「近くの私が遅れちゃって」

「とんでもない。寿司に飢えていたので、ホテルでシャワーを浴びてすぐに飛んできました」

飛んできたにしては、すっきりとしていて飛行機で見たより二倍くらい男前が上がって見えた。

ちょうどセーヌ川を登る遊覧船が通り、樹立《こだ》ちの葉群れを縫って店内まで伸びてきた照明が男のシルエットを幻想的に浮き彫りにした。笙子は何十年ぶりに胸が高鳴るのを感じた。

「笙子さんったら、『もし混んでいても見分けてね。背が高くて、片頬に笑窪があるの。あれ、笑窪は笑ったときだけだったかな、プロフィールしか見ていないのよ、正面の顔は一瞬しか見なかったから』なんて言うから……でも、車から降りられたとき、窓越しにすぐ分かりましたよ」

家族のように親しくしているこの店の女将《おかみ》が内緒ごとを天性の明るさで開けっぴろげにした。

「プレゼントをお預かりしているんですよ。混んできて忘れると大変」

アルバイトの女の子がちいさくまとめた真紅のバラの花束と、『ラ・メイゾン・デュ・ショコラ』の箱を奥から持ってきてくれた。

「あら、チョコレート」

「ええ、お好きなはずのトリュッフ・オ・ショコラです。実はひどく印象的だったのですよ。『この列のショコラ全部、何かに包んできてくださる？　今じゃなくて、パリへ着いてから食べたいの』なんてさらりと言う女の人はめったにいないはずですよ」

「九鬼さん、観察者なんだ」

「驚いただけですが、観察や分析は商売がらでどうにもなりません」

恬淡《てんたん》と語る九鬼兼太は魅力的だった。

「名刺を拝見して有名な会社だとは分かりましたが、何をなさるところか見当もつかないのです」

「まあ、分かりやすく言えば、電機関係です」

電機関係と言われても、その範囲がよく分からない笙子は笑って誤魔化した。

「ここはパリでは名うてのお寿司屋さんなのですが、パリでのネタは限られていますので、通でいらっしゃるらしい九鬼さんにご満足いただけるのは難しいと思いますけど」

と話題を変えたらカウンターの向こうでこの店の主人が口をへの字に曲げて笙子を睨《にら》んだ。

無口このうえない彼が黙って突き出したのは殻つきの海胆《うに》だった。

「忘れてた。これだけは日本でも食べられないと思うブルターニュ直送の、ヨードたっぷりの海胆です」

日本の寿司ネタはすばらしいし、板前さんの創意工夫は芸術の域に達している。ただ海胆だけはフランスに限る、としみじみと言った日本通、寿司通のフランスの友人の言葉を思いだした。

「うまい！　これは美味《おい》しいですね」

ほんとうに美味しかったのか九鬼は二つ目を注文した。

「白状しますと、ネットで見て驚きました。ずいぶん沢山ご著書があるのですね。注文しただけで届かないうちに発《た》ってしまったのですが、残念ながらプラハのことを書かれたのがどのご本なのか分かりませんでした」

「ああ、おもちしようと思っていたのに忘れました。読んでいただけるのならお送りします」

「うれしいなあ、ていねいに読ませていただきますよ」

カウンターで笙子の左隣に座った九鬼は飛行機のときとは反対の右頬を見せていた。

その右頬が突然、笙子の顔に傾き眼の前に迫ってきた。驚いて硬直した笙子の前髪をあげて、九鬼は自分の額を笙子の額にぴたりとつけた。唇がすぐそこにあった。あまりにも突飛なハプニングに笙子はたじろいた。

「三十八度はありますね」

呆気《あっけ》にとられて言葉も出ない笙子を、体を元の位置に戻した九鬼がやわらかい笑みで包んだ。

「医者に診せたほうがいいですね」と、クールにつけ加えた。

「九鬼さん……誰にでもこんなふうにして熱を測るんですか」

「体温計より正確です。三十八度もあったらぼくは悪寒《おかん》がしてダメですね」

九鬼には普通の男とは間尺のちがう何かがあった。笙子の質問はまるで聞こえなかったように無視した。

「家《うち》を出るときアスピリンを飲んできたから大丈夫。もうすぐに下がります」

笙子は気まずさに決着をつけるようにすこし声を張って言った。

「乱暴だなあ、ぼくはアスピリンなんか飲んだら胃に穴があいてしまいます」

「あら、案外、虚弱体質ですか」

「残念ながらそうなのです」

混み合ってきた店内で、九鬼は周りの弾んだ会話が気になるようだった。

「アスピリン効果を信じるとして、きわめて不謹慎な提案をしてもいいかな。このままお開きにするのが忍びないので、この近くに人のあまりいない静かなピアノバーか何かあったら、お誘いできないでしょうか?」

笙子はたしかに驚いたし、うろたえもした。

「困ったな、ひところスタッフに歌うのが好きで、よく行った生演奏のクラブがあったのですが、彼は帰国してその店も閉まっちゃったんです。ほかにもあるのでしょうけど、私、飲んだりお喋りはみんなを集めて家でするのが好きで、出不精なのです。歌は歌えないし、演歌なんか聞くと鳥肌がたつほどいやで……」

九鬼は笑った。片笑窪ではなく、笑窪は両頰にチコリと浮いていた。

「家にいらっしゃいます?」

笑窪が言わせた省略法だった。

「よろしいのですか? 誓って伊奈笙子さんの前で演歌は歌いません」

食事中に一度、セーヌの川岸を歩いているときにも一度、九鬼の携帯が鳴った。二度とも「分かった。こちらから連絡する」と短い返事だった。姿と立ち居振る舞いに洗練された何気ない美しさが漂う九鬼兼太という男について考えながら、街灯の明かりを受けて斜めに走るふたりの影を踏みながら歩いた。笙子の家は店から五、六分の距離にあった。ドアを一歩入って九鬼は息を吞んだようだった。

「いいお宅ですねえ。これぞ伊奈笙子という佇《たたず》まいですね。簡素でセンスがよくて、なんだかめちゃくちゃにステキですねえ」

「めちゃくちゃにトラブルの多い家ですけれど」

「どんな？」

「四百年ちかい歳月の歪《ひず》みと垢《あか》かしら。傍《はた》から見れば眼が眩《くら》むような文化財でも住人にとっては、修復工事続きの怪物です」

「十七世紀の建物ですか！　さすがはパリですね。ステキだなあ」

「この家、父がパリ時代に借りていたところなんです。私、パリで生まれました」

九鬼が眼を瞠って笙子をじっと見つめた。

「伊奈笙子さんは『帰国子女』でいらしたんですか」

なんとなく納得したような様子に笙子は慌ててつけ加えた。

「生まれただけで、すぐに日本へ帰ったんです。その後も父の仕事の関係でいろんな国を転々として、私はいまだに祖国というものの実態が身に沁みては分からないのです」

「では、このお宅は結婚なさっていたときに？」

「いいえ、夫の家はパリでも美しいことで知られているモンソー公園の入り口にありました。飛行機事故という思わぬ災難で夫を亡くし……いろいろあって……我武者羅《がむしゃら》に働きだしてから、長いローンを組んで私が買いました。両親が若いときに住んだ場所、つまり、私にも幻の生まれ故郷がほしかったんです。今は、やはり両親が戦後の焼け野原のなかで探して、晩年を過ごした横浜の家に住んでいます。父は、外国暮らしの多い仕事が性に合わなかったのか、定年よりかなり前に引退して、友人と小さな会社を興しました」

「伊奈さんのそうした生い立ち、ぜんぜん存じ上げませんでした。ところで、お手伝いさんは、夜は帰ってお一人でお過ごしですか？　そうとは知らずに押しかけてきて申し訳ありません」

社交辞令で詫《わ》びているのか、本心そう思っているのか分かりにくいところがあった。あまりにもきれいでくっきりとしたアウトラインに、分け入る隙《すき》を与えない人物という感じも受けた。

「昼間も一人です。パリでローラン・プティに師事するのが夢で頑張っていた人で、勉強のかたわら、秘書やら何やらのすべてをやってくれていた女性がいっしょに住んでいたのですが、ある日突然変異が起こって、蒸発しちゃった……唖然というか、茫然としました」

「どうしたんですか、事故？　じゃないですよね、蒸発なら」

「恋に落ちたんです。で、電撃結婚というわけです」

「恋？　若い方ですか」

「いいえ、二人とも立派な大人です。彼女は二度目、相手は四度目の結婚です、しかも複数の子供もいる人です」

「凄いなあ、相手の方はフランス人ですよね、当然」

「ええ、三番目の奥さんや子供たちとは、結婚後三年ほど経ってからは、とても親しくしていてよく食事をいっしょにするそうです。すごく賑やかなんですって」

「日本ではちょっと考えられないなあ」

「夫婦のあり方も、社会の仕組みもまるでちがうし、だいいち愛とか恋とかへの取り組み方が……あ、ごめんなさい。夫も家族もいない私がどうこう言うのは可笑しいですね」

「お嬢さんがいらっしゃるじゃないですか」

「もう結婚して子供もいますし、ふだん地球の反対側に住んでいますので、私、母親風は吹かせないようにしています。それに……彼女、日本語を話せないんです」

この話になるといつも声が掠《かす》れてくる。

「それはあまりじゃないですか、さびしいでしょう」

「さびしいなんて言葉では、片付きません」

笙子は、痛みを振り払うように、嫣然《えんぜん》と笑った。

「私、自分でも不思議なほど人を羨んだり、嫉妬したりすることがない人間なのですが、『大家族』というのにだけは憧れます。同じ言葉で話せる大家族。夫も私も一人っ子、私たちの子供まで一人っ子なので親戚というものがないのです。だから、きょうだいや、いとこが大勢集まる『大家族』なんて羨ましいし想像もつかない夢の世界です」

「分かる気がしますね。いや、ぼくは父が早く亡くなってからは、今おっしゃった大家族の家長なんですが、男としては一人っ子で子供のときたまらなくさびしかったですね」

「九鬼さん、お子さんは、何人？」

唐突な質問に九鬼は晴れやかな笑顔で答えた。

「息子三人、娘が二人です」

すこし自慢げにも聞きとれた。圧倒されて笙子はとっさには声が出なかった。

「長男と長女はもう結婚していて、孫も三人います。ぼく自身にも姉が三人いて、その親族が集まったりすると、賑やかを通り越して戦場のようですよ。寿司屋に行くのにタクシーを五、六台呼ばないと間に合いません。みんな酒飲みなので運転ができないわけです」

「そんなに大勢が一挙に入れるお寿司屋さんがあるのですか」

「失礼、例えばの話です。実際にタクシーを連ねていくのは墓参りとか、法事とかの家族の行事ですね。寿司屋へはおもに息子たちと行って男同士の話をします」

「男同士の話？　そうか、日本には男同士と女同士の世界があるんですね。こちらでは、どこへ行くにもカップルだから。それも善し悪しかも知れませんが」

大勢の親族が、家族行事のときには一同に集まる。二代にも三代にも及ぶその人たちに囲まれて、その長たる人が眼の前にいる九鬼兼太という男なのだ。

かたや、自分が国連のミッションでアフリカの奥地にいたときに、唯一の家族を襲った取り返しのつかない不幸を、悔やんでも悔やみきれない悼《いた》みをともなって思い出していた。

笙子は、医療品や診療所建設のための資材を配り、女性の局部を割礼するひどい因習、「女性は性の悦《よろこ》びを感じる必要はなく、子供を産むためのみの存在」という男の都合に憤慨して、フランス語圏であることを幸いに、僻地《へきち》の村々を講演活動で回っていたまさにその時、遠く離れた日本では母親である桃子《ももこ》が、自分の姪《めい》、笙子の従妹《いとこ》にあたる美以《みい》に付き添われて何度目かの入院をしていた。

「娘が三日したら帰りますので退院して家で迎えたいのです」

病院のリハビリ室で、無理して一段上のコースに挑戦して力尽き、その夜息を引き取った。自分にとってはたった一人の、かけがえのない母。どんなにか一人娘の顔が見たかったにちがいないのに、その娘は何世紀にもわたって続いている、西欧社会の人間には考えられない「その土地の事情や因習」に浅はかな口を挟み、募金で集まった三千万円ほどのお金も、「ただ送ったのではどこへ消えちゃうか分からない」という頑な社会正義のようなものに駆られて、医療品に換えて直接、電気も水もガスもない僻地に運び、現住民に手渡したひとりよがりの満足感！

その間に、自分ひとりが頼りだった母が、ひたすら娘の帰りを待ち望みながら、息を引き取った。胸が張り裂けるほど痛く、切なかったその母の死から五年。

墓参りもおろそかにしている自分と、眼の前にいる男との間にある、果てしない距離を感じた。

笙子が、九鬼兼太には想像もつかないだろう思いに耽《ふけ》っているとき、三度目の携帯が鳴った。

「分かった、さっき降ろしてくれたところで待ってくれますか。え、車帰しちゃったの？　ごめん、もうちょっと待ってくれる？」

「どなたかを待たせていらしたの？」

「ここの支店長なのですが、酒を飲んで待つことにして、部下と車は帰したそうです。もう相当出来あがっている感じでした」

「ほぼ三時間ですもの、気の毒に」

「ぼくこそ長居をして失礼しました。最後に、ぜひお訊きしたいのですが」

九鬼の家族構成を聞いて、屈折した気持ちになっている笙子に後から思えば腑《ふ》に落ちる質問を大家族の家長である男は口にした。

「蒸発したバレリーナは、その後、しあわせに暮らしているのですか」

「とてもしあわせな第二の人生を送っています。蒸発したのはもう七年も前なのです。その時、大手の建築会社で次期社長は間違いないといわれるほど、かなりいい地位にいた相手の人は、結婚と同時に、というかその前に彼女との結婚のために離婚したわけですから、いろいろと私なんかには想像もできない修羅場だってあったはずで、そのことがきっかけなのでしょう、一念発起してスパリと会社を辞め、ちいさなレストランをはじめたのです」

「ほうー、凄いことですね」

九鬼の表情に窺《うかが》い知れない戸惑いの混ざった称賛のようなものが浮かんだ。あきれ果てたというふうにもとれた。

「彼女の方はバレエをあきらめずに、去年まで通いでここに来てくれていました。もう四十半ばのはずですけれど、今でもきれいな弧を描いてキャリペットや、ピルエットができるの。で、日本でとった資格でバレエ教室を開きたかったのですが、こちらの資格をとり直さなければならないと知って、これもスパリとあきらめて、今では下町のちいさなレストランの常連に慕われる女将さんです。もともと料理が好きだったので、今や厨房《ちゅうぼう》にかかせないいっぱしのシェフとして活躍しています」

「すばらしいなあ、そういう人生もあるんだ」

男は茫洋とした眼をした。エレベーターで下まで降り、中庭の、花が盛りの植え込みを縫って九鬼兼太を送り出した。重たい門を開いたとき、

「日本でまたお話の続きが聞けるとうれしいのですが、ぼくの住まいも会社も遠いので、お忙しい伊奈さんにお会いするのは夢のような話かも知れませんね」

「九鬼さんもお忙しい方なのでしょう」

「まったく！　秒刻みの毎日です」

ほほ笑んだ顔にうっすらとすこしさびしげな笑窪が浮かんだ。

「ご機嫌よう。いただいたご本も、ドキュメンタリーも楽しみに拝見します」

笙子は、お相伴でほんのすこし飲んだウイスキーのために上気した頬をして、遠ざかる九鬼兼太の後ろ姿をしばらくぼんやりと見送っていた。夜のなかに溶けるようにして消えてゆくその背中に、なんとはなく惹かれるものを感じていたら、後ろからぽんと背中を叩かれた。

「何をぼんやりしているんですか。彼、飛行機で隣り合わせた九鬼水軍、末裔の人？」

植木哲がカメラマンと二人で立っていた。コーディネイターとはいえ、笙子は風景撮影などは、彼の裁量に任せていた。

「吃驚《びっくり》した！　驚かせないで！　あ、お疲れさま、あら、早かったわね」

「うろたえないでください」

植木はクールに笑った。

「何が早いんですか、もう十一時半ですよ。夏場はなかなか暮れなくて、やっと灯が煌めきだしたアレキサンドル三世橋、いい画《え》が撮れました。若い二人連れのインタヴューも撮りました。テープ、今から観ますか」

撮影を託されたときの植木哲は、いつもの平静さからほんのすこしはずれて頬が紅潮するのだった。

「うん、明日にしようか、出発は十時だから、朝九時からどう?」

「やだなあ、せっかく飛んできたのに。海賊には敵《かな》わないか」

「え?」

日本から来たカメラマンがきょとんとした。


パリとグラニット・ローズ海岸を入れ込んだ二時間半の特番『ブルターニュ物語』は、強行スケジュールで笙子の風邪が再三、質《たち》の悪いぶり返しをしたことを除けば、首尾よく進み、植木哲とパリで荒編集をして実際の作業は東京に持ち帰った。準備をいれると二カ月以上関わった作品を人手に渡すのがいかにも残念そうな植木を笙子はいとおしく思った。

「哲も、この仕事、本格的に勉強してみたらどうかしら。若いんだし」

「ぼくはこのままでいいんです。それより笙子さん、九鬼水軍の人と道を外さないようにしてください」

植木の真剣な面もちに笙子は心底驚いた。

「面白いこと言うわね。人間みんな道を外したり、立ち止まって考え込んだりしながら生きてゆくのよ。だいたい道ってなに？　人の作った『道』じゃなく私は私の道を歩くわよ」

「結婚してる人でしょ」

「なんだ、そんなことか。へんな取り越し苦労する子だなあ、哲、あなた、私の娘より若い青二才なんだよ」

「だから、息子として老いた母親の無鉄砲を心配しているんですよ」

笙子は笑いとばしたが、植木哲は笑わなかった。笑ったとき胸が痛んで体を折った。

笙子が不承不承病院に行ったのは、横浜へ帰ってからだった。こじれた風邪は、肺炎まで起こし、「おまけに咳込みすぎて、肋骨にひびまで入ってるのに、医者にも診せないで、自分で治しちゃっているのよ。痛みに強いんだか、無神経なんだか分からない」と、親しくしている近所の女医さんがレントゲンを見て呆れていた。

「あなたの体はほんとに丈夫なの。道具立てがいいのよ。でもあまりいい気になって、荒使いすると、ポロリと壊れることもあるのよ」とも脅かされた。

「私、痛みに強くもないし、無神経でもないの。ただ、ひどく我慢強いのよ」

笙子は笑って病院を出た。

再会

赤坂にあるスタジオで笙子は快い緊張感を楽しんでいたが、作業に夢中になりながらも、ときどき襲う咳の発作に往生していた。

「お願いだから、たばこは廊下へ出て吸ってくれないかな」

風邪が抜けきっていない笙子に気兼ねしてみんなたばこを控えているのに今日から来ている新入りの編集助手が、チーフに注意されているのに、二本目のたばこに火をつけた。その時に電話が鳴った。

「笙子さん、ご自宅からです」

「仕事中なのに」

首を振る笙子に、受話器を持った制作係が「急用だそうです」と追い打ちをかけた。

仕事場での私的な電話はみんな慎んでいるし携帯もマナーモードにしている。家を任せて二十年ちかく、お手伝いさんの域を越えて伊奈家のガヴァナーと言うべき小夜《さよ》さんにしてはめずらしいことをする、と笙子はすこし苛立った。

「すみません、お仕事中……」

小夜さんの声が慌てていた。

「家にぼやでも出た？」

仕事中の笙子は取りつく島もない声を出す。

「お断りしたんですが、ぜひご都合を訊いてほしいって」

「なんの都合？」

「今夜お食事にお誘いしたいって、聞いたことのない男の方の声でしかも中国からですよ。一時間ほど後にもう一度電話をしますって言われて、なんだか迫力のある話し方なのでうかうか引き受けちゃいました」

「分かった。私の携帯をお教えして」

「ええっ」と、笙子が携帯の番号を絶対に教えないことを知っていて、仰天する小夜さんが二の句を継ぐ前に電話を切った。時間を計算しながら早めに昼食休憩をいれて席を立った笙子の前にひょろりとした若者が現れて頭を下げた。

「すいませんでした」

「何が？」

「チーフに注意されたのに、うっかり二本目を吸っちゃって……」

「あ、あなたか。私も昔はチェーンスモーカーだったけど、今、うっかりって言った？」

「はいッ、すいません」

「わざとならいいけどうっかりはダメよ」

「えッ」

ヴィンテージとやらいう薄汚いジーンズの裂け目から膝小僧を出している若者は怪訝《けげん》な顔で笙子を見た。

「編集マンにうっかりは禁物なの。うっかりフィルムの一こまを見落としただけで大変なことになるかも知れないのよ」と言ってから、私も古いなあと思って笑いながら若者の肩を叩いた。こんな時の笙子はやさしかった。不得要領という面もちで若者はまたぺこりと頭を下げた。

九鬼兼太からの電話はきっちりと一時間経ってからあった。その正確さに驚いたが、声が遠かった。パリで受けた電話の声とはちがって聞こえた。

「お声がすこし遠いのですが」

「でしょうね、乗り継ぎが上手くいって、いま飛行機のなかからかけています」

「え？　そんなことができるんですか、飛行機のどこから」

「今度ご説明しますよ。便利でしょう？　世界中どこにいても伊奈さんの声が聞けるのです。あなたが携帯さえもっていらっしゃればのことですが。成田着は五時半の予定です……」

これでは小夜さんが慌てるわけだ、と笙子は可笑《おか》しくなった。九鬼兼太は充分に礼儀をふまえ、遠慮がちに、しかし確信に満ちた声で、赤坂で行きつけだというレストランに笙子を誘った。その店がまたスタジオから歩いて行ける距離にあった。あやしく思うほどの偶然だった。

空港からの渋滞を考えて笙子はぎりぎりの時間まで編集を続けた。膝出しの若者が紙コップにコーヒーを淹《い》れて持ってきてくれた。ずるずると紐《ひも》がほつれたスニーカーを引きずって歩くのが気になるけど、案外可愛いんだ、と思った。早朝から籠《こも》っていた編集室にはそれなりの空気が淀み、「お疲れさま!」というスタッフの声にそれぞれの解放感が弾けた。

赤坂という町の賑やかな猥雑《わいざつ》さ、人の群れ、ときどきすれちがう強い化粧の匂い、今はコンパニオンという呼び名に変わったというその女性たちは、はしゃいだ声を遠慮なくあげている。やたらと焼き肉店とパチンコ屋の多いその通りには、路上を埋め尽くす雑多な人びとを丸ごと包み込む、ニンニクと下水の粘りつくような悪臭が漂っている。この臭いさえなければいいのに、と笙子は速足で歩いた。

地下にあるレストランのドアは、待っていたようになかから開いた。六十がらみの女性オーナーがざっくりとくだけた笑顔で迎えてくれた。

「お待ちでいらっしゃいますよ」

正面の奥の席から九鬼兼太が立ち上がった。仕事場から直接来た笙子は夜風に吹かれて生き生きと輝いていた。

「またお待たせしちゃいました」

「伊奈さんのためならいつまでも待ちますよ」

そんな台詞《せりふ》が気障《きざ》にはならず、笙子のために椅子を引いてくれる様子が自然で垢ぬけていた。日本の男性にこんな待遇を受けたことはなかったな、と笙子は少し驚いた。フィルムや録音テープからは遠い世界の人なんだ、とも思った。店は適度の間接照明で、感じがよかった。席に着いて間もなく、シェフなのだろう三十半ばの男が、ひげをひくひく動かし身を捩《よじ》るように暴れている伊勢海老をもってきた。

お通しは手もつけずに片隅に寄せられていた。ほんとに秒刻みの人なんだ、すべてがあっという間に進行する。笙子はすこし慌てた。

「勝手に注文してしまったんですが……」

「伊勢海老大好きです」

編集室の臭いが染み込んでいるはずの自分の衣服にちょっと気がひけて声が低くなった。

「だと思った。ぼくのあてずっぽうかなり当たるんです」

九鬼の笑顔には微塵《みじん》の疲れもなかった。

「今日は中国のどちらから？」

「長春《ちょうしゅん》に二日いて、上海《シャンハイ》回りで帰ってきました」

「上海って興味あるけど、私、臆病で中国にはまだ行ったことがないんです」

臆病という言葉に反応した九鬼を見て言い添えた。

「中東とかアフリカには素手で行けるけど、中国だけは勉強してからでないと、日本人としては恥ずかしいでしょう」

「そんなこともない、中国が日本から学んだことも沢山あります。それにしても」と九鬼は笙子を見つめた。

「伊奈笙子さんがあれほどの書き手でいらっしゃるとは、失礼ながらほんとうに、心から驚きました。どう言ったらいいのかな……」

「それで充分です。ありがと」

笙子はこころからうれしいと思った。一人娘のテッサは母親である笙子の書いたものを読めないし、読む努力もしないことが彼女が生涯背負う、償いようのない不幸なのである。

「これは、謝らなければいけないのですが、あなたと出会ったことを二、三の友人に、今から思えば随分熱っぽく話しちゃったんです」

そこでちょっと息を継ぎ、笙子の眼の真ん中を見て言った。

「そのなかのひとりに『それは恋よ。九鬼さん。あなた伊奈笙子さんに恋しているのよ』と言われて、あ、そうなんだ、これは恋かも知れないと思ったんです」

九鬼の声にはなんのためらいもなく、まるで何かをじっと見つめて、その実態を解説しているような情のこもらない冷静さがあって、笙子はたまらずに笑った。

「笑われちゃうんですか」

「だって、今、鉄板の上で焼けているのは、伊勢海老かも知れない、みたいな言い方なんですもの。観察して報告するみたいにクールで客観的な調子で『恋かも知れない』なんてふつう言うかしら」

「そうか、ぼくこういうの慣れていないんです」

九鬼は生真面目な顔だった。その九鬼を笙子は首を傾げて掬うように見た。

「嘘！　九鬼さん、いろんな女の匂いがする。とても慣れている、と私は感じる」

その時の直感が言わせた言葉だが、たぶん当たっていると笙子は瞬間的に思った。

「困ったな」

ちっとも困っている様子のない九鬼兼太には、ある種の自信に支えられているそこはかとない色気がある。顔ではなく、その佇まいの静かさや、ゆったりと優雅な仕草のなかに人を惹きつけるものがあると笙子は感じていた。

文体は、いつもかなり四角四面で、いかにもビジネスマンらしく礼儀をふまえた余情を挟まないものだったが、電話の声には相手の事情を消し飛ばすような説得力と迫力があった。

会ってみるとそれらの力が倍増して笙子は快い陶酔感さえ覚えた。

メールもワープロも打たない笙子は手書きのファックスが九鬼との唯一の交信手段だった。パリで会ってからほぼ二カ月の間に、世界中のあちこちから流れてくる九鬼のファックスに返事を書くのが楽しみで、長い手紙は時として散文詩のようになったり、時事問題に関する感想文になったりしていた。それらを時には九鬼の会社の秘書室に封書で送った。

飛行機から飛行機に乗り継ぐ九鬼にファックスアドレスがあるわけはなく、笙子は今まで拒否反応を起こしていた携帯メール習得を考えはじめていた。

時間に追われているせいなのか、もともと感情を現すことのない人なのか、かなり内容の濃い問いかけを鏤《ちりば》めた手紙にも、彼がそれに対しての感想や答えを吐露することはなかった。すばらしい手紙をありがとう、というのが関の山だった。九鬼という人物の謎を解くカギはこのあたりかと思っていた。デザートに入ったとき、九鬼が笙子の眼を覗《のぞ》き込んだ。

「伊奈さん、この近くに行きつけのピアノバーがあるんです。そこにあなたにとても会いたがっている人を待たせてあるんです。明日のお仕事は早いんですか」

九鬼という男の手回しのよさ、ことを運ぶ迅速さに呆気にとられながらも、胸の奥に粟《あわ》だったざわめきが揺れてきた。

「明日は午後からですけれど、九鬼さんは？　会社は関西でしょう？」

「明日は東京支社で午後一時から会議です」

この人、もしかしたら天才的なプログラマーなのかしら、とも思った。

愛想のいいオーナーに送り出されて二人は下水の臭いが一段と濃くなった夜の赤坂をゆったりと歩いた。落ち着いた足の運び方、それとなく笙子をエスコートしてくれる何気ない自然さ、そのすべてに、三十年以上も前に事故で散った夫の面影が重なった。

胸の奥へ落ちるような深くて真っすぐな視線、ほんのすこしニヒルな翳《かげ》を含んだほほ笑み、その二人の男の間に、三十年という膨大な笙子の女としての一生が流れ去っていた。

クラブは鉄板の店とは逆に細いビルの最上階にあった。

エレベーターを降りてうす暗くて狭いホールに立ったとき、笙子はちょっと怯《ひる》んだ。なんとはなく淫靡《いんび》な感じを醸し出すこうした密室は九鬼には似合わない気がしたし、笙子自身が馴染めなかった。会員制とやらいうこういうバーとかスナックとか、特にカラオケバーにいたっては我慢しかねるほどの苦手意識があった。

世間がカラオケの大流行に溺《おぼ》れたとき、日本人は本来の性格を変えたと笙子は思っている。

「笙子ちゃん、これでいいのよ。今、日本人が通過しなければならない突破口なのよ。長いこと抑圧されてきた見返りなのよ。儒教にも孔子さまにもいったん引っ込んでいただいて、おおいに自己主張をすればいいの。だって、大昔から日本の庶民や農民は、明るくて開けっぴろげで、下品でさえあったのよ。下品力ってたいしたものだと私は思うの。カラオケで思う存分自分をさらけ出しているほうが、パソコンのサイトとか、携帯メールでしか自己表現をできない『オタク族』とかいう人たちよりよっぽど健康的でしょ。日本人は明るくなったし、アッピールのしかたが上手くなったの」と桐生砂丘子《すなこ》が言っていたのを思い出した。

「それにしても、自己アッピール風潮のおこぼれに与《あずか》っていないのが政治家だわね。どこの国際会議でもどうしてあんなに萎縮《いしゅく》していて情けないの。官僚だか秘書だか知らないけど、下手なスピーチの下書き書くより、飛行機にカラオケの機械でも積み込んで、せめておおきな声で意味のある言葉を話せるように予行演習でもしてほしいわ」とも言っていた。

エレベーターを降りたところで、複雑に翳った笙子の表情を見逃さなかった九鬼が、すこし戸惑いながら笙子に訊いた。

「お疲れですか？」

「九鬼さん、歌をお歌いになるの？」

気分をそのまま口に出した。

「ええ、この過密なスケジュールのなかでやっていかれる、ぼくの三大条件の一つです。ときどきおおきな声で歌でも歌わないと、神経が壊れてしまいます。今夜は伊奈さんに鳥肌をたてられるのはかなしいから歌いませんよ。安心してください」

「ちなみに……後の二つは？」

「人知れず居眠りをすることと、ベッドに入ったら雑念を払拭《ふっしょく》して自分の疲れにうち興じることと」

住む世界のちがう男にすこし怯えたし、眩《まぶ》しい感じもした。

重たい扉が重たい音をたてて開くと、たいこ持ちとインテリやくざの狭間《はざま》をゆくような味の深い顔をした五十代の男が満面の笑みで両手をひろげた。いやだな、と笙子は思った。ところが、笙子が嫌ううす暗い会員制のクラブに、その時、枯れたすばらしくきれいな声が流れていた。

え？　意外さに眼を凝らした。ピアノの脇に鶴のように品のよい老人がすっくりと立って、笙子の好きな『リリー・マルレーン』を原語のドイツ語で歌っていた。

誰でも知っている大きな会社の会長だという八十二歳になるその人は週に一度、一人で来て二、三曲歌ってふいっとひとりで帰る、というより消え去るのだという。日本語の歌ではなく、数カ国語の歌を居合わせる人が聴き惚れるなか歌い終えると、にこやかな笑みをのこして風のように立ち去るのだという。笙子の胸にも至極上等な風が吹き過ぎた。

「あの方、奥さまは？」

思わず訊いた笙子に返ってきた答えがちょっと意外だった。おしどり夫婦と評判の高いその人が愛妻を伴って現れたことはないのだという。夫婦と家族という永遠のテーマに思いを沈めた。

「笙子さん！」

弾んだ声に我に返ると、数年前に仕事をしてかなり親しくなった写真家の五条元《ごじょうはじめ》が立っていた。「夫婦って何」という群がる想いを断ち切って、どうして？　と九鬼を振り返った。五条と九鬼の関係が分からなかった。

「五条さんには、四、五年前から会社の宣伝に力を貸してもらっています。今出ているポスターがすばらしい出来で評判もよく……ぼくは広報には関係のない人間ですが、このバーでよく会っていたし、その度にあなたの噂を聞いていたので、飛行機のなかで思わず声をかけてしまったようなわけです」

「あっ」と声にならない声を出して、腑に落ちたような落ちないような、喉につかえた思いもした。拍子抜けがした。五条元はまだ四十代の、すこしエキセントリックなところのある、将来を嘱望されているアーティストだが、世の中をすこし斜交いに眺めているような屈折したものをもつ男だった。

「笙子さん、案外冷たい人なんだと恨んでましたよ。事務所に問い合わせても、電話番号も何も教えてくれないんだから」

「ごめん。でもこんなふうに偶然の再会の方がすてきじゃない」

「九鬼さんが作ってくれた『偶然』じゃないですか」

「九鬼さんってコーディネイトなさるご趣味もおありなの？」

多少の皮肉を曖昧《あいまい》な笑いに紛らわせて笙子が訊いたとき、九鬼の携帯が鳴った。

「失礼、マナーモードにするのを忘れていました」

九鬼は電話には出なかった。

「あら、お呼びにならないの？　恨まれますよ。でも、いらっしゃるかも知れないわね、今日のお帰りはご存じなんでしょう」

この店の女主人らしい品のよい女性の言葉も無視して九鬼は笙子にだけ話しかけた。

「ここの番匠《ばんしょう》さんは、クラシックからジャズ、あらゆるジャンルを網羅する凄腕《すごうで》ピアニストでここのオーナーです。で、こちらが番匠夫人。出迎えてくれたマネージャーと三人でやっているお店ですが、客種がまたとてもレベルが高くて、五条君もぼくもこの店の大ファンなんですよ」

『リリー・マルレーン』の老人はいつの間にかいなくなって、そこはかとない空虚に笙子は疲れていった。マナーモードにされた携帯がポケットのなかで再び、押しつぶされたような悲鳴をあげて、呻《うめ》いていた。

「あっ、失礼」と言って慌てることもなく、九鬼はオフにした。笙子は居心地が悪くなった。ピアノが物憂いブルースを奏でている。笙子の気配をちらりと見てから五条元が九鬼に言った。

「ぼくが電話しましょうか、久し振りにふたりのデュエットが聴きたいなあ」

その言葉をまったく無視して、九鬼はピアノに向かった。

「番匠さん、『それは恋』を歌います」

「えっ、演歌ですか、めずらしいですねえ」

ブルースが、どこかで聴いたことがあるようなメロディーに変わり、九鬼がびっくりするほどいい声で歌いだしたとき、笙子の居心地悪さは頂点に達していた。


深夜の高速は混んでいた。

不景気とはいえ、後から思えばこのころの日本にはまだまだ力が残っていた。向かいの家の植木を喰いつくした害虫が風に運ばれてやってきて、生垣のつつじがかなり傷んでいる笙子の家の前で車がピタリと止まった。運転手にドアを開けられて、

「プロはすごいですね。はじめてなのに……カーナビなんてつけたままで、私は使い方も分かりません」と笙子は意味もないことをぼんやりと呟いた。

「黙って五条君を呼んだりして、悪かったようですね。ほんとに失礼しました。彼があまり懐かしがっていたので」

九鬼が、門からは一歩も入ろうとせず、ぼんやりと灯《とも》った外灯の暗がりで詫びるように言った。ポケットのなかで鳴り続けていた鈍い携帯の呼び出し音のこと、慌てることもなくそれをオフにしたことについてもなんの説明もしなかった。

笙子も五条の予期しなかった出現や、わざとのように彼が言いだした「ふたりのデュエット」についても、職業柄あまり言うべきではないことを、なんのけれんみもなく口走った番匠

夫人の言葉についてももちろんのこと触れることなく、ただ儀礼的なお辞儀を返した。

「遠いところをわざわざお送りいただいて、ありがとうございました。旅のお疲れもあるでしょうに、これからまた東京まで戻られるなんて大変だわ」

笙子の声は思いなしか硬かった。瞳を囲む眼がうっすらと青ずんだ。

「いや、今夜はお宅から近いホテルをとりました」

「あら、横浜へお泊りになるの」

ひどく意外な気がした。九鬼は淡いほほ笑みを残して車のなかへ消えた。


パリでも横浜でも仕事や食事会で夜遅く帰り、しんと静まった人気ない家に電気を灯す瞬間、笙子はしみじみと独りを感じる。

その日の出来事によって浮き浮きしたり、後悔混じりのいやな後味を噛みしめたり、ともかくも私は私の丸ごとを生きていると実感する。

母親の桃子が生きていたときは、どれほど遅くなっても待っていてくれた。寝巻にも着替えず、茶の間で美味しい煎茶《せんちゃ》を淹《い》れてくれたものだった。機嫌のいいときは、その日の出来事などを脚色混じりに賑やかに語り、桃子はうっとりとうれしそうに、やわらかい佇まいで、ちいさくなった体にしあわせを滲《にじ》ませて一人娘の話に聞き入ったものだった。

いやなことがあったり、疲れ果てて帰ったときは「ただいま」と無愛想な声しか出ず、顔も見ず、茶の間にも寄らず、自分の疲れに籠っていた。それでも自分の部屋へ入るとき振り返ると、桃子は廊下のはずれに片手を壁について体を支え、蹌踉《そうろう》としたさびしさを浮かべて立っていた。

夫に先立たれてから二十年以上が経っている。

大手術の後は常に体のどこかが痛く、鈍い頭痛と歪曲《わいきょく》してしまった背骨のために、好きだった旅行はもちろんのこと、独りでは外出もできず、ただひたすら笙子への愛だけを糧に生きていた。その夜、長い廊下を歩きながら笙子は胸を熱くした。

「おかあさん、ごめんなさいね。やさしい娘ではなかったわね」

込みあげてくる母への思いのなかで、ふっと九鬼が歌った『それは恋』の唐突さを理解したように思った。あれは、屈折した意地の悪い五条元の発言や、無神経すぎる番匠夫人の言葉を吹き飛ばすための、とっさにとった「九鬼流人生の技」ではなかったのか。あれほど伊奈さんの前では歌いませんと言っていたのに……。

もし、今夜のことを桃子に話したとしたら蒼ざめて娘を詰《なじ》ったことだろう。妻子のある男性と二人きりで食事をするということ自体が、そこにどんな感情があろうとなかろうと、日本婦道の鑑《かがみ》のような明治生まれの桃子にとっては、不徳の極みであるにちがいない。

それらの思いを引きずって、なかなか寝付かれなかった笙子は朝がた二度目の睡眠薬を飲んだ。夜半から吹きだした風に庭木がざわめく音を聞きながら、シャッターの間から朝日がうっすらと差し込むころ泥沼に引きずり込まれるようにして寝入った。

ピアノの音が聞こえる。途切れめなくしつこく鋭く、と思ったら電話の呼び出し音だった。

「どなた?」

声が眠っている。寝ぼけながらも時計を見て、編集室には駆け込みで間に合うと安心した。

「あれっ、眠っていたの、そうか、笙子さん不眠症だったよね。ごめん、ごめん、じゃ、またかける」

五条元の声だった。

「もう起こされちゃったから、手遅れよ。なあに、長年の無音《ぶいん》を一気に取り戻すつもりじゃないでしょう?」

「いや、たいしたことじゃないんだけどさ、笙子さん、かなり九鬼さんと親しいらしいから、訊いてみたくなってさ」

「何を? 仕事に遅れそうなんだけど、大事なこと?」

「それは笙子さん次第よ」

もって回った言い方に焦《じ》れた。前夜、電話番号を教えたことを後悔もした。

「だから何?」

「あの人のことだけど、九鬼さんのほんとの奥さんじゃないでしょう」

「あの人って、なんのこと?」

「だからいつもいっしょにいるきれいな女性。昨夜、九鬼さんが携帯を切っちゃった、たぶん相手の人。みんな奥さんだと思っているけど、ぼくはちがうと思うんだ」

寝起きにそんな話はご免だと思った。

「あのね、私が九鬼さんと会ったのは、きのうでたったの三回目なの。知るわけないでしょう」

「そうなの？　かなり親しそうな様子だったから。どうでもいいことだけど三十年も夫婦でいるカップルがあんな踊り方するかなあ、と思ってさ。下半身をぴったりつけてチークダンスする？」

「知るかよ、そんなこと。私、三十年も結婚していたことないもの」

「そうか、ごめん。このところ、九鬼さん、笙子さんの話ばかりするからひょっとしたらなんて思っただけ」

「ひょっとなんかしてない」

「分かった、分かった。彼ね、とても紳士なんだ。ひょっとしたとしても大丈夫なくらい紳士だよ、やさしいしね。ぼくは個人的にすごく世話になっているんだ」

　笙子はひどく気分が悪くなった。

「私はひょっともしないし、世話にもならない」

「怒らないでよ。ひところ、ぼくちょっと落ち込んじゃってね、なんにも手につかない時期があってさ、その時仕事をくれただけじゃなく、親身になって心配してくれた唯一の人なんだ。ぼく、心から彼のファンなんだよ」

「そうなの、知らなかった。ごめんね。やさしくされてファンになったのなら、プライバシーに首を突っ込まない方がいいんじゃない？」

「ぼく笙子さんのファンでもあるんだよ。ぼくの勘によれば二人は必ずひょっとする！」

「ふーん、で、チークダンスの君を持ち出して私を牽制《けんせい》しようというわけ？」

「あの二人、傍《はた》で見ていてもちょっと生々しくて、なんとなく笙子さんのことが心配になっちゃってさ、悪気はないんだ」

「悪気、充分にあると思うよ。仕事に遅れるからもう切るわね」

乾いた音で電話を切り、超スピードで身支度をする笙子の体に酸味の混ざった不愉快な気分が蔓延った。

「ぼくももうじき還暦です」と言った九鬼の言葉や、家族構成を語ったときの、やや誇らしげな面ざしがまざまざと蘇った。大勢の家族やすばらしい妻をもちながら、愛人もいるという、日本の社会で成功しているエリートビジネスマンのステレオタイプが思い浮かび、首が凝ってきた。長年道づれにしていた「孤独」への回帰が好ましいリアリティとして笙子を落ち着かせてきた。鎮まった気分で、しばらく逢っていない桐生砂丘子に逢いたいと思った。

最近の砂丘子は映画やテレビドラマ出演を断り、独特の切り口でおもに外国映画の批評をしたり、深く鋭い映画評論を新聞や雑誌に連載したりして、人びとの注目を浴びていた。

暮れなずんだ東京の街に明かりが灯りだし、それが瞬く間に視界一面にひろがり、夜がキラキラと燃え上がった。

「大都会の夜景は凄まじいわね。私の寝室から見る横浜の夜景なんか静かで好きだけれど、ここにひろがる東京の煌めく夜にくらべたらつつましいものだわ」

笙子は砂丘子の住む高層ビルの九階にあるリヴィングいっぱいに描かれた華やかで冷たい光の洪水に嘆声をあげた。

「むかしはちがったわね。赤や青や黄色、原色の満艦飾だった。野暮ったくて暖かかったわ。ごちゃごちゃした不揃《ふぞろ》いのビルがひしめき合って、まるで袋小路のお祭り日のようだって笙子ちゃんが言ったの覚えているわ」

笙子の横に並ぶようにして立つ、久し振りに逢う砂丘子は、相変わらず澄んだうつくしい眼と、その目尻を囲む皺《しわ》を深めて、ゆるやかにやさしく、年を重ねていた。

「先週だったかしら、深夜映画で『すべては愛のために』を観て、いつか日曜版に載っていた砂丘子さんの解説と批評をあらためてすばらしかったと感じたの。さすがは砂丘子さんだと感心した。でも、女優を放棄することはないと思うけれど。もったいないわ」と言う笙子に、砂丘子は共犯者っぽく複雑な笑いを浮かべた。

「だって、おかあさん役はもう大昔の話。今はおばあさん、その後はひーおばあさん、それもストーリーを進めてゆくためのバックに、書割みたいにうっすらとかすんでいる。私は、そんな役どころでも立派に演じるような女優ではないの。芸一筋なんていう精神持ち合わせないの。あなたもドキュメンタリーと並行して、ものを書くことも好きでしょう。私は映画が好きなの。でも、女優としての私の生命は終わったの。燃え尽きたという終わり方じゃなくて、不完全燃焼なの。年をとった一人の女を、女として描く映画なんて、今の日本には生む文化的土壌がないのよ。シャーロット・ランプリングが出た『まぼろし』や、人生の最晩年をヘンリー・フォンダとキャサリーン・ヘップバーンで描いてアカデミー賞をとった『黄昏《たそがれ》』とか、『愛と喝采の日々』のシャーリー・マックレーンみたいな女優は生まれてこないのよ」

笙子は時のうつろいと、人のこころのうつろいを思った。人生のなかを行き来する潮流の、干満を思った。引いてゆく潮に露わにされた砂浜の、波状のかたちの、皺《しわ》。さまざまな人生を刻むそれら無数の皺を踏みしだいて、砂浜を駆け抜ける若者の足や叫び。乱された砂浜を、満ちて来る潮がこともなく消し去ってゆく。人の世の輪廻《りんね》。

「砂丘子さん、年をとった名女優に見合った役柄がないように、年をとった女に見合うような恋なんてないんでしょうね」

「笙子、そういう人に出会ったんだ。電話の声にそんな色合いを感じたわ」

「恋とはちがうものなの。限りなく恋に似た友情……アンドレ・マルローがルイーズ・ヴィルモラン夫人に感じていたようなちょっとどきどきするような友情……」

笙子はあえて二人がパリに暮らしていた大昔、文豪マルローの女性関係について、パリの文学界や社交界で羨望《せんぼう》をもって取り沙汰されていた「アミティエ・アムルーズ（恋に近い友情）」という言葉を持ち出した。

若い季節のある時期、フランスのドキュメンタリストと結婚していた砂丘子だからこそ通じるエピソードだった。そのドキュメンタリストを介して女二人の長い友情がはじまったのだった。砂丘子は彼と結婚し、笙子は彼に師事してフランスでドキュメンタリストとしてのスタートをきったのだった。

笙子は九鬼との出会いから、五条元のご注進までをざっと話した。砂丘子主演の映画の試写会に五条を伴って行ったときに砂丘子は二人を見ていた。砂丘子はいともあっさりと笑った。

「嫉妬よ。五条君が笙子に夢中なだけ。可哀そうに」

「仕事仲間としては好きだけど、あのちょっとホモっぽい捻《ねじ》れたような繊細さがダメだわ。それに元君まだ四十代よ」

「それは関係ない。ちなみにその九鬼という人だって、もしかしたら笙子より十歳以上年下かも知れないわよ」

「あり得るわね」

すらりとして姿のいい九鬼の笑顔が浮かんだ。

「五条君のご注進には、彼の切ない脚色があったかも知れない」

「それはない。ただの厭味でしかなかった」

「笙子、奥さんみたいに思われているチークダンスの人より、もうチークダンスはしなくなったほんとうの奥さんの方が大事なんじゃないの」

笙子は虚を衝《つ》かれて、眼を見開いた。

「そんな関係になりたいとは思ってもいないの。すこしばかりドキドキしながら彼に手紙を書くのがとても楽しかっただけなの」

「ほら、アミティエ・アムルーズにまだ毒されてる。男と女の間にあるのは、恋か、無関心か、さっぱりした仲間意識のなかでのシンパシーしかないの。それほど手紙を書きたいのなら、胸を騒がせない女同士じゃ話にならないかも知れないけど、初老の女の往復書簡なんてちょっといけるんじゃない？　初じゃなくて中老かな、まだまだ女盛りだと思い込んでいる、おめでたい女たちのとびきりステキな話集。売れないだろうなあ、そんな本。愉快じゃない、そんなことするのも」

砂丘子に逢うといつも、かなり重苦しい世間苦もふわふわと風に流れて現実味が薄れ、次元のちがう展望が拓けてくる。笙子より二歳年上の砂丘子には年齢などというものを超えた若々しさがある。笙子の若々しさにはまだ蒸れるような熱気があるが、砂丘子のそれには、もっと穏やかなにび色の艶がある。人生や人間の美醜も善悪も、意地の悪さもやさしさも、すべてを了承し、お腹におさめたうえでの涼やかな若さである。

「せっかく、遠路お出ましいただいたんだから、ご馳走したいわ。笙子が喜びそうなイタリアンを見つけたのよ」

西麻布にあるこぢんまりと洒落《しゃれ》たその店の味はかなりなもので、グルメを自称する砂丘子の面目躍如たるものだった。

「たかだか、六十代を終わろうとしている、まだまだ女盛りの伊奈笙子と、同じく萎《な》えない花を精いっぱい咲かせている桐生砂丘子に乾杯！」

すこしハスキーな声を弾ませて、砂丘子が食後酒に選んだ年代物のアルマニャックのグラスを、二人の女がカチリと合わせた。

「アミティエ・アムルーズなんてフランス的なちょっと洒落た言葉遊びよ。恋が性的な関係に入る、日本的に言えば、理《わり》ない仲、になる前のプレリュード（前奏曲）でしかないの。笙子はすでにその人に恋をしているのよ」

「わりない仲？」

「笙子の好きな清少納言のひいおじいさんに清原深養父《きよはらのふかやぶ》という歌人がいて、古今和歌集のなかで、こんな歌を詠《よ》んでいるの。

心をぞわりなきものとおもひぬる　見るものからや恋しかるべき
こうして逢えているのにまだ恋しさが募る、というような意味だと思うの。『わりなき恋』を理《わり》と書くのは当て字だけれど……理屈や分別を超えて、どうしようもない恋。どうにもならない恋、苦しくて耐えがたい焔のような恋のことだと思う。笙子、覚悟ある？」

こともなげに言った砂丘子の言葉。

「もうチークダンスはしなくなった、ほんとうの奥さんの大事……『わりなき恋』……」

砂丘子の返球をしっかりと受け止めながら、笙子は帰路に着いた。


『ブルターニュ物語』の編集が終わりに近づくと、あえて次の仕事をダブらせて準備に入った。

「九鬼水軍末裔の人と道を外さないでください」と生真面目な顔で言った植木哲がたまらなく懐かしくなり電話をかけた。

「日本の夏は夜が早いけどパリはまだ朝ね。元気にしている？」

「出かけるところです。アンテーヌ2《ドゥ》のインタヴュー・シリーズを頼まれて張り切っています」

「よかった。一段落してからでいいんだけれど時間があったらすこしロケハンをしてくれるかしら。秋ごろになると思うけれど印象派の画家をやりたいの」

「印象派の誰ですか」

植木の声が弾んできた。

「まずゴッホ、それと日本の人はモネが好きだからまたジヴェルニーのモネの家に行くことになるわ。ゴッホに関してはまずアルルに行かなくてはね。カラスの飛ぶ麦畑もほしいわね。夜のカフェーも見たいし、闘牛場にも行きたいし……」

熱に浮かされたように喋る笙子を植木が遮った。

「何かへんですよ。大丈夫ですか。まだ道の真ん中を歩いてますか？」

息子のように若い植木のクールな声を聞いて、ピアノバー以来、胸がささくれだっていることに気づいた。それを吹き飛ばすように、はしゃいだ声で言った。

「あの人やっぱり海賊の末裔かも知れない。道の端っこでオットトとたたらを踏んでいるわよ」

「いやだなあ、そんな予感がしていたんですよ。たたらを踏み外して崖から落ちないでくださいい」

九鬼からの電話は、植木と話した後だった。話を聞かれてしまったかと錯覚を起こすほどの直後だった。いつもながらの落ち着いた声を聞いて妙な気分になった。夢中になって読んだ物語の、最後のページを閉じた後の余韻に耳を傾けているような気分なのだった。

「伊奈さん、もうじきお誕生日ですね。お祝いをさせてください」

たたらを踏み外さないように、すこし掠れた声で一気に言った。

「九鬼さん、うれしいですけれど、それはダメ。お誕生祝いをするような年ではありません。それに、人さまから何かをいただくの苦手なの。はっきり言ってとてもいやなんです」

「何も差し上げるつもりはありません。伊奈さんご指定の場所でシャンパンでも飲めたらいいな、と思っただけです」

くぐもった声が胸に沁みてきた。

「お好きなレストランおありでしょう、ぼくが横浜まで出向きます。その日は短い海外出張から、午後早い時間に会社に近い関西空港に戻る予定ですが、できれば成田に変更するか、不可能なときは、関西空港から羽田へ飛びます」

いつものことながら、抗しがたい、圧倒的な迫力があった。終わりを告げたはずのショート・ストーリーが、弾けたように息を吹き返してきた。


笙子の選んだ和風フレンチレストランは「みなとみらい」に近い登り坂の途中にあった。横浜で笙子が馴染みのこぢんまりとして味も雰囲気もいい、レストランというよりは小料理屋といったほうがピンとくる店だった。オーナーと献立の話をして、九鬼の待っているテーブルに戻ると、来たときはなかったシャンパンが一本置かれ、透き通った包装紙の外から笙子の好きな銘柄が読みとれた。

「え？」

笙子は狐につままれたように怪訝な顔をした。

「トリュッフ・オ・ショコラはもってきませんでした。食事の前に『眠れる美女』になってほしくないので」

飛行機のなかで、キャビンアテンダントに、チョコレートをシャンパンで飲みながら食べると不眠症が改善されて眠れる、と言った笙子の言葉を覚えていてくれたのは分かったが、九鬼は川端康成の小説も持ち出した。何か意味があるのかしら、笙子が深読みをしていることなど無視して九鬼は店の主人にアイスペールを頼んだ。

「シャンパンが冷え足りないので」

笙子は指先でそっと触れてみた。冷え足りないのは確かだが、充分に冷たい。この店にこの銘柄があるわけはない。どこかで買ってきたものだとしたら、なぜここまで冷えているのか。時間が流れアイスペールのなかでほどよく冷えたシャンパンの栓を、九鬼は音をたてずに器用に抜いた。なぜこの銘柄を？　と思っている笙子の疑問に答えるように、

「エッセイのなかで二度もこのロデレール・クリスタルのことを書いていらっしゃいますよ」

とほほ笑んだ。

「あらっ、でも『眠れる美女』のことは、あまり知られていない小冊子に書いたんですけれど」

「お書きになったものはすべて読ませていただいているつもりです」

シャンパンのせいもあり、笙子は軽い眩暈《めまい》を感じた。不思議の国のアリスになったような幻

想が湧いてきた。上質な酔いに身をゆだねながら、「家庭」や「妻」のにおいがまったくしない九鬼という人物について思いを巡らせた。包装紙に包まれたシャンパンがなぜ冷たかったのか知りたいと思った。謎は謎のままの方がいいとも思いながら、言葉が滑り出てしまった。

「野暮な質問かも知れませんけど……このシャンパンどうして冷えていたのかしら。出張からお帰りになってそのままここへ来てくださったのに」

九鬼ははにかんだような笑いでためらいながら言った。

「種を明かして、あなたに呆《あき》れられるのはいやだな」

「知りたい」と笙子が言った。

「ヒヤロンとか冷えピタとかいうものですよ」

いたずらっ子のような眼に色気がある。

「……って何？」

「知りませんか、あんなに熱を出していたのに。あ、パリにはないかこんな便利なもの。ぼくも名前は知りませんでしたけれど」

「まさか！　額に貼り付けて熱を下げる細長いシートのこと？」

九鬼にしては珍しく、口籠《くちご》った。照れ笑いをしながら不承不承の説明を聞いて、笙子は感激したり、お腹が捩れるほどの可笑しさを我慢することで、あろうことか急にしゃっくりが出た。

「ごめんなさい」

しゃっくりが止まらなかった。

「いいですよ、思いっきり笑っても」

九鬼は飛行場から行きつけのバーに車を飛ばして冷えたロデレール・クリスタルを買ったが、横浜に着くまでに生ぬるくなっているにちがいない。間に合わない飛行機をあきらめて、新幹線に乗る前に「冷えピタ」を買い込んだ自分を天才的だと思ったそうなのだ。

ところが、いざきれいに包装されたシャンパンに冷えピタを貼り付けだすと隣席の人が眼をまん丸くしてへっという顔をし、すぐに横を向いてしまった。肩が揺れていたので噴き出していたらしい。笙子もしゃっくりの合間に遠慮がちに笑った。しゃっくりと掠れた笑いのハーモニーに、九鬼は聞き入っていた。

「恥ずかしかったなあ、いい年をした男が旅行カバンのなかから出したシャンパンの瓶に周囲をはばかるようにして冷えピタ貼ってる姿は、どう見ても滑稽《こっけい》以外のなにものでもありませんからね。ぼくは思い込んだらみっともないほど一途《いちず》になっちゃうんです。しかも、一度だけじゃなく冷えピタとかいう冷却剤、何度も取り換えたんですよ」

思い込んで一途になったのは、シャンパンを冷やすことなのか、笙子のことなのか、ほほ笑んだ眼差しから、砂丘子の言った恋のプレリュード的なものを探したがそれらしきものは影ほどもなく、ただ、たじろがない真っすぐな視線が笙子の胸の奥へ降りてきた。ゆったりと楽しんだ食事が終わったのは深夜に近く、笙子は気になっていた九鬼の去就を言葉に出した。

「今夜はどうなさるのかしら、飛行機も新幹線ももうないでしょう。車で東京までいらっしゃるの」

「この前と同じ駅の近くの安ホテルをとりました」

笙子は意外に思った。

「今夜も横浜にお泊りになるの？」

「ええ、今回は伊奈さんのお誕生日のために来たんですから。ぼくは公私を通じて、金銭に関してはひどくシヴィアーなんです。この前は翌日、東京で会議の議長を務めたのでもちろん社用なのですが、そんな時は特に、なるべく安いホテルを選んで経費を少なくするようにします。海外出張などで、現地の支店が吃驚《びっくり》するような豪華な部屋をとるのをいつも注意するのですが、直りませんね。会食の後ホテルへ入るのは深夜ですし、翌朝早く次へ移動するわけですから、まったくの素泊りです。大きなリヴィングや、バーつきのサロンなんて足を踏み入れる時間もないのに無駄なことです。でもそうしないと不機嫌になる役員もいるそうで、困ったものです。ぼくがもっと神経質になるのは、公私混同する人種がかなりいることです」

九鬼の潔癖な一面なのだろう。金銭に関してシヴィアーなのは育った環境なのか、仕事上背負い込んだ後天的なものなのか、いずれにしても、リザーヴした駅に近いホテルは九鬼にはあまり相応《ふさわ》しくないし、笙子の家から山の尾根伝いに行くとほんの十五分ぐらいの距離にあった。

冷えピタでシャンパンを冷やしながらわざわざ来てくれたのに、なんとなく気がひけた。

「あのホテルへいらっしゃるくらいなら、家《うち》へお泊りになります？」

「え？」

九鬼の驚きを見て笙子のほうが慌てた。

「かなり広い客室がありますか。ふだん使っていないのでお掃除が行き届いていないかも知れませんけれど」

九鬼は笙子を見つめたまま、じっと考えているように見えた。その様子があまりにも深刻だったので、もしかしたら誤解を生む誘いにとられるかもしれない、と忸怩たる思いが頭をかすめた。小夜さんが夜は帰るので、無人の家はよけいにそうした思惑がひろがりやすいはずだった。


長い廊下を九鬼はゆっくりと歩いた。さり気なく、あまりにも自然なその姿に、まるで住み慣れた自宅へ帰ったようなくつろぎを感じて、笙子はたじろぐ思いがした。男女を問わず、はじめてこの家へ入った人たちが見せる驚きのようなものは微塵もなかった。人びとが想像する伊奈笙子の住まいとはあまりにもちがう純日本家屋だし、今どきめずらしい簾戸《すど》が立ててあるだけで、部屋と部屋の仕切りがすべて取り除かれ、広々とした座敷に家具というものがほとんどない。

「懐かしいな」

「えっ？」

「昭和初期に建てられたお家ですね。ぼくの祖父と同じ時代の建物ですよ。よく維持していますね、メンテナンスが大変でしょう」

九鬼は廊下に通っている太くて丸い横梁《よこばり》を眺めながら言った。年を経た梁《はり》はほんのすこし赤みをおびて艶やかに組木細工の天井を支えている。

「古くてだだっ広いだけの厄介な家ですけれど、両親が住んでいたところだし、この古びた空間に馴染んでしまって、建て直す計画は断念しました」

「建て直すなんて、もったいない。今どきこんな贅沢な住まいはめったにありませんよ」

九鬼は咎《とが》めるような口調で言った。

「ええ、大工さんに説得されました」

「その大工さん、表彰ものですね」

「出入りの大工さんの二代目で、亡くなった両親がとても可愛がっていた人なんです。彼もはじめのうちは、もっとこぢんまりとした住み易《やす》い家に建て替えるのに賛成だったんです。で、壊すからには両親が大事に住んだ古家に、私なりの敬意を払いたくて、壊す前に大掃除をしてお清めをしようと決めました」

「ほう、意外ですね」

笙子は思い迷った当時を偲《しの》んで、大工の和夫《かずお》さんとのやりとりを思い出していた。

天井裏に張りめぐらされている梁の間から、さまざまな音が湧いてくるようで、懐かしさが胸に溢れてきた。大工の和夫さんと二人、埃を被《かぶ》った太い梁に寄りかかって家壊しを取りやめにしたのは、五年前のことだった。

「九鬼さんにお泊りいただくのは、両親の寝室だった部屋で、客間といっても、今ではたまに日本へ来る娘が使っているだけで、そのほかの人をお泊めしたことはありません」

「なんだか、気がひけますね」

九鬼にしてはめずらしく怯《ひる》んだ口調だった。笙子は考え込んでしまった。笙子自身、母の死以来、ただの一度もこの部屋を使ったことはない。それには後ろめたい笙子なりの思いがあった。母の桃子はくも膜下出血で九死に一生を得て以来、十数年もの間、ずっとこの部屋でひとり過ごし、度重なる入退院に耐えて気丈な生涯を全うした。

以来、笙子は母の部屋に寝たことがない。

「九鬼さん、今夜は私がこの部屋を使います。九鬼さんは私の部屋にお休みください」

「えっ、それじゃあ、もっと気がひけるなあ」

「でも、そうなさって。母の部屋で眠ってみたいんです」

笙子は母屋のはずれにあるドアを開けて九鬼を招じ入れた。

「ここが私の住まいです。寝室は二階になっています。トイレもバスルームも近いし、こちらの方が使いやすいと思います」

母屋からは想像もできないほどモダンで、そこはまったく伊奈笙子そのものの世界だった。

「いいお住まいですねぇ」

九鬼はすたすたとサロンの真ん中まで行き、長椅子の中央に静かに、しかしどっかりと腰を下ろした。何をしてものびやかでエレガントではあったが、今朝そこから立ち上がって会社へ行き、仕事を終えて今帰った、というような自然さを感じて、笙子はまたしても、かなりたじろいでしまった。普通の人とはどこか間尺のちがう、計り知れないものをもっている男という感じがした。

寝室に続いた衣裳部屋と化粧台のある部屋のドアを開けて、かなり早口で説明した。九鬼の堂にいった落ち着き方が笙子を限りなく慌てさせていた。

「バスルームは奥の洗面台の前の扉です。朝食はお手伝いさんが来てからだから、九時過ぎでいいかしら」

立て板に水と喋る笙子を九鬼は面白そうに見ながら言った。

「とんでもない。そのころ、ぼくは新幹線のなかですよ。昼食後に一つ大事な会議が入っています。鍵をお借りできれば、あなたを起こさないように玄関とご門の鍵をかけて、後で書留で郵送します」

「そうか……明日、もうお仕事ですか、海外の出張から帰られたばかりなのに？　キツイですね。日本の繁栄はそんなふうにして作られたわけですか」

九鬼はいささかの疲れも見せない顔でことをなげに言った。

「前にも言いましたけれど、ぼくはこんな生活のなかで、とびっきり上手い居眠りのしかたを会得したんですよ」

「上手い居眠りってどんな？」

「ぼくの得意技です。自分が会議の主導権を握っているときはきわめて集中するのですが、そうでないとき、流れが冗漫《じょうまん》になって、たいして重要でない話題が続くと、その間三分でも五分でも上体を微動だにせずすっと眠れるんです。傍から見ると、眼をつむって話に聞き入っているように見える。生身の人間ですから、そうでもしなければ保《も》ちません。ぼくだけじゃなく、多少なりとも日本の社会を背負っている役職にいる人たちは、それぞれ、自分なりの工夫でしのいでいますよ。それにぼくは飛行機にしても車にしても、移動のときはかなり充実して眠ることができるんです」

そんな生活、いつか破れるときが来る。ドキュメンタリーや、報道の世界にも徹夜に近い状態が続くことはあるけれど、それがコンスタントな現実だとしたら、人間はどこかが壊れてゆくし、そういう人たちに支えられている日本という国もいつかは綻《ほころ》びてゆくのではないかと笙子は思った。

「せめてお風呂でゆっくりなさって。でも居眠りはしないでね。明日の朝、119番するのはいやです」

九鬼は正面から笙子を眺めた。

「で、伊奈さんはこのまま母屋へ消えてしまうんですか、さびしいですね」

九鬼は心からさびしそうにほほ笑んだ。

母の部屋で、笙子はホテルへ泊るはずだった九鬼が歯ブラシをもっているはずがないことに気づき、新しいタオルや浴衣などをもって二階へ駆け上がった。ノックをすると「どうぞ」という答えがあった。

「歯ブラシをお持ちしました」

ドアを開けた笙子は唖然として棒立ちになった。すらりとした全裸の男のプロフィールが化粧室の奥、笙子から三メートルほどのところにあった。

ほんの一分ほど前、九鬼兼太というビジネスマンを包んでいた紺色のスーツは、種をあかした後のマジシャンのマントオのように几帳面にハンガーに掛かって、壁に吊りさげられていた。度肝を抜かれて氷柱《つらら》のように凍りついている笙子を、鏡のなかで捉えながら、ゆっくりと歯磨きを終えた九鬼兼太は、素っ裸のままで言った。

「歯ブラシ、ここにあるのをお借りしてしまいました」

九鬼はあまりにも何気なかった。裸でいることに、それを笙子に見られていることになんの動揺も感じている様子はなかった。笙子が無言でいることに、はじめて不審を抱いたように顔だけが正面を向き「どうかしましたか」と言った。

なおも黙って首を振る笙子に向かって、形のいい男の全裸のプロフィールがゆっくりと正面になった。予想もしなかった光景に笙子は眼が眩《くら》み、蒼ざめて、胸を射貫《いぬ》くような驚愕のせいか気分がわるくなった。

「どうしたんです」

近づこうとする一糸纏わない男の姿を、無言のまま両手を思いきり伸ばして押しとどめた。

「九鬼さん、はだか、まるっきりの裸なんですもの」

「お風呂をどうぞと言ってくださったでしょう」

笙子は声が出なかった。歯を磨いてから入るつもりだったのか、バスルームのドアが開いていた。

「伊奈笙子さんは服を着たままお風呂に入るんですか」

九鬼はやわらかく笑った。両頬にちいさな笑窪が浮かんだ。男の裸はあまりにも美しく、あまりにも意表をついていた。

化粧台の大鏡のなかに、真ん中に黒々とした茂みを盛り上げた丸裸の男と、ミモレの黒いスカートに一九五〇年代の白いアンティークのブラウスを着た瀟洒《しょうしゃ》な装いの女が映っていた。

まるで果たし合いでもしているかのように、お互いの眼を睨むように見つめ合っているその姿が、いみじくも、その後のふたりを象徴的に炙《あぶ》り出しているようであった。

かくも長き不在

あの夜、あまりにも泰然とした丸裸の男に、愕然としてたじろいだ笙子は、瞬間的にあるしたたかな予感をもった。それはかなり前から感じていた恐怖に似た予感の的中だったのかも知れなかった。

正確に言えば、夫以外のどんな男もとり得なかった笙子に対する悠然たる態度。あまりにも自然に、自分の思うままにことをすんなりと運んでしまう九鬼の主体性への懸念だった。

そのことがもたらすだろう自分の破綻《はたん》。どうしようもなく存在する年齢差。

(この人はいま男盛りなんだ。私を女として求めているとしたらどうなるんだろう。私はもうそんな季節から遠ざかっている)

けれど、鏡のなかの裸体は、俄《にわ》かに湧き起こる積乱雲のように動いた。荒々しくしなやかに。そして竜巻に吸い取られるように笙子は男の腕のなかにいた。ミモレのスカートもアンティークのブラウスも優雅に剝《は》ぎとられて絨毯《じゅうたん》の上に流れていった。

「私、七十年前の朝七時十五分に生まれたの、『古来稀《こらいまれ》』と言われる七十歳になったの。いま夜の十二時過ぎ……正確には七十歳と……十七時間……私もう若くないの」

抗《あらが》うというよりは恥を掻きたくなかった。女としての体がむかしのままでいるわけがない。それを知りたくなかったし知られたくなかった。

九鬼はほんのすこし体を離した。瞳のなかの光が、ビジネスマンの紺色のスーツと、竜巻のように猛々《たけだけ》しい男の欲望との間でさまよった。わずかなほほ笑みを浮かべた唇が、なおも言い募ろうとする笙子の唇に重なった。すこし気が遠くなり、恐怖が溶けて肩のあたりが温もってきた。

「七十歳と十七時間ですか、すてきですね。あなたはとんでもない人なんですよ」

分かっていますかと問いたげな視線が真っすぐに笙子を見た。その視線の下で笙子の体が温もり、熱をもち痺《しび》れていった。なまめいてきた肌を伝っていく熱い唇が全身を覆い、かつてこれが女の花びらだと感じた丘陵に分け入ったとき、極度の恐怖と羞恥心《しゅうちしん》で、頭の芯が硬直し、緩みかけていた体が息の通わないオブジェのように固まった。

窓から見える朧《おぼ》ろな月が、黒い夜のなかに黒い光を漂わせている。

風があるのか庭の古木が黒く揺れている。部屋のなかには凍えた戦慄《せんりつ》と、熱帯雨林が滴らせるような甘くときめくエロスが漂い、それが溶け合わない虚《むな》しさの果てで笙子は悲鳴をあげた。

侵入してきた九鬼兼太を受け入れながらも激痛が走った。固く閉じたオブジェの扉は開くことができないでただ裂けた、ように笙子は感じた。身を反らせながら発した自分の叫び声に自分で傷つき、蒼ざめていった。この世の果てのような暗がりのなかで笙子はもがいた。

ほっそりとした体が慄《おのの》いた。自分では恥じいる枯渇したその姿態にしたたかなエロティシズムが潜むことなど笙子は知る由もなかった。

「ごめんなさい」

九鬼兼太の手が、滑るように背中を這《は》って、襟首をつたい髪の毛に潜った。「ごめんなさい」再びささやく兼太に、笙子は声も出なかった。

「ごめんなさい……でも、ぜったいに離れないで。ぜったいに消えてしまわないで。ぼくにとってあなたがどれほど大切か……」

どんな言葉も耳に入ってこなかった。笙子は女の体が、外見だけではなく、あらゆる器官が年とともに変化するだろうことを本能的に知覚していた。けれど、現実がこれほど無残であることに言葉を失った。恥ずかしかった。

かつて、性の悦びが五感の細部にまで沁みとおり、湿った体で湿った呻き声を必死に抑えながら男を逆上させた笙子はもういなかった。

みごとに隆起した九鬼の体は行き場を失って、それでもしずかに笙子の肌を這い、絡み合いながら、笙子はまんじりともせず朝を迎えた。

その長い時間、過ぎ越した歳月の折々のイメージが笙子を捉え、狂わせていった。ふと、大岡信編纂《へんさん》の詩集のなかでこころ打たれたある歌人の肺腑《はいふ》を抉《えぐ》るような叫びを思い出した。

まろまろと昇る月見てもどり来ぬ
狂ふことなく生くるも悲劇

笙子は思春期に出会い、息もできないほど恋い焦がれた一人の医科大学生の眼差しを思い浮かべていた。愛し愛され、ただの一度も肌を合わせることはなかった。

医科大学生は笙子と出会うほんの半年前から父親との軋轢《あつれき》も絡まって年上の女性と同棲していたのだった。その女性との間には、因縁がありり愛情はなかった。それを知らされたのは笙子がフランスに留学していたときだった。

――できることなら君を攫《さら》って不毛な関係とは決別したいと思った。君に洗いざらいを話せたらどんなにいいかと思った。しかし、君はあまりにも無垢《むく》でひたむきで、子供だった。そんな君の純粋さを、きれいさを、ずたずたに引き裂きたいと思ったことが何度あったか……どんな男をもたじろがせるほどの、女の魅力を携えていながら、それでも君は幼児のようにキラキラと透き通っていた。「語るべきこと」を告げるのも、「ずたずたに引き裂く」のも、君がもう少し大人になるまで待とうと思った――

この初恋の疵《きず》は笙子のこころに深く沁みとおり、癒えることはなかった。その後、巡り合ったブルターニュ生まれの夫も偶然にも医者であった。医学界でも瞠目される名医であった。一児を儲《もう》け、過去の疵が消え去ったしあわせのさなかに飛行機事故というあえない結末が訪れた。

それから辿《たど》った暗黒の日々。木端微塵《こっぱみじん》に砕けた夢の瓦礫に足をとられ、満身に疵を負った笙子に手を差し伸べる者はいなかった。

事故の当初、親身に集まってくれた医者仲間や人道支援団体の仲間たちに甘える気持ちは微塵もなかった。

時が経つにつれ一人去り、二人去り、残った男たちには笙子に対するそれなりの思惑が見え隠れしていた。出口の見えない長いトンネルのなかで、よろめきながら転び、転んでは立ち上がる笙子は一時、ひどい言語障害に陥り、思うように声が出なくなった。その笙子の首に、幼いテッサのやわらかい腕が絡まりついた。

「ママンはとても強いんでしょ？」

蒼ざめた顔で凝視する母の頬をちいさな手がぴしゃぴしゃと叩いた。

「パパがそう言ってた」

その娘を宝物のように抱きしめて、笙子はもう転ばなかった。瓦礫を踏みしめ、夫との甘やかな思い出さえ振り払い、踏みしだいて、笙子はすっくりと立って、ひとり歩いた。

トンネルを抜けた笙子は強く明るく拓《ひら》けた女になっていた。セクシャルな欲望や誘惑にもごく自然に奔放に挑んでいった。外国の生活が多かったせいか、それまでの人生で初恋を除いて日本の男性に恋したことも肌を合わせたこともなかった。

九鬼兼太という知り合ってから日の浅い男の腕のなかにいる自分が、あろうことか既に女として廃墟になってしまっていることを知って、茫漠としたやるせなさに胸の奥が冷えてきた。

シャッターを閉め忘れた寝室の窓から夜が剝がれていく。黒いおおきな翼をひろげていた重たい夜が藍《あい》色に変わり、茫々としただいだい色にほんのすこしの光が入りはじめたころ、九鬼のかすかな寝息が聞こえた。その寝息が深くなった。男の人はこんな時にも眠れるんだ。

茫然として人生の無常、女のいのちのはかなさを掬い取って笙子は自分を抱いている九鬼の腕をそっとはずして半身を起こし、昇ってゆく太陽と向き合った。女の終焉を朝日に晒して清めたいと思った。みじめな気分が拡散して薄められていくような気もした。

襟首に視線を感じて振向くと、九鬼がじっと笙子を見ていた。笙子は朝の光を背負って真っすぐな視線を九鬼兼太の顔におとした。

「駅までお送りします」

「ほんとに？」

九鬼はかすかにほほ笑んだ。

電車の時間に間に合わせることの慌ただしさが気まずさを救った。寝息をたてていた九鬼が「日本株式会社色」のユニホームに着替えるまでの素早さが笙子には奇異なものに映った。

飛行機の離陸寸前の搭乗や、これまでの逢瀬《おうせ》の唐突な申し出とも思い合わせて、九鬼兼太という男の概要をぼんやりと推し量っていた。かなり乱暴な運転をする駅までのタクシーのなかで、九鬼の温かい掌《て》にしっかりと右手を握られながら、笙子は言葉を発しなかった。お互いに無言のままホームで別れた。

笙子はエスカレーターには乗らず、駅の階段を踏みしめるようにゆっくりと下り、タクシーに乗らず裏口へ出た。この十数年、凄まじい勢いで開発された駅の表正面から高速にかけての繁華な賑わいが嘘のような駅裏の光景が、朦朧《もうろう》とした笙子の前にひらけた。やきとり屋、立ち飲み屋台などが早朝のゴミ袋と深夜までこもっていた雑多な臭いを曳《ひ》いてひしゃげていた。

笙子はこの界隈《かいわい》が気に入っていた。甘辛い醤油の焦げた臭いと濃密な人間の臭いを深々と吸い込んでそこを駆け抜けると、曲がりくねる裏街道に出て速足で歩いた。線路に沿ってはじめはなだらかな道が次第に登り坂になる帰り道の、かなり歩いたところで振り返った。

下りの新幹線が発車したばかりで、無人のホームのはずれに立った九鬼が笙子を見ていた。片側にジャングルのように人の手が入っていない森が続くこの道からは駅のホームがよく見えるのだった。「会議に間に合うのかしら」とひどく虚《うつ》ろなこころで現実的なことをぼんやりと思った。

不眠の一夜のなかで見つめた女としての凋落《ちょうらく》の淵。

駅からの激しい登り坂を一気に駆け上がった胸の動悸。全身にびっしょりとへばりついてくる冷たい汗。たらーとした汗がことさら体の芯から内腿《うちもも》にかけて異様な重さで淀んでいる。

笙子は前夜、九鬼兼太が入って流さずに残っているバスタブの生ぬるい湯に身を沈めた。九鬼の髪の毛が二、三本浮いている。それを指で掬い取ろうとしたがするりと抜けてゆく。寒気がして二の腕や胸のあたりに鳥肌がたってきた。

「なんなのよ、どうしたのよ」と声に出した。老いてゆく身を朝日に透かして、鎮まったこころで、ある「納得」の境地を拓《ひら》いたつもりが、生ぬるい残り湯に浸《つ》かってむらむらと体が揺れ、承認しがたい切なさと、恥ずかしさと、怒りのようなものが込みあげてきた。

ざばっと音をたてて湯からあがり、熱いシャワーを頭から浴びた。おおきなバスタオルを巻きつけ、そのままキッチンへ降りて冷えたペットボトルの水をごくごくと飲んだ。

ゴミ出しに行った帰りの小夜さんが茫然とした面もちでその笙子を凝視している。庭に向けて開いたドアから容赦のない黄色く萌える晩夏の朝の陽差しが笙子の濡れそぼれた髪にどっと襲いかかった。すこし眩暈がした。

「どうしたんですかいったい！　真っ青ですよ」

「何が？」

「何って、顔、顔が真っ青。何かあったんですか」

「あったわよ」

水をもう一口飲みこんでから笙子はうっすらとした笑みを浮かべた。

「七十歳になっちゃったわよ」

何事にも大雑把な小夜さんが声をたてて大雑把に笑った。

「何を言ってるんですか、笙子さん五十歳にも見えませんよ」

「外見と中身はちがうのよ。ここがダメになったわよ」と頭を指した。お体裁を作ってもしかたがないと思いながら、お体裁の上塗りをした。

「電話とっておいてくれるかしら、今日締め切りの原稿を書かなければいけないのよ」

「分かりました」

多少うさんくさそうにはしていたが、詮索《せんさく》好きでないさらりとした小夜さんの性格に救われる思いで書斎に上がった。嘘を言ったはずなのに手が原稿用紙の束を取り出した。驚愕と悲痛に打ちのめされた自分を、未知にちかい男にどう伝えようかと一瞬戸惑った。パソコンの打てない筆子は乱暴な字を原稿用紙に叩きつけた。字姿とは裏腹にこころはかなり鎮まってきた。

九鬼兼太さま

むかし、『かくも長き不在』という映画がありました。あなたは映画というものを観る方かしら？　たしかマルグリット・デュラスの原作で、アリダ・ヴァリが主演でした。一九六〇年代はじめにカンヌ国際映画祭でグランプリを受賞した作品です。

ストーリーはよく覚えてはいないけれど、長く暗い話だったように思います。ナチスのゲシュタポが絡んでいたように思いますが、長いこと生き別れになっていた夫に酷似した記憶喪失のホームレスを見て、愕然とするアリダ・ヴァリのクローズアップが、昨夜から今朝にかけて脳裏いっぱいにひろがっています。不朽の名作『第三の男』であれほど知的で美しかった顔が年月に晒されて無残に老いていた。その無残に当時感銘を受けたのを覚えています。さいわい結末は忘れました。

かくも長き不在のあとの私のみじめを、どうぞお捨て置きくださいませ。私の長すぎた不在は、私の孤独癖と異端にちかい私流の美学が選びとったものだっただけに、そのしっぺ返しのひどさに茫然としています。あなたは私にとっても、かけがえなく大事に思われる人になっています。

このまま大事にさせてください。ごく自然に、ごく日常的に、歩調を合わせて、ただ時折、いっしょに人生を歩く人でいてください。
今朝の私は凍えています。

伊奈笙子

男のようにおおきくてかなり強い意志的な手書きの封書を、九鬼の会社の秘書室宛に出した。

伊奈笙子様
「駅までお送りします」と言われたときは思いもかけないことだったので、びっくりしたしひどくうれしかった。予約しただけでチェックインもしなかったホテルへ支払いに行ったときも、ホームのときも、人たちに見られながらもあなたは、ごく自然に、ごく日常的に、あまりにも何気なく、ぼくにピタリと寄り添っていてくれた。あのすらりとしたあなたはとてもすてきでした。
『かくも長き不在』について、どうぞ、傷ついたりしないでください。心からのお願いです。絶対に回復します。確信を持って言いますが、時間が、それも短い時間が必ず解決します。ぼくを信じてください。
歩調を合わせて歩くのはもちろんステキです。でも、ぼくは、ほっそりとしてふくよかなあなたの体を抱きしめていたい。それは体以外のあなたのすべても抱きしめていたいというぼくの願望です。あなたが凍えているときは、ぼくに溶かさせてください。あの時にも言ったけれど、あなたはとんでもない人なのですよ。

長き不在なんていうものを超越した次元で、あなたはとんでもない人なのです。あの朝、乗るはずだった電車をやり過ごして、願をかけていました。タクシーに乗らず急坂の峠を歩いて帰ったあなたにはそれなりの思いがあったのでしょう。もしあのままぼくの視界から消えてしまえば、あなたはぼくから消え去ってしまうのだと、息を詰めてあなたの後ろ姿を見つめていたぼくを、視界から切れるギリギリのところで振り返ってくれた。

昼からの会議に集中しながらも、あなたのあの姿が胸いっぱいにひろがっていました。いい年をして、まるで中学生に戻ったようです。学生時代を通してもこんな手紙は書いたことがありません。

九鬼兼太

身じろぎもせず、石のように硬く自分に籠っていた笙子は、翌日、本棚のなかから医学書を引っ張り出してみたが、女の体に関する詳細な記述はなく、買ってから二年あまり手を触れたこともないパソコンを開いてみたがなす術《すべ》もない。機械とは相性が悪いし、説明書などをひもといてみても理解すらできないことも分かっていた。

「絶対に回復します」という九鬼兼太の言葉が感情的なものなのか、医学的に実証できるものなのか知らなければならないと思った。意を決してかなり高名な東京の総合病院の婦人科にアポイントを申し入れた。

ずっと後になって、笙子はこのころの自分の何かに憑《つ》かれたような必死さと我武者羅な行動に驚いたものだった。

顔も名前もすこしは知られた七十歳の女が婦人科の専門医に実情を説明するのには勇気と、したたかな覚悟が必要だった。けれど、いったん覚悟を決めた後の笙子には清冽《せいれつ》な清々しささえあった。なんの気おくれも、ためらいもなく高層ビルのエレベーターに乗り、受付で手続きを取り、名前を呼ばれるまで曇り空にそっけなく林立するビル群を睨んでいた。

あまり待たされずに入った診察室で、男か女かちょっと判別できない初老の医師と対面したときはすこし戸惑ったが、お辞儀をしたときにスカートが眼に入りすとーんと気分が落ち着いた。

女医は中性的な顔や態度で淡々と女が辿る変化の大雑把な説明をしてくれた。

「女は閉経の後、ま、早く言えば水気がなくなります。それでも女として、充分潤っている人もいれば、そんなことに関心さえない女性の場合は、分かりやすく言えば干上がってしまうんです」

笙子はぞっとしながら、ルポルタージュでユダ砂漠の上空を飛んだときに見た、峻嶮《しゅんけん》な裸山の合間の谷底に、蛇のようにのたうっていた黒い亀裂《きれつ》を思い出した。

「大昔は……つまりキリスト以前はきれいな水が滔々と流れていた川だったのかも知れませんね。今はワディと呼ばれている涸川《かれがわ》です」

ヘリコプターを操縦していたコーディネイターの説明を、その時もなぜか慄然《りつぜん》としながら聞いていたことも思い出した。

「私、最近眠っていて、喉が渇くんです。舌も乾くし……みんな関係あるんでしょうか」

「それは単なる口内乾燥症ですね、ホルモンとは関係ないです。でも、年とともに分泌物は貧しくなりますよ。よく耄碌《もうろく》した年寄りがよだれを流して眠っていると嗤《わら》うでしょう。あれは無知な意地悪なんですよ。流れるほどの唾液《だえき》があるなんて幸運なのよ」

笑いながら言った女医は穏やかなやさしい顔だった。

「体というものはいろいろと変わっていくのです。男も女も。個人差はあるけれど、女性はカップルとして健全な生活をしていても、五十代半ばですでに子宮や膣《ちつ》が萎縮して潤いがなくなる人もいるし、七十を超えても豊かな人もたまにはいます。かと思うと、膣の皮膚が薄くなって性交時に出血することもあります」

驚いて息を呑んだ笙子に女医は何ひとつ質問をせず、てきぱきと処方箋を書いてくれた。

「発癌などの懸念がない軽いホルモン剤と、顧みられなくて拗《す》ねてしまったお部屋の壁を、もう一度やわらかくしてもらう薬です」

思いもかけなかった女医のユーモアに笙子もくつろいで、訊かれもしないことを告白した。

「顧みなかった期間が十年ちかくあるんですけれど……」

告白というにははばかられる女の見栄が嘘を吐《つ》いた。ごく稀に気まぐれのアヴァンテュールはあったけれど、そうした関係は十数年もなかった。

「大丈夫です。すぐに治りますよ。誰もが経験するごく普通のことです」

ごつごつとした顔が滲み出るユーモアと知性でまろやかになる初老の女医に笙子は魅力を感じたが、彼女の診断は当たってはいなかった。すぐに治りはしなかった。個人差があると言われたことに祈りを込めながら、笙子は不思議な思いに駆られた。笙子自身にはもう性的なことへの興味も欲望も湧いてはこないのだった。治癒がおそいのはそのせいかも知れないと思いながらも、会うごとに激しさを増す九鬼兼太の一途な視線の熱さに応えたいともだえ苦しんだ。

ふと、九鬼もこんなことが大事ではないのかも知れないと思った。

「あなたのなかに溶けて入り込み一つになりたい。絶対に離れられない一つの心と体になりたい」

もがくように呟く九鬼には、異常ともとれる戦う男の悲痛な孤独が滲み出ているようにも思えた。

笙子が知る男たちは、映像や、出版、あるいはジャーナリズムの世界に限られていた。その他の男の仕事場ってどんなふうなのだろう。日本でも有数といわれる「株式会社」の将来をになうべき立場の男の周りにはわんわんと蒸れるようなエネルギーがたむろし、バランスのとれた連帯感がベルトコンベアーに乗って日々が動いてゆくのだろうか。そんなきれいごとだけのわけはない。どんな世界にしろ、男の野心や、嫉妬心、権謀術数が交錯する油断のならない戦場なのかも知れない。

そのなかで九鬼兼太という男はどんな位置を占め、上司や同僚や部下たちとどんな関係にあるのか窺《うかが》い知ることは不可能だった。会っているときはあまりにも笙子に没頭していたし、仕事場の話をすることも、家庭の話をすることもなかった。

二人が会うのは、九鬼が海外出張のあとさきを工面しての短い時間に限られていたし、そのとき笙子が仕事の手を外せないこともある。その分だけ電話や、九鬼の懇切丁寧な指導で習い覚えた携帯メールが日に何度も行き来した。

そんな日々のなかで笙子は九鬼兼太の家庭や、妻という人の存在はどうなっているのだろうと思った。たぶん何年もの間続いたにちがいないマナーモードにされた携帯のなかで悲鳴をあげていた女性とはどうなっているのか、気にはなったが言葉にはしなかった。そんなことを訊くのは、噴火する火山のように、灼熱《しゃくねつ》の勢いで笙子に流れ込んでくる九鬼の熱情に対してあまりにも心ない、いじましい行為に思えた。

いつしか九鬼兼太が生きる世界は、仕事と伊奈笙子だけなのだという思いが浸透していった。背後にあるはずの九鬼自身の生活の基盤は書割のように遠のき、やがて、霧が立ち退《の》くように笙子の意識から消えていった。

伊奈笙子様

電話でもお話ししましたが、あなたと会えたこと、そしてこうしていられることを、無性に何かに感謝したくて、寄付というかたちで、気持ちを表すことにしました。

「世界平和を願う」というごまんとある団体の一つから終戦記念日に向けて頼まれて書いたという色紙が、あなたの書斎の机の上にあったのを読んでしまったのです。

——殺され方にいいも悪いもない。

——人命を救うためなら石を取れ。

――石を投げずに薬を投げよ。

ベルナール・クシュネール医師のスローガンより　八月十五日

あなたといっしょにいると、ぼくも人にやさしくなれるように思えてきます。

このスローガンはたしか、パリの五月革命に参加したまだ若かったクシュネールさんが、石畳を剝がして機動隊にぶつけながら、ふと「こんな革命は、恵まれた国の若者のロマンティシズムではないのか。石油のために内戦が激化して民衆が虐殺されているアフリカのビアフラにこそ行くべきではないのか」と思って作ったものでしたね。あなたのご本は熱読しています。

あなたが身の危険も顧みず、国連の親善大使として水も電気もガスもない地球上の僻地を回り、無償の奉仕をしていらしたのも、このあたりが原点かな、と思ったり、あ、その前に人道的な意味でもすばらしい貢献をなさった、名医でいらしたご主人の影響かと思ったり、それは失礼だ、あなたはもともと人の痛みに心を添わせる、いわゆる惻隠《そくいん》の情の深い人なんだ、と思ったり、朝から晩まで伊奈笙子づくしでぼくのこころは満ちています。

ところで、不幸にして、明日からのスケジュールは過密を極め、二度も東京出張があるのに、秒刻みのアポイントやら会議やらであなたに会えないことが耐えがたく、今月最後の土曜日には山梨県におりますので、その日の夕方に横浜に入れないかと画策しております。

ご都合はいかがでしょうか。

九鬼兼太

九鬼兼太は寸暇を惜しんで笙子の声を電話で聞き、ファックスやメールでの笙子の消息を待ち、工面がつく限り飛行機や新幹線に飛び乗って逢いに来た。こうした息詰まるような関係が連綿と続くなかで、伊奈笙子もまた逃れようもなく九鬼兼太という男の囚《とら》われ人となっていった。

体がしっくりと溶け合わない分、笙子の恋情は研ぎ澄まされていった。そして、時は熱く無常に流れていった。

窓にひろがるおおきな夜の真ん中に、卵の黄身のようにこってりと黄色い月だけが浮かんでいるある秋の夜更け、いつものように限りなくやさしく包み込んでくれる男の汗ばんだ背中に、女はうっと身を反らせて呻きながら爪を立てた。

背骨のどこかにひび割れたような痛みが走り、緊張しきった神経が背中に集中したとき、男の体がするりと入ってきた。笙子はちいさく叫んだ。それは痛みをともなったあまりにも絶大な存在感だった。

「あなた、今、私の中にいるの？」

喘《あえ》ぎながら呟いた。

「そう、笙子さんの中にいるよ。あなたの中にぼくがいる」

九鬼ははじめて笙子さんと、ささやいた。

「全部？　全部いるの？」

「焦らないで。全部ではない。だけどぼくのほとんどが今あなたの中にいる。ぼくの命を預かっていると思って安心して」

「まだ安心しない。ほとんどにしてはあなたの命すごく重くて痛い。苦しいよ」

九鬼は重たい、という自分の命を、喘ぎながら眉を寄せる笙子の瞳の奥にじっと見つめて確認してから、きわめてしずかに身を引いていった。笙子の中に、命のほとんどを預かっていたときの痛みとはちがう、空洞になった女の悼《いた》みが籠った。

「さびしくて、かなしいけれど、やっと、安宅《あたか》の関は通れた感じがする」

九鬼が面白そうに笙子の顔を覗き込んだ。笙子は甘く掠れた声で細い腕を九鬼の首に絡ませながら続けた。

「あなたが弁慶で、私はまだ不安に慄いている義経なの」

「あなたの発想は面白いね。ぼくが冷や汗をかきながら勧進帳を読み上げて、関守《せきもり》の役人相手に一世一代の芝居をしている、なんとかして関所を通り抜けようと必死になっている弁慶なのか。彼だって不安に慄いていたさ」

「でも、ね。関所はするりと通ってしまったと思うの。背骨にひびが入ったような痛みが走って、あっ、と気をとられた隙に、関所がお留守になったのよ」

笙子は九鬼の胸に顔を埋めながら呟いた。

「それじゃまるでぼくは留守を狙って入り込んだ盗賊みたいじゃないですか」

「そのとおりよ。だってあなたは海賊の子孫でしょ」

「えっ？」

「九鬼水軍をひきいて、信長を援助した海賊大名、九鬼嘉隆があなたのご先祖さまじゃないかと思い続けていたの」

「話が飛ぶなあ、ついていけませんよ」

九鬼の笑顔に笙子の大好きな笑窪が浮かんだ。その笑窪にとり込まれて笙子は果てしなく甘えたい女になった。

「でね、もっと話が飛ぶけど、今、ほんのすこし安心してうれしがっている私は、あの映画のなかでちっちゃくて、滑稽で、かなしい顔をしていたエノケンみたいだなぁと思っているの」

「映画？　エノケン？　なんのこと？」

「あなたがまだちいさな子供だったころ、私は中学生でクラスメートといっしょに、黒澤明の『虎の尾を踏む男達』という映画を観たの。頼朝の嫉妬に狂った怒りをかって、都落ちをする義経一行が山伏に身をやつして安宅の関をどう越えたか、という歌舞伎でいえば『勧進帳』の映画化よ。何も書いてない真っ白な巻物を朗々と読み上げる弁慶役は、大河内伝次郎《おおこうちでんじろう》という俳優がやってすごい迫力だったけど、無声映画時代の大スターだったとかで、台詞《せりふ》のエロキューションが悪くて、よく聞きとれなかった。でもそんなことどうでもいいくらいの迫力だったの。ほかにも当時の名優が沢山出ていたけれど、エノケンという人が印象的だった。それ以来、黒澤明の大ファンなの」

九鬼兼太がしみじみと笙子を見つめて言った。

「話は飛ぶし、支離滅裂な解説がいつの間にかどこかで繋《つな》がってしまう……笙子さん、こんなにすてきで可愛いあなたが何十年も独りでいたなんて信じられない」

「あなたを待っていたのかも知れない」

その夜、九鬼兼太の腕に抱かれてから、はじめて、朝まで熟睡した。夢も見なかった。出会いから七カ月が経っていた。


憑き物が落ちたように、このころから笙子の体はすこしずつリラックスしていった。

「すぐに治りますよ」と言った初老の女医の診断は間違いだったのではなく、笙子の受けた驚愕と屈辱を推測し計算に入れることを省いただけだった。笙子は精神的なショックによって人生のあらかたが左右されてしまう女だった。特に予期もしていなかったときに、うっすらと予感のあった危惧《きぐ》が断固たる現実として、ぴたりと体を閉じたあの瞬間の衝撃は、胸の奥と脳細胞、体のすみずみにいたるまでどっしりと根を張り、なまなかなことで消え去るものではないことを笙子自身が知っていたし、九鬼もそれを充分に感じとっていた。

ふたりの間のこの困ったわだかまりは、お互いへの思いやりと、難事を可笑しみに転化させようとする、若さから遠ざかったふたり共有の忍耐によって救われていった。

笙子は必死になって携帯メールの完全習得に励んだ。それでも同じ文字が続くときはカーソルをずらすことを知らずにおおきいがおきいになったり漢字の出し方に苦労した。その度に世界のあちこちにいる九鬼に電話で「私には手に負えない!」「こんなコセコセ、チマチマした機械で、こころは伝わらない！」などとダダをこねた。

＝ぼくもあなたの手書きのほうがどれほどうれしいか。携帯メールはただの連絡手段です。今のぼくは郵便を待つ余裕がない。あなたの過ごす刻一刻を知っていたい。愛しています。

兼太＝

＝うとうとと夜がたけて、うとうとと朝が来ました。恋に愛が侵入してきました。

笙子＝

＝今、静岡にある工場にいます。午後の新幹線で九州の小倉に行きます。横浜が近いのに切ない。

兼太＝

逸るこころに逆らって二人の逢瀬はますます難しくなっていった。

秋になって笙子が急な依頼でテレビ番組の演出のためパリに行くことになり、メールを受けた九鬼はどう工面をつけたのか、終電車で横浜へ駆けつけてきた。慌ただしく旅支度を終えシャワーを頭から浴びているときに呼び鈴が鳴った。深夜を過ぎていた。まさか、と思いながらも、相手も確かめずに、濡れた体にタオルとガウンを羽織って戸締りの済んだ玄関へ走りだして鍵を開け、門を開けた。

門灯のほの明かりを受けて、ちょっと照れたようなこの時の九鬼の顔を笙子は一生忘れられないだろうと思った。

「不用心だな、誰かも確かめないで」

「会社、大丈夫なの?」

「大丈夫じゃないね。こんな専務がいたんでは……明日の朝は成田まで送っていけるんです。午前中から夕方までのスケジュールがさいわい緊急なものじゃなかったので秘書が明後日に組み替えてくれた。こんなこと学生時代にもなかった。自分でも驚いている」

濡れた髪を抱きかかえながら「うれしい、逢えてうれしい」と呟いた。

兼太さま
段々畑のように折り重なる白い雲の上にキラリと光る飛行機雲が二本。その光のなかに、空港のイミグレーションの向こうでいつまでも手を振ってくれていたあなたの姿が浮かんでいます。
飛行機は今、ハバロフスクをかなり過ぎたところ、私はトリュッフ・オ・ショコラを食べ、コニャックを飲んでいます。すこし酔っています。あなたはまだ、会社に帰り着いてはいらっしゃらないでしょう。いけないセンムさん、私がどんなにうれしかったか……深夜から今朝までの、あの短すぎて、長い長い時間はすてきでした。熱をもったようなあなたの体にぴったりと覆われて、甘美な怖さに慄いていた私をあなたはどう感じているのかしら。じれったいっ、という焦燥の断片が散らばっているようにも思え、自分を恨みながらも、あなたのやさしさに埋もれていきました。

『『プラハの春』のように一瞬でもいい、雪解けの恍惚《こうこつ》が私にも訪れてほしい」と呟いた私に、「何を言ってる、すてきだよ。とてもすてきなんだよ」と言ってくれたあなたの甘い重たさが、雲の上にいる私のなかに、ずっしりと存在しています。

夫がいなくなってから続いた暗くて空気の通わない、地獄のような日々。その後の何十年もの間、私はたった一人で、何をして、どんな暮らし方をしていたのだろうと振り返ります。父を喪ってまだちいさかった娘を、生まれ故郷や幼友達から引き剝がして、私という母親の都合だけで日本へ移住させることだけは避けたかった。彼女の天真爛漫な明るさを傷つけることは罪悪だと思った。公式文書など書類が幅をきかせるフランスという国で、母国語でないフランス語に手こずり、身内の一人もいない異国で、女一人、特に日本人というかなり苦労なしの国民性をもった女が、独りで子育てをすることは、並大抵のことではないはずです。

でも、私は仕事に恵まれ、友人に恵まれ、決して不幸せではありませんでした。むしろ、かなりの充足感をもって暮らしていました。母を亡くした年に、娘のテッサが結婚しました。孫が生まれ、娘夫婦の喜びに溢れた顔を見たとき、私はちょっと、居場所が狭くなったように感じ、母親にも去るべき時があるのじゃないかと思いました。

ふと、マッカーサー元帥の言葉が浮かびました。

「老兵は死なず、ただ消え去るのみ」。今から五年前のことです。

そしてあなたと出会いました。「ママン！　奇跡みたい！」。あなたのことを話したとき、娘が言った驚きのひとことです。その言葉に励まされ、私はあなたに埋没していきました。ちょっと飲みすぎ、ちょっと感傷的になって、ことんと眠ってしまいました。ちいさな機内常備の便箋に乱れ書きをしたやくたいもない私のちいさな歴史。今、日本は夕方の六時、あれから七時間が経ちました。窓のカーテンがオレンジ色なので、夕映えかな、と思ってチラリと開けてみたら、輝くような白光が眼を刺します。

私の物語を続けてもいいかしら。

一人っ子で、一人娘しかいない私と娘には異常なほど「大家族」というものへの憧れがあります。お互いに一人っきりという、あまりにもかそけき血の繋がりが心細くもあり、その娘一家と地球の反対側に住み続けることだけが哀しく不幸でもありました。そのことを除けば、独り、であることに限りない自由としあわせを感じていたように思います。

すこし前の新聞にアインシュタインの言葉が載っていました。

「若いころの孤独はさびしく虚しいけれど、年をとってからの孤独には熟成した甘さがある」

正確ではないけれど、意味はこんなふうでした。私は、ちがうな、と思った。

「若いときの孤独は蜜のように甘いけれど、年をとってからの孤独はただの孤独よ。灰色の空気が動くこともないただのひとりよ」

あなたを知ってしまった今の私の心境です。あれほど孤独に馴染み、自分の空間――場所だけでなく心を含めての――を誰かと共有することを拒んでいた私が、今、さびしさを噛みしめているのですもの。何十年もの間感じたことのない、傍にいてほしい人がいない、というさびしさを……。

今、時計をパリ時間に合わせたら、日本に残してきた果たさなかった急務や、浮世の雑事が、カランと心から立ち退きました。私は日本から、あるいはパリから旅立つとき、ある時点で、せねばならぬ日常のさまざまや、浮世の煩《わずら》いごとを完璧に放棄するのです。後に回ったつけも無視できるのです。

事務能力のまったくない女ひとりが地球上の真反対の場所にそれぞれ、一応「家」という足かせをもっている以上、大事なことがスカスカと抜けていくのはしかたがない、という私流の雑な処世法です。あなたは私とは正反対に人生にも日常にもきっちりとしたヴィジョンをもち、計画を立て、冷静に着実に無駄なく行動する人だと思っています。

でも、昨日のように終電車で駆けつけてくれるようなあなたもいて……とてもうれしかった。

気がついたらいまサンクトペテルブルク、あなたが近々出張なさる街ですね。メランコリックで美しい街です。あなたのお仕事がビジネスという私には理解すらできない世界なので、関わり合えない安堵《あんど》が私にゆったりとした平穏をもたらしてくれます。

あともうすこしでパリ。最後の電話で、私が着く前に私のアパルトマンへ行って待っていると言ってくれたテッサや、おちびさんたちのちょっと照れて斜に傾いたうれしそうなほほ笑みを思い浮かべて胸がトキメキます。慌ただしく買ったおみやげのおもちゃ類がもう幼すぎてお笑い種《ぐさ》なのか、それでも「とても好き、うれしい！」と言ってくれる複雑で屈折したやさしさが、あなたのいない淋しさにあかりを灯してくれそうです。

機内にて

笙子

＝目覚めたパリは晴れ、ちょっと涼しい二十度。三カ月ほど留守にした我が家は埃っぽく、無人を託《かこ》つにおいが充満しています。昨夜はおちびさん二人が泊ってくれました。飛行機で書いた長い長い手紙をポストしました。我慢して最後まで読んでね。

笙子＝

南仏での撮影中、仕事が終わるとその日の出来事や取材内容を短くメールした。時差の関係で電話で声を聞くことは不可能だった。

＝プロデューサーはいい人です。でも感性が「視聴率」という絶対によって鈍らされ、歪曲されてしまった四十二歳は扱いにくい……。

笙子＝

＝笙子さん　飛行機からの手紙はしみじみと読みました。でも、撮影に入ってからのメールは毎日、扱いにくいというそのプロデューサーの話でいっぱいですね。彼にあなたを占領されたようで落ち着かない。早く帰ってきてください。

兼太＝

＝撮影最後の日です。午後パリへ戻り、五、六カット街の点描を撮って終わりです。夜はテッサ一家と久し振りの食事。明日の午後には一路、兼太さん、あなたのいる日本に向かいます。

笙子＝

成田に着いて携帯をONにしたらメールが入っていた。

＝お帰りなさい。パリにいるあなたも生き生きしていて素敵だけれど、やはり同じ時間に日の出を迎え、夕陽を浴びる、同時刻帯のなかに住んでいてくれるとほっとします。とはいえ大阪と横浜は遠い。

今夜は非常に気を遣う大事な子会社四社を集めての調整、会食と遅くなります。話し合いを終えて食事まですこし時間があるけれど、横浜はあまりにも遠い。その時間に電話します。

兼太＝

それぞれにちがう過密なスケジュールのなかで、逢う時間もなく年の瀬が近づき、アメリカへの出張を前にして、会場が横浜だという理由で九鬼が「みなとみらい」での講演を引き受けたその日、前日の雨が祟《たた》って笙子は撮影で埼玉県の川越に釘づけになっていた。

「なんの因果なの！　私、晴れ女なのに！」

「だから今朝はピーカンなんですよ」と日本での助手兼マネージャーの井上彩乃《あやの》が言った。

「間に合わないわよ。講演、横浜で午後二時からなのよ」

「当然、間に合いませんね」

彩乃は涼しい笑顔で、冷たく言った。

「私情を仕事場に持ち込むなんて、笙子さんらしくないですよ」

「持ち込んでない。昨日の土砂降りに恨みを言っただけ」

「だいたい、その方の奥さんの身になってみてください」

「奥さんでもない人が、身、になんてなれない。そんなおこがましいこと私はしない」

「なんとなくとんちんかんな言い訳に聞こえますけど。ま、笙子さんらしいのかな」

彩乃の言葉には否めない責めがあった。彼女は学生時代から続いている誠実な恋が実って最近結婚したばかりだった。

笙子はプライバシーを口にすることはない。ただしひた隠しにすることもない。仕事上、彩乃には物語のアウトラインだけを話し、生活上、小夜さんには見てのとおりという態度をとった。

笙子があまりにも堂々としているので周りにひそひそ話をする人も、厭味なご注進に及ぶ者もいなかった。陰でなにを言われていようと完璧に無視した。そんな類いの俗っぽい中傷を寄せつけない凛《りん》としたものが笙子にはあった。

その日、南仏を皮切りに撮ったフランスの古い地方都市と、日本の鎌倉、日光、川越など、関東大震災や第二次世界大戦の空襲からも逃れた歴史のある町の今昔を描き、日仏を対比させる流れにしたいというプロデューサーのアイディアで川越市にいたのだった。

スタッフと早朝の古い街並みにカメラを据えると、笙子の面ざしがきりっと鋭くなった。江戸時代の繁華だった影を引きながら、層の厚い文化をしずかに今ふうに開花させている小江戸といわれる川越に惹き込まれていった。冬場の日照時間は短く撮影を切り上げてからも、笙子は「一番街」と呼ばれる蔵造りの街を歩き続けた。

仕事に没頭する笙子には九鬼への思いは宿っていない。

もうひとつの愛

横浜に戻り、九鬼が待っている行きつけの居酒屋の引き戸をがらりと開けたのは夜の九時を回っていた。

今どきめずらしいオートマティックになっていない引き戸は勢いあまって柱にはね返り、敷居の半分まで戻ってきた。入り口の近くにいたこの店の若い跡取り息子が「わっ」と言って飛び退いた。

「笙子さん！　吃驚《びっくり》したぁ、竜巻でも飛びこんできたかと思いましたよ」

「ごめん！　あまり気が急《せ》いて……久し振りなのに、雨降っちゃって、さいわい渋滞なくて、あ、年代物の格子戸壊しちゃったかな、ごめん！」

こんな時の笙子は単語だけが先走る。

「イヤッ、カッコいいっすよ、この寒空にコートなしで……」

まだ半開きになった格子戸の向こうに「お疲れさま！」と頭を下げて笙子を降ろしてくれた制作主任が車を発進させるのが見えた。

奥の定席から九鬼がゆったりと立ち上がった。

「やっと逢えましたね。ずいぶん逢えないでいたけれど、今日の仕事上手くいったんだね、顔に書いてある」

「講演も上手くいったのね」

「どうかな、聴衆の反応はよかったし、ぼくはあなたのようにアドリブで喋ったりしないから、サプライズはないですよ。二時間と言われたらきっかり二時間で終わる。一分前でもないし、後でもない」

「そういうあなたって、すごく怖い。ほんとに久し振り」

こんな店には不似合いな物腰で優雅に引いてくれた椅子に座りながら、九鬼の顔に近づいた笙子が笑った。

「あれっ……飲んだくれているな！」

「飲んではいる。だくれてはいない」

女将が熱燗のお代わりをもってきた。

「それ、何本目？」

「いいじゃないですか、六時からお待ちなのよ。おつまみしか召しあがらないで待っていらしたのよ」

愛想のいい女将が笙子をやさしくいなした。

「ごめんなさい」

素直に謝る笙子を九鬼は惚れぼれと眺めて小声で言った。

「ほんとにカッコいいよ。店の前で車を降りたのに、まるで嵐のなかを駆け抜けてきた少女みたいに髪を乱して、頰を紅潮させて、ジーンズにスカーフをなびかせて……ぞくっとするほどすてきだよ」

長い時間を経て考えると、これが面と向かって笙子を褒めた九鬼の口から出た最初で最後のフレーズだった。

月のない長い登り坂をふたりはゆっくりと時間をかけて歩いた。

「川越っていい街だった。人たちまで、由緒ありげな顔をしていた。横浜なんて歴史のない新開地に生まれたあたしなんかコクのないつまらない女なんだろうな、と思った」

九鬼はコメントをしなかった。

「行ったことある?」

「通りすがっただけだけど、風情ははっきりと記憶にある」

「地の利もよかったのね。いつの時代も栄えていたなんて……平安のころは『みよしの里』と言ったんですってね」

ふっとした沈黙のあと、九鬼の低くていい声がゆったりと詠んだ。

「みよし野の　田の面《も》の雁《かり》もひたぶるに　君がかたにぞ寄ると鳴くなる……」

九鬼は古典を暗誦《あんしょう》したり、タイミングよく適切に洋の東西の格言や、特に中国の古典や日本の和歌や俳句をたとえに出すのが好きだったし、得意だった。その教養と記憶力には舌を巻くものがあったし、笙子が惹かれる要因のひとつでもあった。

「それ、万葉集？」

「いや、伊勢物語」

月のない夜道がまだぼんやりと続いていた。相当飲んだはずなのに九鬼は息ひとつ乱してはいなかった。

「今朝、川越で、マネージャーに奥さんの身にもなってみろって言われた」

九鬼の足がぴたりと止まった。寒風のなかに短いしじまが流れた。

「そんな身じゃないから、なってみれない、って返事した」

言いながら寄り添ってくる笙子を、九鬼は壊れ物でも抱くように、そっと抱きしめた。懐のなかに掬い取るような、ゆるみのあるこの抱かれ方が笙子は好きだった。我武者羅に抱きしめられるのは息苦しくていやだった。胸にうずくまる笙子に、酒のにおいの消えた九鬼の息がかかった。

「笙子さん……これまでにこんなに愛したことはないんだ。正直いっていろいろあった。でもあなたに会ってはじめて、人を愛するってこういうことなんだ、と身に沁みて分かった。ぼくはめろめろに、みっともないくらいあなたに恋しているんだ。ほんとうなんだ」

「嘘だとは思っていない」

「ただ、一つだけどうしてもしてはならないことがある」

笙子は九鬼の胸を離れた。

「ぼくの家庭を壊してはいけない……」

笙子は息が止まるほど驚いた。闇夜のなかで、正面に向き直った九鬼の表情は見えなかった。

「誰が壊すの？」

「ぼく自身が壊しそうで怖い」

しばらく止まっていた息をおおきく吸ってから言った。

「大丈夫よ、あなたはそんなことをするわけはない」

笙子の声が冷えてきた。彩乃の言葉を伝えたことを後悔した。こういう生臭い話は艶消しだった。せっかくうっとりといい気分でいたのに、いきなりみみっちい俗な世界に突き落とされた気がした。それと同時に、パリではじめての夕食のあとに九鬼が話した彼の家族構成を聞いて圧倒されたことも思い出した。九鬼の口調にどこか誇らしげなものが漂ってもいた。

「私があなたの家庭を壊すようなことは絶対にない。壊せと言われてもそんなことをする理由が私にはない」

頭のなかの血が煮えているのか凍えてきたのか、怒りのようなものが込みあげてきた。私の大事な自由と孤独を略奪しておいて、男の勝手が何をほざく！　というようなキーンとした怒りだった。

それにしても、かなり唐突に思いもかけないことを言いだしたにしては、九鬼の声がひどく冷静だった。そのことに笙子のこころが冷えた。

すこし黙って暗くのっぺりと続く登り坂を歩いた。

「あなたのご家族は私の存在をご存じないし、気づいてもいないのね」

「と思うが正直なところ分からない。家ではお互いの知り合いを話題にすることはまずない。関心がないというか、無関心を装うことに慣れてしまった。特に子供たちとの間がそうだ」

「さびしい家長なのね」

笙子の背筋に悪寒が走った。「いや」と否定して、後の言葉を呑んだ。笙子の言葉は九鬼を傷つけたはずだ。

長い沈黙のあと笙子が訊いた。

「奥さまはどんな方なの」

「どんなって……ごく普通の平凡な主婦ですよ」

「ちゃんと話してくださる?」

「大学の同窓会で会った。五年下だけど、マドンナ的な存在だったらしい。今も、ぼくの部下たちに慕われている」

「きれいな方なのね」

「だろうな、肌がきれいかな、北国の生まれだから」

九鬼の口調には、やはりどこか自慢げなニュアンスがあった。それから後の会話はうわの空で、この時はなんの意味ももたなかった。

なんの意味もない独り語りのなかでこんな言葉が呟かれ、夜のなかに消えていった。

「言えるはずはないことだけど、『伊奈笙子さんと暮らしたいから笑って送り出して……』と言って家を出たい」

「ちなみに……」と、自分でも驚くほど低い静かな声で笙子は言った。

「もしそう言ったとしたら、どうなるの」

同じように低い静かな声が答えた。

「半狂乱になると思う」

家内はとか、女房はとかの主語をはぶいた短い答えのあと、「ぼくはすべての人を敵に回す」と結んだ。

周りを敵に回すのが怖い人に、私を真剣に愛する覚悟はない。

それでいい、と思い肩の力が抜けた。九鬼にというよりは、闇夜に向けて呟いた。

「卵を割らなきゃ、オムレツは作れないって諺《ことわざ》知っている？」

「知っている」

その夜、シャッターを降ろしていない寝室の窓にひろがる夜空は、星もなく、重く、黒かった。

笙子の体は、固く閉じていた。九鬼の熱い眼差しと、やわらかく、しずかな口づけにも、冷たくなった体はほどけなかった。硬直した頭と心で眼だけが冴えていた笙子は、自分でも知らないうちにまどろんでいた。夜明けが近づいたころ、気づくと九鬼の胸にうずくまるようにして二、三時間深く眠ってしまっていたのだった。

笙子を抱いた九鬼の肌はじっとりと熱く汗ばんでいた。その濡れた胸に、男を拒否した笙子の手が絡み、軽く爪を立てた。

その朝早く、九鬼はアメリカへ向けて発った。

あなたの汗ばんだ体の形の残るシーツを眺めながら、今までは想像もしなかった、する余裕さえなかった、あなたの家庭のこと、奥さまのことを思い描きました。

それは私には見えない世界、その世界のなかで、あなたはどんな表情でどんな会話をしているのか、お家のなかをどんなふうに歩いているのか、ご家族との視線はどんなふうな交わり方をしているのか、見えない景色、聞こえない音。それらが私のなかで膨らみはじめました。

九鬼兼太さま

夜道でのあなたのひと言がなかったら、私はあなたが妻帯者であり、大家族の大事な家長であることさえストンと忘れていました。私には、「昼夜をおかずあなたのことばかり考えている」と言ってくれるあなたしか見えていませんでした。

私には、「トイレに行く時間もない」とあなたが言っている会社での秒刻みのスケジュールや、会議に次ぐ会議、現場視察で飛び回るあなたや、その車中から電話をかけてくれるあなた、ヨーロッパやアメリカ出張で飛行機から飛行機を乗り継いでいるあなたしか見えなかったし、それがあなたのすべてであるような錯覚に陥っていました。

家庭って何、夫婦って何、結婚って何、というもっと早くに思うべきことに今更思いつき戸惑っています。

壊すべきではない家庭をもっているあなたのなかで私はいったい何をしているのだろう、壊れかけている私の大事な自由と孤独はこのさきどうなっていくのだろうと思います。

こうした思いは、はじまると果てしなく裾をひろげてゆきます。赤坂のピアノバーの暗がりで、あなたが無視した携帯電話の向こうにいた人。「恨まれますよ」と言ったバーのオーナー夫人や「久し振りにふたりのデュエットが聴きたいなあ」と私の反応を楽しむように言った五条元君の声が蘇ります。五条君はたびたび電話をかけてきて、携帯電話の人の話を熱に浮かされたように語り、そのほかの女性関係をほのめかしたりもしました。

月のない坂道を登りながらあまりにも平然と、こともなくあなたの口をついて出てきた壊してはいけないあなたの家庭とはなんなのか、その家庭とその女性とはどんな関係にあったのか、今でも続いていることなのか、だとしたら私はあなたにとってなんなのか、あなたはいったい誰なのか。

私はしあわせを壊すためには存在していません。私はしあわせを作るために生きています。

笙子

ここまで書いても笙子の怒りに似た不信感は収まらなかったが、久し振りの逢瀬に九鬼を頑なに拒んだ自分を、全身に汗をかいて抱きしめていてくれた男のまごころもひとつの愛の証《あか》しかも知れないとも思った。

まどろっこしいメールをあきらめて、会社に出した手書きの手紙を読んでいるはずのない九鬼からは電話とファックスが押し寄せてきた。

ある昼下がり、北米のはずれから、いつものように落ち着いてはいるが、息が頬にかかるほどの熱い声が受話器から流れてきた。

「目的地に着くころ日本は夜明けなので、移動中の車からだけどどうしても声が聞きたくなったから……笙子、愛している」

笙子が慌てて訊いた。

「あのー、車のなか、ひとりなの?」

「いや、現地の支店長がいっしょ」

笙子は息苦しくなった。

「ずいぶん不用心なのね。大事なものが壊れちゃうじゃないの!」

「いや、大丈夫だ。長年信頼関係にある部下なんだ」と相手に聞こえないための気遣いなのか声を低めて言ったが、常に冷静な九鬼にしては、不可解な発言だったし、人前で呼び捨てにされるのは我慢ができないほどいやだった。

笙子はあの夜の坂道以来、自分が必要以上に神経質になっているとも感じた。

九鬼が自分という女をまったく理解していないという無念な思いがあの時以来溢れている。人のしあわせを壊してまで愛に溺れるような女ではないし、「ぼくが壊しそうで怖い」と言った九鬼と、現実の九鬼とではただならない距離があるようにも思えた。

九鬼はしたたかな男なのだ。常に冷静で、人生に自分なりの規範を作り、「妻とその家族」

が中心をなす愛情の基軸はどんなことがあってもぶれない。それ以外の時空のなかで、男としての欲望を満たし、事業家としての才能にも人望にも恵まれたどこの国にもある一握りの特権階級の一人ではないのか……そういう類いの男に惹かれたことは一度もなかったし、意に留めたこともなかった。むしろ、厭味な存在として避けてきたはずだった。それらの男たちと九鬼はどうちがうのか、この年になって、これほど私が心を乱す何が九鬼にあるのか、笙子はもどかしく思った。

アメリカの出張から帰った九鬼から珍しく、メールでも、ファックスでもなく封書の手紙が届いた。

笙子さん

手紙を読んで胸が痛い。あなたのこれまでの手紙はいつも詩的で、客観的で、ユーモアが鏤《ちりば》められていた。この手紙は率直にぶつかってくるあなたの、男としてのぼくに対する怒りや疑念が溢れている。

何からどう話したらよいのか、あなたの言うようにぼくもいま戸惑っています。五条君が言ったことはまったくの嘘とも言えないし、ほんとうともかけ離れている。五条君は、あなたとぼくとの三者の関係にかなり屈折したものを感じていたのかも知れません。彼は自分の方がぼくよりもあなたとの関係の密度が濃いと思いたかったのでしょう。そう振る舞いたかったし、あなたにそう扱ってほしかったのでしょう。

件《くだん》の女性に関してはたしかに長い付き合いが続いていました。好きだったし、すてきだったし、尽くしてくれたし、相性がよかった。別れたのはいつまでも独り者でいる自分が不安になったのでしょう。別れたとき、四十七歳でぼくより十歳年下でした。出会いは彼女が離婚して三十五歳になっていたときでした。

別れがそのプロセスを含めて、穏やかで円満なんてことは、この世ではあり得ません。いやな話ですが、最後にはお金の問題も絡まり、かなりのダメージも受けましたが、彼女は働く女ではなく、生活力には恵まれていませんでした。当然ながらぼくはできるだけのことをしたことで、かえってさっぱりと気持ちに整理がつきました。

このことをあなたにどう話そうか迷っていました。嘘を吐くのはいやだし、知らん顔も、言い訳じみた説明もいやだ。今ではすっかり終わってしまったこのことはこれでおしまいです。あなたとの出会いがすべてを消し飛ばしてしまった。これから、肝心な問題に入ります。

結婚って何、夫婦って何？　夫婦でいて恋人を何年ももっていた男って何？　家庭とか、妻ってなんなの？

これは重い問いかけです。重い一方で世の中にしばしば見受けられるありふれた光景かも知れません。そのよって来るところは千差万別なのでしょう。

あなたは若く結婚され、お嬢さんにも恵まれ、しあわせの絶頂で飛行機事故という無残な不幸でご主人を亡くされた。あまりにも短いしあわせを突然奪われた不条理。そのことを引き合いに出すような不謹慎な思惑はありません。ただ、あなたの真摯《しんし》な問いかけに、ものごとをありのままに、淡々と話すことを許してください。

結婚がお互いの理想的なかたちを崩さず最後までしあわせが溢れ、平穏に成就していくという稀有《けう》なケースもあるでしょう。それでも、お互いの譲歩や工夫や限りない我慢や思いやりは必須でしょう。

一方では、結婚当初のすべての想いが重なり合っていると思えた日から、歳月の流れのなか、時間の経過とともに、お互いがお互いに望んでいることが、すこしずつずれてくる。そのずれがそれぞれの欲求のかなり本質的な部分に関わると気づいたときに、何かが変化し、流動しはじめるのです。

早期に別のカタチへ移行する、つまり離婚という荒療治です。

二番目は気づいているし、居心地も悪いけれど、作り上げたものを変えたくない。なんとかして維持したい部分のほうが強くて、いわばモラトリアムの時に身をゆだねる。

三番目は、当初の想いとは異なる現実に、ある種の諦めを受け入れ、別の次元へと棲家《すみか》を作り直してゆく。

ぼくはこの三番目でした。もちろんそのことによって、ぼくの長年のパートナーであり、五人の子供の母親である妻を傷つけることも、不幸にすることも許されません。正直に言って社会的な立場を守るという功利的な意味や目的もあったことは否めません。語り尽くすには、難しすぎるテーマです。たとえを挙げて分かりやすくすることは男として潔しとしないし、馴染めません。

最後に、夜道でぼくが呟き、あなたに誤解されたかも知れない「伊奈笙子さんと暮らしたいから、笑って送り出して」という言葉は、言えるはずはないけれど、心のなかで思う言葉に夢を託すことまで、止めないでください。

考えたくはないけれど、人生の残された時間ということにも、思いはさまよいます。いっしょにいられる時間を一分でも一秒でも長くしたいと願っています。
いけませんか。

兼太

蘇州の異変

秋のはじめ、笙子は珍しく、上海で撮影する日中合作映画の衣裳ディレクターに乞《こ》われて、きらびやかな新興大都市にいた。笙子は独特な衣裳センスで役柄と演技者を結び、幻想的なストーリーを効果的に盛り上げた。日本からのスタッフも多い撮影は新鮮で楽しく、笙子は久し振りに自分らしさを取り戻し、生き生きとしていた。

笙子の作品の特色は、非日常が編み出すストーリーに向いていた。ホームドラマなどでは笙子の個性は邪魔になる可能性があったし、彼女自身がそれをよく弁《わきま》えていた。上海での撮影が終わりに近づいたある日、着信したメールに眼を瞠った。

＝今朝、急に上海出張が決まった。そちらの仕事が終わるころ着くので二日間滞在を延ばしてもらえるとうれしい。そこまで行ってすれちがうのはぼくらの立場では罪悪に等しい＝

＝待っています＝

返信を打ってから笙子は胸の内に痛いような炎を感じた。出会いから一年半が経っていた。九鬼は専務から副社長になり、激務のなかで面差しがますます精悍《せいかん》になっていった。衝撃を受けた夜道での言葉もそれなりの傷を残しながらも次第に心の底に沈んでいった。それにしても、夫の死からほぼ三十年独りでいた笙子に訪れた時ならぬ恋。この年になっていったい何が起きたの、と訝りながら制御できないほどの心の乱れに笙子はうろたえていた。

うろたえていたのは九鬼とて同じだったにちがいない。そんな心情を「そこまで行ってすれ違うのはぼくらの立場では罪悪に等しい」という切羽詰まったフレーズに笙子は感じとっていた。

いくら感情が昂《たか》ぶっても逢うことにはかなりの犠牲も工夫も強いられていた。仕事の内容もちがうし、二人の住まいを往復するのには六時間以上を必要とした。朝までゆっくりとしたことは、はじめての夜をいれても数えるほどしかない。上海という日常を感じさせない国外で二日間もいっしょにいられることは夢のようだった。

衣裳ディレクターは撮影本隊といっしょに行動する必要はなく、別行動を報告して、九鬼到着日の昼過ぎにアシスタントと打ち合わせをしているとき、メールが入った。

＝いま、浦東《プードン》空港へ着いた。待っていてね。　　兼太＝

短い文面にも、しがらみのない解放感が滲んでいた。

ロビーの椅子から立ち上がった九鬼兼太の姿は、ゆったりと涼やかで頬に浮かんだ笑窪が懐かしかった。ふたりきりで肌を寄せ合っているときの九鬼よりも、町の雑踏のなかからふいっと現れたり、笙子を待っていた場所から何気なく立ち上がって自分だけを見つめている九鬼の姿のほうが好きだった。

「また待たせちゃった」

駆け寄る笙子を受け止めながら、傍らに控えている飄然《ひょうぜん》とした感じの四十半ばに見える男を紹介した。

「ここの支店長の桝田《ますだ》君、隣が秘書で通訳の木蘭《むらん》さん、まだ二十三歳で可愛いけれど、日本へ留学していたこともあってしっかりしたお嬢さんだ」

この日、すぐに仕事場に向かった九鬼を見送ったのち、木蘭に伴われて、撮影中は見物の余裕などなかった町の中心を歩き回り、二〇〇六年のこの時期、破竹の勢いで栄えている上海という巨大都市の盛況ぶりを堪能《たんのう》した。

笙子はふと、むかし夢中になって読んだゾルゲ事件の膨大な資料に触発されて「ゾルゲに上海の蘇州河に架かる橋の上で会った」と言っていた日本共産党の川合貞吉《かわいていきち》という人に会いに行ったことを思い出した。

「ムランちゃん、外白渡橋《ワイバイドゥチャオ》へ連れていってくださる」

笙子は興味の由来をざっと説明した。

「笙子さん。ゾルゲという人、何をする人ですか」と木蘭が訊いた。そうか、二十三歳の中国人女性が知るわけないよな、日本人だってゾルゲ事件を知っている人はもう数えるほどしかいないだろうと思いながら、ゾルゲの伝記映画を作りたかった当時の情熱をなぞっていた。

『ロシア人とドイツ人とのハーフで、世界平和を夢見て、日本へドイツの『フランクフルター・ツァイトゥング』紙の新聞記者として赴任した、実はスターリンを信奉するロシア側のスパイだったの。太平洋戦争の終わり近くに日本の憲兵に捕えられて絞首刑になった人なの」

「そんな人、好きでしたか？　太平洋戦争って、日本とドイツが、アメリカなどの連合軍と戦った戦争のことですか」

笙子の外白渡橋への執着を理解しようとする木蘭の表情が複雑になってきた。

「いいのよ、大昔の、けれど私にとっては大事なこと。信奉していたスターリンに結局は裏切られて、日本で絞首刑にされ、生命力が溢れていたため死ぬのに二十四分もかかってしまった人なの、さぞかし無念だったろうにと思って……」

いいのよ、と言いながらまだ言い募っている自分にあきれながら、楚々《そそ》として歩く可憐《かれん》な木蘭の肩を抱いた。

「ごめんなさいね。生きてきた分量の差を感じるわ」

「えっ」

「私、木蘭の三倍も生きているのよ」

「ほんとにですか？」

木蘭はのけぞるようにして驚いた。色白で眼のくっきりときれいな木蘭が告げた。

「今夜、予約したレストランの窓からその外白渡橋がよく見えます」

外白渡橋の見える飯店は賑わっていて、旬《しゅん》だという上海蟹《シャンハイがに》は食べるのに大変すぎて途中で放棄した笙子は、辛抱強く小さな蟹を解体している九鬼に見入ってしまった。

「ずいぶん器用なのね」

「うん、器用というよりマメでしつこいんだ」

九鬼の新しい一面を見た思いで、笙子はきれいに積み上げられた、殻だけになった上海蟹を見つめていた。食事中に九鬼は「ゾルゲ事件」を話題にしながら、からかうような調子で言った。

「ぼくがあなたと親しいと言ったら、その人物が、『伊奈笙子さんって共産党員でしょう』と言って驚かされたことがあるんだ」

「どうして私が共産党員なの！」

「あなたは共産党発行の新聞にロングインタヴューを載せたことがあるでしょう。アメリカのイラク侵攻を批判した内容だったとか、ぼくは読んでいないけれど」

「ええ、一面記事で二面まではみ出しちゃったとてもいい記事よ。せいせいするほど気分がよかったわ。取ってあるので今度見せる。で、それで私は共産党員になっちゃうの？」

「世間なんて、上っ面で、せっかちで浅はかなものなんだ。ものごとの真意を汲みとる努力なんてしない。誤解を生んだほうが損するだけです」

なんとなく非難めいた口調が意外に思えた。深刻になりそうな話題に、桝田君がさりげなく割って入り、翌日の予定などを説明しだした。九鬼がさらりと表情を変えた。

「桝田君、明日の早朝視察には、ぼくなりの目論見《もくろみ》があるんですよ。せっかく伊奈笙子さんと合流できたので、仕事を早めに済ませて、午後、蘇州に行ってみたい。ぼくがとる今年はじめての休暇です」

「わっ、うれしい」

笙子は少女のような歓声をあげた。今まで、ゾルゲという歴史的に重い事件にむきになって囚われていた人間とは思えない無邪気な喜び方に九鬼は苦笑しながらも、そんな笙子に見惚《みと》れていた。

「車、手配しておきます」と言う桝田を笙子が制した。

「我が儘言っていい？　車じゃなく、鉄道に乗ってみたい」

「テツドウ？」

一瞬戸惑った木蘭がすぐ「あ、火車、デンシャね」と納得した。

「桝田君と木蘭さんもぜひ来てください。会社とは関係のないぼくの招待です」

寒山寺《かんざんじ》で有名な「虎丘《こきゅう》の斜塔」を眺め、世界遺産になっている拙政園《せっせいえん》を九鬼と笙子は腕を組み、ピタリと寄り添いながら見物した。笙子は九鬼と歩幅を合わせて、大股に歩いた。そんなふたりを若い木蘭がうっとりと見て言った。

「笙子さん、とてもとても、すてきです。ふたり似合ってます」

木蘭の言葉に苦笑した九鬼の肩から背中へかけての線がゆったりと美しく、笙子はしみじみとしあわせな気分になった。

異変はその夜起きた。

「夕食はお二人でなさいますか」と問いかけた桝田に、

「いや、せっかく来てくれたのに何を言ってる。いっしょに食べましょう。木蘭さんもぜひどうぞ。遠慮は無用です」

公私混同しない九鬼の潔癖さや、眼をかけているという部下に対してのていねいな物言いに笙子は感心した。立場上、一線を画してはいるが、心がやさしい。

知り合って以来、細かすぎると思えるほどの金銭感覚に時には竦《すく》むほどの違和感をもちはしたが、美食家の九鬼は飲食に関しては、あきれるほど気持ちのいい散財をした。蘇州での晩餐はまさにグルメたる九鬼の面目躍如たるものだった。

桝田や木蘭には思いつかないだろう豪華なレストランも献立も、日本を発つ前に調べて予約したにちがいないと思えた。そのレストランへ向かう車のなかで「頼みがあるんだ」と言って切り出した九鬼の言葉の意味がよく摑めなかったし、それほど大事なことには思えなかったほど、蘇州の夜を共に過ごすことのしあわせに笙子は酔っていた。

九鬼と笙子が並んで座り、笙子の前に桝田、九鬼の前に木蘭という位置関係ではじまった贅《ぜい》を尽くした夕食の席で、後から思えば枡田は異常にリラックスしていた。はしゃぎすぎるほど陽気で、矢継ぎ早に笙子にさまざまな質問を浴びせかけ、笙子も上機嫌でそれらに答え、撮影中のエピソードなどを面白おかしく披露していった。

九鬼が妙に寡黙《かもく》でいることに不審を抱いたとき、彼の眼に、これまでに見たことがない「牽制」のような色合いが浮かんではいたが、なんのことか気付かなかった。

食事が終わり、夜の楓橋《ふうきょう》界隈を巡るこぢんまりとした屋形船に乗り込むときに異変はあからさまなかたちで笙子を謎の世界へ突き落とした。

船着場は狭くて斜めに傾いていた。近視の笙子は暗くて濡れた足場によろめき、助けを求めてさし出した手を握ってくれたのは意外にも木蘭だった。こんな時ぴたりと寄り添ってくれる九鬼を振向くと、一歩後ろにいて、表情を閉ざしたまま笙子を見ることもしなかった。

「こことても滑ります。私に摑まってください」

木蘭は細い腕で笙子を支え、呼ばれた船頭が慣れた手つきで笙子を軽々と船に移してくれた。訳が分からないまま、中ほどの二人掛けの席の外側に座り、九鬼の席を空けておいた。後から乗り込んだ九鬼は笙子を見ることもせずに通り過ぎ、最後部の席に硬い表情で腰をおろし、ひとり「孤高」といった佇まいで取りつく島もない態度だった。

いったい何が起こったのか見当もつかず、はじめてみる化石化したような九鬼に、笙子は身が震えるほどの驚きを抑えることができなかった。

常に静かでやさしく思いやりのある九鬼の豹変《ひょうへん》ぶりに、貸切の小型遊覧船にたちまち氷のような緊張感が溢れた。事情を呑み込めない現地のガイドだけが、われ関せず、とルーティンになっている夜の川巡りの口上を高い声で朗々と歌うように続け、木蘭が九鬼の不機嫌をはばかりながら小声でしっかりと訳していった。桝田はすこし蒼ざめた顔で硬直していた。

九鬼は微動だにせず、乗船したときのまま肘掛に置いた右手の拳に顎を乗せ、周りの困惑を気にも留めない風情を崩さずにいた。想像もしなかった九鬼の異形に笙子は息も継げなかった。

「あなたなしでは、いまのぼくは生きてゆけない」と言い続けた九鬼が笙子を完全に無視している。

第三者が息を詰めて見守るなかでの、不可解きわまりない九鬼の態度に、血が凍るほどの屈辱を感じたし、はじめて見る彼の自分に対しての徹底した無視の理由がなんであれ、許せない怒りが胸に溢れた。自分はともかく周りを巻き込む突然の変貌に我慢がならず、笙子は立ち上がって九鬼の傍らに行った。

「何があったの。どうしたの。あなたの招待をあんなに喜んでいた人たちになんていうことをするの。あなたの一方的な招待だったのよ。恥ずかしくないの。蘇州まで来て、やっと巡り合えた私たちはいったいなんなの」

それでも九鬼は無言を貫いた。視線さえも動かさなかった。何千年もの間、吹き荒れる砂嵐にも揺るがず、じっと座り続けているエジプトのスフィンクスのように。

笙子は船旅の後半を、ひとりにぎにぎしく盛りたて、狂ったように騒ぎ続けた。戻った船着き場で、もう木蘭の手は借りず、つるつる滑りながらも嬌声をあげた。そんな笙子の姿に一瞥《いちべつ》も与えず、船頭とガイドに会釈をしただけで、九鬼は、待たせてあったタクシーにひとり乗り込んだ。

ホテルの特別室に入ると、笙子は寝室には入らず、自分のスーツケースを持って次の間のカナッペの真ん中に大仏さまのような座禅を組んで座った。

九鬼の身に何が起こったのか、ひと言も発しない九鬼の信じがたい変化に笙子の何が関わっていたのか見当もつかず、怒りのなかで、疲れ果てていった。何を考えたらいいのか、感じたらいいのか分からず、中国的な色彩の溢れる絹張りの壁を睨み続けていた。

どのくらいの時が経ったのか、あらゆる感覚が麻痺し、体から生気が抜けおち、眩暈で朦朧としてきたとき、壁が割れた。のではなくドアが開いた。そこに、背広姿のままの九鬼が蹌踉と立っていた。

「笙子さん、寝室のベッドで寝なさい。ぼくがここで寝る」

笙子は座禅が崩れたような胡坐《あぐら》をかいたまま、壁の一点を見つめ続けた。

「あの理不尽な仕打ちはなんだったの。あれほどずたずたにされるほど、私は何をしたの」

笙子の舌はもつれて呂律《ろれつ》がおかしかった。長い沈黙の後、怒りを含んだ声が言った。

「あなたは何もしなかった。あれほど頼んでおいたのに、あなたは何もしなかった」

声が次第に震えてきた。

「何を怒っているの、私は何を頼まれたの」

「あの男は優秀なんだ」

「どの男？」

「何を言っている。あなたがべらべらととめどなく、みっともないほど開けっぴろげで喋っていた桝田君だ」

「私がみっともなく、べらべらしたのと、彼の優秀となんの関係があるの」

「ぼくは社員の長所を伸ばして会社の将来を託さなければならない立場にある」

「それがどうしたの、私はあなたの部下でもないし、あなたの会社となんの関係もない別世界の人間よ」

「分かっている。だから頼んだんじゃないか、くれぐれも彼の馴《な》れ馴《な》れしさに乗らないでくれと車のなかで頼んだ。それをまあ、二人とも図に乗って、同席者が辟易《へきえき》するほど、下品なほど笑い崩れて見苦しかった。いたたまれなかった」

「同席者って、木蘭とあなたしかいなかったわ」

「ぼくになど、一瞥もくれず、くだらない話に興じていた」

笙子はあきれて言葉を失った。

「それ、ただのやきもちにしか聞こえない」

九鬼の怒りは頂点に達したようだった。

「なんということを言う！　彼は頭もいいし、仕事もできるし、直接の部下ではないけれど将来の成長株だと思って眼をかけている。この一、二年いっしょに現場を回って、彼の軽々しさと馴れ馴れしさが会社の仕組みのなかで思わぬつまずきにならないように毎回注意をしてきたつもりだが、あれは生来のものらしいと今夜分かった」

「すこし厳しすぎるんじゃない？　彼にしてみれば家族を離れた単身赴任で、日本から来るのはあなたのように偉い人ばかり。気を遣う人ばかりのところへ、私というちょっと毛色の変わった人間が舞い込んできた。すこしぐらい羽目をはずしたって、将来有望に傷がつくとは思えないわ」

「羽目をはずしたのは彼だけじゃない。あなたがはじめての人間にあれほど如才なく、延々とばかげた話ができるとは思ってもいなかった。恥ずかしかったよ。もっとも、いつか見たルポルタージュのなかでも、息子ぐらいの若い青年と見るに堪えないほど親しげにしていたけれどね」

「兼太さん」

笙子は九鬼を正面から見つめた。青ずんだ激しい視線だった。

「それは、もう二十回も聞きました。あなたはしつこい人なのね」

「ぼくはしつこいよ。非常にしつこいですよ」

「最後にもうひとつ。私は食事の席で疲れるほど気を遣って尽くしていたのよ。これも生来の性格だと思います。蘇州まで来て、やっと二人きりで過ごせると思っていたのよ。食事だって二人きりでしたかったのよ。でもあなたのお気に入りと聞いて、生来に輪をかけて心をこめて尽くしていたのよ。気さくでいい人たちだったし、喜んで尽くしたのよ。それからもう一つ。

私の仕事の内容に口を出されるのは拒絶します。あなたを隣に感じながら、しあわせで楽しく座持ちをした私が、恥ずかしいほど下品だったと言われて……」

「みっともなく下品だった！」

九鬼は笙子の言葉をもぎ取って、叩きつけるように言った。はっとして九鬼を見あげた笙子の眼がうっすらと潤んでじっと見ひらいた。

「げ・ひ・ん？　私が？」

怪訝な思いに瞳までが震えているように見えた。

「『下品』は明日のいちばん早い飛行機であなたの前から消えます。二度と会うことはないでしょう」

決然と言ったつもりの語尾が震えていた。再びスーツケースをもって九鬼の前から一秒でも早く消え去りたいと寝室へ入りドアを閉めた。

硬直した体とはうらはらに、頭のなかは煮えたぎっていた。夥《おびただ》しい疑問符が右往左往してはいるが、ロボットのように動く手が素早く荷造りをしていった。スーツケースに鍵をかけて、白んでくる夜明けのなかにうずくまった。今は何も考えないことにしよう、家へ帰ってからゆっくりとゆっくりと考えようと思った。

フロントを呼び出して、飛行機の予約をしながら、航空券を入れたポシェットをカナッペに置き忘れてきたことを思い出した。

年甲斐もなく恋い焦がれた一人の男のうえに起きた異変をもう一度眼にすることは耐えがた

かった。混乱しすぎてチケットを忘れたことを恨み、眼をつむって深呼吸をした。九鬼は疲れ果てて、泥のように眠っているだろう、と願いながらきわめて静かにドアを開けた。

明け方の光芒《こうぼう》のなかに浮いたカナッペの真ん中に、九鬼は座っていた。シルエットのなかの九鬼は背広の上着も脱がず、ネクタイもはずさず、滂沱《ぼうだ》と涙を流していた。

「どうしたの」

プロフィールがきわめてゆっくりと動いて、ぼーっとした眼が笙子を見た。かなしい眼だった。九鬼の眼のなかに感情が現れることはほとんどなかった。特にかなしみは九鬼には似合わなかった。笙子はうろたえた。

「いったい……どうしたの」

眼に湛《たた》えたかなしみとはうらはらに、まったく感情のない声が言った。

「行っちゃうんでしょ、別れるんでしょ」

涙に濡れながらも、頑なな顔がまたプロフィールに戻った。笙子ははじめて見る九鬼のこうした姿に心を乱しながらも、九鬼の正面に回って言った。

「別れるほかにないでしょ。あなたはビジネスマン。数え切れない人を抱え、育成もしていく大会社の偉い人。私は、育成せず、されもせず、荒野を往く、独り立ちのペンペン草。あなたとは所詮分かり合えない別世界の人間なの」

ちょっと、芝居がかったキザにも聞こえる台詞を一気に言ってから、胸いっぱいにはばかるおおきなかたまりを呑み込んだ。

「でも、でもね、逢えてよかった」

身を翻した笙子に九鬼がぶつかるように倒れかかった。

「いやだ。離さない。ぜったいに離さない」

「いやだ。水をかぶってつるつるに滑る暗い船着き場に置き去りにされた驚きと屈辱は忘れない。ぜったいに許さない」

重なった九鬼の胸を渾身《こんしん》の力で撥《は》ね除《の》け、息を切らせて絨毯《じゅうたん》の上に倒れ込み、すかさず四つん這《ば》いになった笙子の眼が強く鋭くきらきらと光っていた。

「ぼくだって許さない。ぼくを除外する笙子を許せない」

「えっ、なんなのそれ。九鬼兼太さん！　支離滅裂だよ、それ」

「愛しているんだ」

「そんなねじれた愛なんて要らない！」

肩で荒い息をしている笙子の眼がすぅーと切れ長につり上がった。四つん這いのまま絨毯の上を横移動する笙子はサバンナを行く雌豹《めひょう》のようだった。二つの体はもみ合いながらぶつかり合った。出会ってからはじめての壮絶な諍《いさか》いだった。笙子が七十一歳と三カ月、九鬼はあと三カ月で五十九歳になろうとしていたときのことだった。

翌朝、嵐が凪《な》いだように、穏やかで静かな表情の九鬼は、二人の女性を遠ざけて、桝田と部屋に籠った。昨日の今日、どんな顔をして桝田となんの話ができるのだろうと笙子は思った。

笙子は木蘭に伴われてホテルに続く広い公園のようなところを歩いた。笙子の足元が少しふらついた。点在する大木。葉影が朝の冷気で清々しかった。芝生のそこここで、中年から初老の男女が太極拳をしていた。七、八人の群れに近づいたとき木蘭が笙子の手を引いた。

「いっしょにやりましょ。気持ちいいです」

笙子も素直に輪のなかに入っていった。見よう見まねでゆったりと体を動かしているうちに、極度に緊張した不眠の疲れが青い芝生に吸い取られていった。ほどけてきた神経のなかで、笙子は九鬼という人物が、ほどなく自分を壊していくだろうという確かな予感をもった。

小道の向こうから背の高い九鬼と、寄り添うように飄々《ひょうひょう》と歩く桝田の姿が見えた。九鬼はすこし蒼ざめてはいるが、いつもの穏やかな笑顔で、桝田はしゃちほこばった体に、緊張気味の笑いを浮かべ、ゆうべはのっぺりとリラックスしていた頬に浅い小皺《こじわ》を刻んでいた。可哀そうにお説教でもされたのかしら、と思う笙子の前で、桝田の九鬼を見あげる眼に淡い憧れのようなものと、畏敬《いけい》の影を見て、笙子は低くちいさく呟いた。

「九鬼兼太。あなたはいったい誰なの……」

聞き咎めた木蘭が「ん？」と言って首を傾げた。

裡《うち》なる悲壮

蘇州での衝撃がまだ癒えていない筌子のもとに、パソコンメールに添付されたインドからの手紙が届いた。

筌子さん

あなたのことばかりを考えているぼくは、今、インドの南部にある都市にいます。あなたはインドへは来たこともないし、興味があるかどうかも分かりませんが、ちょっと説明すると、ここはＩＴ産業の中心地です。インド人が数学に秀でていることは知っているでしょう？　その才能が見事に開花している場所です。そのきっかけを作ったのはアメリカでした。アメリカＴＩ（テキサス・インストルメントの略）が彼らの数学的能力を見込んでソフトウェアの開発拠点を作り、今日の繁栄にいたっています。と、書いてみたもののこんなことにあなたが関心をもつとは思ってもいません。

お伝えしたかったのは、訪問先の人たちに勧められて、ホテルをキャンセルして、プロペラ機ですこし離れたＩＴ関係の研修所や、訪れる人たちのためのゲストハウスが点在する小さな町にいるということ。ここで感じる「インド」という巨大な国や人びとを見てのぼくの感想です。

ご存じのように、あなたとちがってぼくには冒険心というものがない。贅沢でなくてもいいがインフラの整った清潔な環境でないと落ち着けない、かなり意気地《いくじ》のない都会派です。ゲストハウスとは名ばかりのよれたような建物から程ないところに一二〇〇年前に造られたというヒンズー教の寺院があり、そこを訪ねてみました。あなたに言うのはいささか釈迦に説法とは知りつつも、ここでは時間がまったくちがう流れ方をしている。ものみなすべてがあまりにもゆったりとしている。あなたがときどき眼を輝かせて語ってくれるアフリカ奥地に流れている時間ともたぶんまったく異なる時の流れ方であり、人びとの佇まいなのです。

寺院へ行く道すがらには日干しレンガを雑に積み上げたような低い住居の連なりがあり、その入り口というか土の塊のようなものに男たちが座っている。じっと動かずに座っている。ひどく年寄りに見えるが、若いのかも知れない。表情がない、というより動かない。けれど死んだようでは決してない。動かない眼には生気がないが、虚ろではない。気圧《けお》されるような静寂であり、巨大な力の化石のようでもある。

その姿に、永遠の一部を切りとったようだと感じ入る人たちには、インドはたまらない魅力であり、反対に、時が止まっていると感じるぼくのような人間は「インド」にのめり込むことはできないのです。あなたはどちらなのだろう、と考えました。

夕暮れのひととき、ゲストハウスの周りを歩き回ってみました。

インドふうにゆっくりと……実に不思議な景色です。この季節、酷暑というのではないが、ほぼ猛暑に近い環境のなかで、犬も猿も鳥も、ゆっくりのろのろと生きている。吠えたり鳴いたりしない。群れなす蚊もふらふらと音もなく飛んでいる。蚊取り線香はあるけど効かない。そんなものなくてもいいのです。よたよた飛んでいる蚊はめったに刺さない。チーン、ピューンと騒々しく飛んできて、チッと刺して素早く血を吸う日本の蚊とはわけがちがうのです。

ガンジス川が、生まれて、生きて、死んでゆく人間のすべてを一手に引き受けている。聖なる水はありとあらゆる病原菌を含みながら、産湯を使わせ、死者を清め、ひ弱なぼくなどが沐浴《もくよく》でもしようものなら、体中が腫《は》れあがってしまうような汚濁の水が、この国の人びとに恵みをもたらしている。まったくちがう価値観や、哲学に畏敬の思いをもちながらもたじたじとしています。

ヒンズー教の輪廻転生の世界は、ぼくにとっては馴染めない、あまりにも異なった精神世界であり、観念的な世界でもあります。

二〇〇六年　冬　　九鬼兼太

蘇州での出来事にはひと言も触れていない、かなり考え込んでしまう輪廻転生への九鬼の感想を読んで、笙子はテレビを点けた。岸洋子という人が歌っていた。その姿に赤坂のピアノバーで『それは恋』を歌った九鬼が重なった。遊覧船の上の取りつく島もない九鬼の姿も重なった。恋がかたちを変えてしまったと思った。

＝笙子さん　あなたからのメールが遠のいて寒さがよけい身にしみます。お元気でしょうか、今、フランクフルトの空港にいます。

兼太＝

九鬼兼太さま

インドからの手紙を読んだ夜、テレビで岸洋子という人の歌を聴きました。大変人気のある人とは聞き知っていましたが、画面で顔を見るのも、歌を聞くのもはじめてです。ご存じのように私は日本にいなかった時間が多く、そのうえ、稀にしかいないと思うほどの音痴です。

夫を亡くしたことのショックが一時私から声を奪い、学生時代にはコーラス部にいたこともあるのに、それ以来、歌は歌えません。その私が身じろぎもせず、テレビに見入っていたのです。

すばらしい声量というのか、歌唱力というのか、なんて美しい声。でも、歌詞のもつ痛ましさや余韻が伝わってこないのです。なぜだろうと、聴くというよりは見ているうちに、彼女のなかにある何かひどく悲壮なものが感じとれるようになりました。

その異常なほどの悲壮さが、時に傲慢《ごうまん》にさえ映り、私は脈絡もなく、むかし、「プラハの春・音楽祭」で間近な席で見つめた、東欧や旧ソヴィエト一円に絶大な人気を誇るある日本人ピアニストの演奏を思い浮かべてしまいました。私には傲慢としか聴きとれなかったその人の演奏は、満場の人びとをうっとりとさせ、割れるような拍手を受けて華やかな笑みとともにいかにもこの人らしい曲を豪快に弾きはじめました。

ピアニシモがない。あってもそこには演奏者の主張がはみ出しすぎてフォルテにしか聴きとれなかった。肩から首筋にかけて、筋肉が縮こまるような疲れを感じました。

過去へ飛んでしまった思いを岸洋子さんに戻します。この人の余情を拒むような、歌詞を斬《き》って捨てるような歌い方には何があり、聴衆はなぜあんなにも熱狂するのか……考えているうちにふと思いました。これは歌というよりも、豊かなメロディーのある詩の朗読なんだ、と。ある人生の物語なんだ、と。

終わり近くになって、彼女自身から短いメッセージがあり、彼女がひどく重い病気に冒されていることが分かり、謎の一部が解けたような気がしました。

最後に歌った『黒い鷲《わし》』は、これぞこの人の本領なのではないかと思うほどよくて、感動しました。このシャンソンは一時期フランスの、特にインテリたちに凄い勢いで人気を博したバルバラという知的で、小生意気で、難解な歌を奔放に歌った若い女性歌手の歌です。それを全部日本語で歌ったのがよかった。岸洋子さんは十数年前、五十七歳で亡くなったそうですね。

歌の歌えない私がなぜこんなことを、しかもあなたのインドからのお手紙を読んだ後に書くのか……蘇州の晩餐から、遊覧船、そして明け方にかけて起きた出来事（ちなみにあれは十三日の金曜日でした）は、これから長いこと私を傷つけてゆくことでしょう。

そしてこの大事な出来事を、私はいつか私流に忘れてゆくのかも知れない。私は生来かなり淡白な、あなたの言うように緻密《ちみつ》さに欠けるザツな人間なのかも知れない。一方、それが良いか悪いかは別として、私にはしつこさがない。大事と些事《さじ》を嗅ぎわける能力はある。そして、人生のことどもの大抵を受け入れ、了承します。

人の、時には自分の欠点さえも許すことができる、歩いてきた、長い独りでの道が私に教えた知恵であり、トレランスのようなものです。いやなことは忘れる。すっぱりと切り捨てる。

だからあのときの驚きも、それに続いた不可解な不眠の一夜も、上海最後の晴れ上がった朝のなかに消えていったと思った。けれど、羽田空港から私を送ってくれたあなたの車が、あなたのいつもと変わらぬやさしい笑みとともに左折して、私の視界から消え去った瞬間から、逃げ道のない暗渠《あんきょ》のような場所に閉じ込められて溺れ死んでいくような心もとなさを感じました。あの時あなたに何が起こったのか、想像もしなかった剝《む》き出しになったもうひとりのあなたに私はあれからずっと慄いています。

日干しレンガの上に座り続ける男たちの動かない眼、巨大な力の化石のようだ、というインドへのあなたの感想。ヒンズー教の輪廻転生には馴染めないという、静かで理性的なあなたと、蘇州の夜、ひどい言葉で私を罵《ののし》ったあなたが結びつかない。

スフィンクスのように視線も動かさずに座り続けたあなたの裡側《うらがわ》に何がひそんでいたのか、

その分からないあなたの部分に、なぜか、「プラハの春・音楽祭」でデコルテのドレスに露わになった艶やかな肩にまでフォルテが溢れていたピアニストと、何かを拒絶し、歌詞を斬って捨てるような歌い方をした岸洋子さんの悲壮が重なってしかたがありません。あの時ほの見えたあなたの内奥にある悲壮と、私はどう向き合っていったらいいのか、茫然としています。

伊奈笙子

年が明け、寒さが底をついたような二月の半ば、九鬼兼太は、夏が盛りの南米へ視察に行っていた。そのころ、東京の写真マニアの間で五条元の「モノクロ幻想」と題した個展が評判になっていた。

砂丘子と落ち合って会場に行った笙子は、夥しい数の作品群を見ながら、これまでのものよりどこか無理をしたような奇抜さが気になった。文字どおり白黒のなかで、光と影のコントラストが上手く馴染んでいないと思った。

走り出てきた五条は日に焼けて、妙に精悍になったようにもやつれたようにも見えた。

「笙子さん、桐生さんも来てくれたんだ。ありがとう。電話で話したけど足掛け三年かけたのよ。飛びとびにだけれどさ。最後はモスクワだったんだけど吃驚したなあ、ソヴィエトが崩壊した直後に一度行ったけど、あまりの変わりように驚いた」

五条は異常なほど声が上ずっていた。

「すごいわ、世界中を網羅したのね」

感想を促すような五条の眼の色を笙子はさらりと避けた。

「凄い制作費でしょう、よくやったわよ。この会場だって借りるのは大変だわ」

かわした笙子に五条の眼が細く暗くなった。片方の唇だけ曲げた五条の顔が撓《たわ》んだ。

「全部九鬼さんのお蔭なんです。全面的に応援してくれて、会社を巻き込んでスポンサーになってくれたんですよ」

笙子を斜交いに見る五条のアイロニーに勝ち誇ったようなトゲがあった。

なぜだろうと思いながら、無言でほほ笑んだ。九鬼の五条に対する肩入れが分かりにくく、自分に話さないのには何か意味があるのか、ただ言うほどのこともないと思ったのか、いずれにしても九鬼は、将来ある才能を応援することに使命感を抱くようなところがあった。

笙子の好みではなかった五条の個展はかなりの評価を持続して、それからしばらくの間、限られたその世界ではちょっとした寵児《ちょうじ》になったようだった。笙子は蔭ながらうれしく思っていた。

そんな五条から、裏庭のミモザが盛りを終えるころ、電話があった。

母を喪った傷心の笙子に砂丘子が、若木をプレゼントしてくれて七年が経っている。ミモザは立派な大木になっていた。裏庭に溢れる華やかな黄色に見惚れているときだった。

「この間、個展のとき、ちょっと特別な話があったんだけど、桐生さんがいっしょだったから遠慮したんだ」

「なあに」

五条独特の話の切り出し方が、笙子を鬱陶《うっとう》しい思いにさせた。

「あ、もう警戒してる。やだなあ、ぼく、信用されていないんだね」

「そうじゃない。ただ、あなたの話いつもややこしいから」

「そうね。今日のは、とびっきりややこしい話なんだ」

「いやなのよ、そういうの」

「九鬼さん絡みの話でも？」

またか、と更にいやな感じがして、声が詰まったとき、キャッチホーンが入った。

「元君、ごめん、電話入っちゃった」

「きっと、九鬼さんからですよ」と言いざま五条元はことさら大きな音をたてて電話を切った。

そして、それは南米出張中の九鬼からだった。ただ、耳を裂くような雑音で人の声らしいものは何も聞こえなかった。そんな状態がかなり長く続いた。

「何にも聞こえない！　ものすごい音、鼓膜が破れそう。切ります。勿体《もったい》ないから切ります」

笙子も声を張り上げて叫んでから受話器を置いた。

明け方近くに、打って変わってしずかな低い声に起こされた。

「さっき、聞こえた？」

「凄まじい轟音《ごうおん》だけ聞こえた」

「ああ、やっぱり……あなたが行きたいと言っていた、イグアスの滝を見に行ったんだ。音だけでも聞かせたかったんだけどな」

「あ、イグアスだったの、たっぷりと聞いたわ。世界最大の滝の音も、機械を通すとあんなに乱暴な雑音になっちゃうんだ。私の声も聞こえなかったでしょ？」

「なんにも。国をまたいで広がる膨大な滝はぼくの想像をはるかに超えていた。中心になっている『悪魔の喉笛《のどぶえ》』が凄かった。アルゼンチン側に見物路があって、その真ん中あたりで落ちてくる滝と、下から巻き上げてくる飛沫で吹き飛ばされそうになりながら、電話を入れたんだけど、考えても無理だよな、あの爆音じゃ」

「無理ね、でもよかった。ビジネスだけじゃなくて、すこしは観光をする余裕ができたのね」

「笙子にさんざん言われたでしょう、毎年のようにトロントに行ってるのにナイアガラを見ていないなんてビジネスマンってつまらない人種だって」

「そのとおりよ。私はアフリカのウガンダで、ナイル唯一の景観といわれるマーチソン・フォールという、イグアスとは比べ物にならない小さな滝を、滝壺の泡の上に浮かんだ平べったい船から見あげただけで圧倒されたの。五十二度という炎暑ですこし朦朧としていたけど、人間ってちっぽけなもんだと、しみじみ思った」

「たしかに、あなたの言葉に触発されて、時間を工面して見に行ったのはとてもよかった。どこかの大統領夫人がイグアスを見て、『ナイアガラが可哀そう』と言ったのがよく分かった。ぼくが自由の身になったらふたりで行こうね」

会社を辞めたら、ということなのだろうか、と想像しながら、耳についた五条元の「特別な話」にけりをつけたいと思った。

「雄大なイグアスの滝の後で、チマチマした話は気がひけるけど、五条君から電話があったの、あなた絡みのややこしい話があるって。いやなの、そういうの」

「放っておきなさい。彼は今ちょっと、あまりいい状態じゃないんだ」

「なぜ、そんなに彼に肩入れするの」

「彼の才能はたいしたものだし、頼られているし、ま、今度話してもいいけれど、彼には気の毒な事情があって同情とはちがうんだけれど、なんというか、その事情がぼくには、理解できるものなんだ……」

不得要領のまま、笙子は五条元の「気の毒な事情」に関心をもつことはできなかった。

九鬼は、蘇州でのことなどまるでなかったかのように振る舞ったし、過密なスケジュールを縫って前より頻繁にメールで予告したあと、突然の訪問をするようになった。そのうちに月に一度ぐらいの割合で、夕方から、翌朝始発の電車まで笙子とともに過ごすようにさえなった。それは九鬼にとって、さまざまなやりくりや難しい決断を余儀なくさせられる行為にちがいない。笙子はなんとなく切羽詰まった気分になっていった。

それまではごく稀に時間があるときには、別棟になっている笙子のサロンの食卓で食事をとっていたが、はじめて母屋の茶の間でかなり内輪な雰囲気の夕食を摂ることになったとき、九鬼は笙子が招じるのも待たずに迷わず、あまりにも自然体でこの家の主が座るべき場所にゆったりと座ったのだった。小夜さんが笙子をちらりと見た後、緊張した面もちで九鬼に設《しつら》えた客用の食器を笙子のものと置き換えたが、九鬼は気に留めた様子もなく、小夜さんを巻き込んで、世間話をしながら食事を終えた。

九鬼の人間としての才能とでもいうべきものを笙子が感じたのは、食事の後の、九鬼の気遣いだった。笙子へというよりは、小夜さんに向けて、神妙な面もちではあったが、彼独特の人懐こい調子で言ったのだった。

「女二人だけの、気楽で平和な生活に、突然、男が一人飛び込んできて、いろいろと勝手が狂うでしょう。ごめんなさいね。小夜さんには気を遣わせて申し訳ないと思っていますよ。辛抱してください」

「とんでもない……」と小夜さんは顔を赤らめた。

「正直言って、昨夜は、ほんとに吃驚したんですよ。九鬼さん、この家の主になるつもりかしら、とちょっとむっとしたんです。顔に出たかなと思って慌てました」

「ちゃんと出てたわよ」

笙子は笑って、前夜、九鬼が座った、本来は自分の席に着きながら言い添えた。

「ここが、父や母が座り、今は私の場所だということ、九鬼さんは知らないわけよね」

「そりゃそうです。でも、雰囲気で分かるじゃないですか」と、小夜さんはなんとなく釈然としない態度を崩さなかった。

「でもあの後、ちゃんと気を遣ったこと言っていただいて、九鬼さんってたいした方ですね」

自分で納得するように言って、小夜さんが食事の片付けをはじめた。小夜さんは堅実な家庭の絵に描いたような良妻賢母で、笙子の母の桃子と何かの展示会で知り合い、親しく出入りするようになった人で、他家のお手伝いをして、生計を助けるような立場にいる人ではない。桃子の人柄に惹かれ、桃子の手料理の味付けや家事いっさいの見習いがしたいと言って、いつしか手伝い以上の、家族の一員のような立場になっていった人だった。

桃子亡き後は、「私が長生きしないと、笙子は日本では独りぼっちになっちゃうでしょ」と言い続けていた桃子の気持ちを受け継いで、家事はもちろんのこと、笙子の留守中は、秘書のような役目まできちんと果たし、植木屋さんや、古家の修理などは笙子が気がつかないうちにてきぱきと処理してくれている五十代はじめの、笙子から見れば女盛り、働き盛りのこの家の大黒柱なのだ。この人を失うことはできない。この人を失う日は、この古家の終わりなのだ、と笙子は思い続けていた。

夜の食事の片付けが済むころ、横浜に支部のあるかなり名の知れた会社の仕事が終わった小夜さんのご主人が門の前まで車で迎えに来て、夫婦そろって家路に着く、という暮らし方がずっと続いていた。笑いながら自認しているおしどり夫婦なのだった。

その年、それまでにも増した九鬼の仕事の分量や、海外出張の激しさ、外見《そとみ》にも複雑を極めて感じられるその内容に、笙子は日本を支えている会社とか、企業、経済を司《つかさど》る組織の歪みのようなものをうっすらと感じていた。

といっても九鬼がことさら仕事の内容や、苦労話をすることはなく、逆に、仕事が過密化すればするほど、ふだん感情を表さない眼に、なにかしら強い意志的な気配のようなものが宿り、表情が精悍になっていった。

夏のはじめに笙子がサンクトペテルブルクのエルミタージュ美術館とエカテリーナの豪奢《ごうしゃ》を究める「劇場」のルポルタージュを引き受けると、九鬼は同市視察の出張スケジュールを調整して、落ち合う算段や、笙子は笙子で、取材が終わった後の二日間を、九鬼のモスクワ出張に同道すべく体を空けた。


二人をモスクワの飛行場に出迎えてくれた男はノーネクタイのラフなスタイルで、風に吹かれたように気さくな様子が、大会社のモスクワ支店長にはいかにも相応しくない佇まいで、笙子はすぐに好感をもった。九鬼との間にも上下関係を抜きにした濃くも薄くもないあっさりとした友情のようなものが漂っていた。

「伊奈さん、モスクワははじめてじゃないですよね」と、糸見《いとみ》というその男が訊いた。

「ええ、三回来ました」

「そんなに？『ゾルゲ事件』を扱った映画のとき、いらしたことは知っていましたけれど、あ、九鬼さんからシェワルナゼ外相をインタヴューなさったことも聞きました」

「大昔の話です。ソ連が崩壊する直前でしたもの、インタヴューの数日後にウクライナが独立しました」

「じゃ、変わり果てたこの町を見せたいな。九鬼さん、支店に直行しないで、ちょっとお見せしたい場所を回ってもいいですか」

「任せますよ。糸見君はロシア語も堪能だし、うちの会社には探してもいない個性派で、あなたとは相性がいいと思いますよ」

苦笑した九鬼には、上海の桝田支店長に対したときとは、まったくちがう次元で、糸見という一風変わった男への安らぎと信頼が滲んでいた。

糸見が運転する車が殺風景で広大なパーキング・スペースに止められたとき、笙子はアメリカの田園都市にでも着いたかと思った。

笙子が最後にモスクワを訪れたのは、ゴルバチョフが別荘へ軟禁され、クーデターが失敗し、エリツィンの時代になって二、三年が経っていたから、すでに十年あまりの歳月が流れていた。

パーキングの奥に立ちはだかるようにして建っている巨大なスーパーマーケットに入った笙子は、思わず息を呑んでしまった。

若い女の子たちが群がっている化粧品のコーナーでずらりと並んだマニュキュアや口紅、特に、色とりどりのアイシャドーを見て、笙子は遠い日に見た、ある一こまのイメージをまざまざと思い出していた。

まだ「鉄のカーテン」に、あらゆる贅沢品から閉ざされていた旧ソ連の時代のことだ。

モスクワの赤の広場の片隅で、抜けるように肌の白い美少女が、人目をはばかるようにしてマッチを擦っているのを見た。

マッチの炎が燃え尽きると、少女はポケットから、欠けたちいさな鏡を出して燃えカスになった黒い墨で、ぱっちりと、そのままでうつくしい大きな眼にラインを引いていたのだった。

あれから何十年が経っただろう……それは、ゴルバチョフよりずっと前のフルシチョフの時代だった。

砂丘子の夫であり、笙子の師匠でもあったセルジュ・フォラスティエが製作・監督した映画『ゾルゲ』を観たフルシチョフが大感激してくれて、監督と、この映画に深く関わった笙子を招いてくれたのだ。

それはちょっとした事件だった。『ゾルゲ』はモスクワにある全二十一館で同時に封切られ、それでも足りずに、広場に急ごしらえのおおきなスクリーンを設えて野外劇場を造り、観衆は熱狂した。ソ連で闇の切符が出たはじめてのことだったという。ゾルゲの生まれ故郷バクーの町にゾルゲ通りができ、ゾルゲの銅像が建ち、ゾルゲの記念切手が発行された。

もう誰も憶えてはいないだろう、遠い日々の輝かしい栄光。

あれは、私が作った、私のベルエポックだったんだわ、その時、笙子はまだ二十代後半に差し掛かろうとする若さだった。込みあげてくるノスタルジックなときめきを、笙子は胸の奥に沈めて、談笑しながら再会を楽しんでいる二人の男から心を遠くに置いていた。ときおり訪れるこうした孤独、笙子自身にしか分からない、時代時代のさまざまが詰まったこの遠隔感。

それは笙子が笙子らしく生きるための糧だった。

過去から抜け出た笙子は赤の広場に立っていた。暑い日だった。モスクワの夏を笙子は知らない。雪をかぶり、灰色のただ暗くて、荘厳だった「赤の広場」が、真っ青な夏空の下で、明るい光を撒《ま》きちらしていた。

うっすらと眼が痛く、髪の毛が焼けるほど暑かった。ちょうど、九鬼と出会った後、ブルターニュ・ロケで炎天下の浜辺を日傘もささず、照り返してくる花崗岩《かこうがん》や砂の反射を、顔や全身に浴びて歩き回り、ひどい夏風邪から肺炎まで起こしたことを、笙子より先に九鬼が思い出していた。

「陽差しを避けたほうがいいな。糸見君、傘か帽子を買いたい。この人、無用心で日射病に罹ったことがあるんですよ」

赤の広場をゆっくりと歩き、モスクワに来るたびに足を運んだグム・デパートのファッサードの前に立って、笙子は茫然とした。立ち竦んでしまった。

「これがあの、グム?」

建物だけが立派な、赤の広場にある唯一のデパートには、笙子が知っている限り、生活に必要な最小限のものが、ごくわずかに、貧相に並んでいるだけだった。今、その同じデパートのファッサードには、ルイ・ヴィトンが聳《そび》えたっていた。

「ここには、お望みの物はなんでもあるはずです。観光客のショッピングスポットですよ」

はじめてこのデパートに足を踏み入れたとき、がらんと広い、紳士物売り場にはくすんだ赤と紺色の、それぞれに無地のネクタイがずらりと百本くらいずつ並んでいた。

それらは無味乾燥な店内でよれて侘《わび》しくぶら下がっていた。

二〇〇七年のこの夏、かつての品不足、貧相な配置や、貧しさは跡形もなく消え去り、世界中のありとあらゆる高級ブランド店が贅を競っていた。

地球の上を足早に巡る「時代」の流れがそこにはあった。

「まるでパリかニューヨークにいるみたい……」

クリスチャン・ディオールの店の前を通ったとき、マッチの燃えカスでこっそりとアイラインを引いていた肌のうつくしい色白の美少女が、華やかに飾りつけられたウインドウに幻のように浮き上がり、笙子を見つめているような気がした。

「あなたの好きなソニア・リキエルまでありますよ。ウインドウの黒い帽子が似合いそうだな」

九鬼の声に我に返り、パリの本店も顔負けに並んだ夏服の間を縫い、いかにもソニア調のつばの広い小粋《こいき》な木綿糸編みの帽子を被ってみた。

「すごく似合いますよ」

糸見が歓声をあげている間に、九鬼は既にカードで支払いを済ませていた。

「あら」

笙子はつばに留められているコサージュに付いている値段表を見て「これ、おいくら?」と糸見に訊いた。円換算をしてすぐに九鬼に返済したかったが、長々しく表示されたルーブルを換算するなんて芸当は笙子にはできるわけがなかった。

「高いな、ざっと二万五千円ですよ」

糸見は驚いた声をあげた。

「しょうがないわね、ソニアだから……パリでもそのぐらいかも知れない」

「いや、コサージュってんですか、このいかにも中国製らしい黒いバラの飾り物だけの値段ですよ」

「あらっ、じゃ、帽子は？」

「驚いたな、帽子だけで七万円ですよ！　すげえ国になったもんだ」

「じゃ、この木綿の帽子、九万五千円？　うっそ！　ほんとだ。コサージュはｍａｄｅ　ｉｎ　Ｃｈｉｎａだわ」

「いいじゃない、似合ってますよ」と九鬼が言った。

「でも、なぜこんなに高いの！」

「必需品には値段がない、夏風邪が肺炎まで起こしているのも知らないで、咳込んで肋骨にひびまで入ってるのも放っておいた人が、何を言ってる。ぼくのささやかなプレゼントです」と九鬼が笑った。

出費に関する関西人独特の合理性を笙子は感じた。いわゆる江戸っ子の見栄や余分なはったりがない。合理性のなかでときどきひどく気前がいい。

「ありがとう」

素直に言って、笙子は軽やかな足取りで、姿見に向かって歩き、ハリウッド、往年の大スター、ローレン・バコールよろしく顎を引き、上目遣いにうっすらと青ずんだ眼に茶目っけを浮かべながら、小粋な帽子を小粋に被った。

鏡の奥で、マッチの燃えカスでアイラインを引いた美少女がやわらかく笑った。それは、二〇〇七年の笑いではなかった。窮屈で貧しかった時代のうっすらと翳《かげ》った、しかし、したたかに強いスラブに生まれた少女の深いほほ笑みだった。

「どうしたの」

九鬼が笙子を覗き込んだ。

「うん、人間ってすごいなと思って……どんな変化にもすんなりとついていっちゃう。この帽子九万五千円でしょう。この同じグムで、私、手編みの、とても粗末で野暮ったいけど、温かい手袋を買ったの。たったの二十円だったの」

「えっ、いつのことですか、シェワルナゼをインタヴューに来たとき？」と糸見が訊いた。

「もっとむかし、フルシチョフの時代」

「ええっ」と、糸見。

「笙子さんの話は、ときどき歴史を何十年も遡《さかのぼ》っちゃうんで面食らうんですよ」

九鬼が糸見に言った。

「ごめんなさいね、私、大昔の女なのよ。長く生きすぎちゃったのよ」

笙子は掠れた声でちいさく言った。そして、すこしさびしく、スラブの少女のように芯の深い笑みを浮かべた。間違っても、私の生きた時代、私の類稀《たぐいまれ》な体験談をこの人たちに語るなんて粗相はすまいと思った。愛する人は、十二年六カ月、私より後に生まれている。まったくちがう時代と環境と教育を通して、私とはちがう生き方をしてきた。

私の歴史は私だけが知っていればよいと思った。

この旅行の後、ふたりにはお互いにかなり会えない仕事が続いた。

笙子は、戦前にアメリカンドリームを胸に抱いて、貧しさから追い立てられるようにして、労働移民としてアメリカに渡った日本人の、幾歳月かにわたる辛酸の、膨大な歴史ドキュメンタリーのため、アメリカに、長期滞在した。

ロケ地は砂漠の真ん中で携帯は繋がりにくかった。たまさか通じるときには、お互いが仕事上キャッチできない立ち場にあった。

そんな状態がひと月以上続き、現地に最後まで残った笙子は、また長い砂漠の道をロサンジェルスの飛行場へと揺られていた。砂漠街道にはもちろん街灯などという贅沢な利便はなく、星もない真っ暗な道を強風に煽られて、バスはもどかしいほどのろのろ運転だった。

みんなの寝息や風の音を聞きながら、やみくもに九鬼にメールを送りたくなった。

やさしいあたたかさがほしかった。


＝兼太さん　大晦日の朝、眠ったんだか、眠れなかったんだか、よく分からない朦朧のなかで、うすく眼を開けたらぼたん雪が降っていました。

「もう、十時だ……起きようか」と手を伸ばしたら、

「まだ早いよ」とあなたが目覚めない声で呟いて、右半身を私の体に重ねてきた。

「少し重たいよ」

「もっと重たくしようか……」

今度は目覚めた声だった。じんわりと伝わってくる馴染みきったあなたの温もりにうずくまって、

「窒息しちゃうよ」と言ったら、あなたは低く笑った。

腕を絡ませようとしたら……あなたはいなかった。重たさも消えていた。

今度ははっきりと眼をあけたら、吹雪の舞うアメリカという外国の、渺渺《びょうびょう》と連なる砂漠の真ん中のホテルで、私は毛布を蹴り上げながら、今年最後の仕事にかかるべく飛び起きていました。

その日、吹雪は昼ごろ収まり、肌を刺すように冷たい、けれど、躍るような陽光の溢れる丘の上に台を組んでカメラを載せたら、突然、獣のような唸り声をあげて渦巻くようにやってきた兇暴な横風に、高く組んだ台はカメラごと吹っ飛び、撮影は三時間ほど頓挫《とんざ》しました。風が凪いだ後は、日の光もすこしずつ萎えて、真っ青だった空が切ないほどの藍色にうつろい、二〇〇七年はすっかり暮れきってしまいました。

それからまたひと月近くが経ってしまいました。充足感のある仕事でしたが、あなたがめっきり遠くなっちゃった。

兼太さん、あなたは今、どこで何をしているの、何を考えているの。シアトルとロスでたった二回声を聞いただけですね。音沙汰もなく越えてしまったはじめての年。もうじき二月になってしまいます。こんなふうにして人生は過ぎていってしまうのでしょうか。過ぎてゆく人生のなかで、脈絡もなく、いつの日か、ヨーロッパで夢見ていたオホーツクに流れ着く、

大河アムールの流氷の上を歩いてみたいな、などと思っています。叶《かな》うことならあなたとふたりで。

笙子＝

バスの揺れに苦労して打ったメールは、砂漠からではなく、都会の灯が見えてから送信した。ロスに一泊してからほぼ十時間のフライトの後、成田空港に着いた。

スタッフとは、荷物待ちの税関のなかで別れた。お互いに疲れ果てていて、これ以上のグループ行動は、無意味だったし鬱陶しかった。

重たいスーツケースをカートに載せた笙子は誰より先に税関を出た。久し振りのニッポンの朝が爽やかで懐かしかった。

早朝ではあったが、到着ロビーは出迎えの人で賑わっていた。

ふと、遠くから、強い視線を感じた。コートの襟を立てた背の高い男が、人の群れのなかから忽然《こつぜん》と湧いた。ひどく小粋に襟を立てた渋い枯葉色のコートは笙子がパリ左岸にある、お気に入りのアーニスでひと目惚れで買ったプレゼントだった。胸が温かく湿ってきた。

笙子をひたと見つめながら、九鬼は、いつものようにゆったりと、しかし足早に、笙子の前に立った。

「お疲れさま……百年も逢っていなかった気がする」と言ったにしては、かなり冷静な顔で、九鬼はカートを引き継ぎ、携帯で待たせてあった車を呼び出し、手際よく荷物を仕分けて、機内持ち込みの小さなバッグを持ち上げ、笙子の顔をはじめてしみじみと覗き込んだ。

「ずいぶん陽に焼けたね。一泊旅行なら、このバッグで足りるでしょ？」

笙子はまだ茫然としていた。

「どこへ行くの？」

「羽田から女満別《めまんべつ》に飛ぶ」

「えっ、今？　このまま？」

「そう、今、このまま。二日前に流氷が網走《あばしり》に接岸したそうだ。とても運がいいんだよ。温暖化で流氷の漂着がこのところ読み難《にく》くなっているそうなんだ。接岸はしても、気まぐれで、いつ沖合へ消えていくかも知れない。そのうえ今日は土曜日。オホーツクは快晴だそうだ」

「私のメール着いたんだ！」

笙子は瞳の回りがすこし青ずんできた眼を輝かせた。

「兼太さんの早業！　手回しいいんだ！」

「ぼくの特技ですよ。パリで、オホーツクの流氷を見たいと何度も聞いていたし、メールちゃんと着いたよ、うれしかった」

体の芯に蔓延る疲れと時差ボケが吹っ飛んだ。

「アメリカからの荷物は、ぼくらを羽田で降ろした後、横浜の家へ運んでもらう。小夜さんには連絡済みだから安心してね」

時が流れる。モンゴルの高原で生まれ、中国や、シベリア、ハバロフスクなどを巡り歩いてオホーツクに流れ込んだアムール川のように。

時は流れ、愛もうつろう。

はるばると流れてきたアムール川の語源は、黒い水、中国に流れ込むと、黒竜江になるらしい。発音だけとれば、フランス語では恋なのだけれど……。

その日、冷酷なほど晴れ上がった空の下、男は、彼方に知床《しれとこ》半島のくっきりと浮かぶ、網走の海の上に、女の手をしっかりと握りしめて立った。

「流氷って、こんなにみっちり白いと思わなかった」と女が言った。

「ところどころ透き通ってると思った。クリスタルのように透き通った氷の上を歩きたかった」

「青ずんで透き通っているところもある」

女の手をなおしっかりと握って、男は海の上を歩いて水晶のように青く光っている、半径にしたら、二メートルほどの氷の淵に女を導いた。

「今まで歩いていたのは、アムール川から流れ着いて、海に注ぎ込んで出来た厚い氷の上、この青い氷はたぶんこの網走を囲むオホーツクでできた地元の氷なんじゃないかな」

「じゃあ、薄いんだ」

「どうだろう、オホーツクは海だから塩分があって、淡水のアムールより強いんじゃないのかな」

「そうか、アムール川は真水ですものね。それがオホーツクに流れ込んで海塩を薄めるから、凍ってしまうって聞いたことある」

「きれいだね、この氷」

「吸い込まれそう」と女は言った。

「歩いてみたい」

ぽつりとつけ加えた。

「割れるかも知れないし、突然ふわりと離れてあっという間に沖に流されることもあるらしい」

「あたし、泳げない」

男は笑った。珍しいほど愉快そうに笑った。

「面白いことを言うんだね、泳ぐ必要ないよ。落ちた途端に氷になる」

「ロトの女房のように？」

「えっ」

「あなたも知っているはずよ」

「何を？」

「旧約『創世記』のお伽噺《とぎばなし》よ。ソドムとゴモラの町が、みだらな暮らしをしているのを怒った神が、町を硫黄と炎で包んで焼き払ったのよ。真面目に暮らしているロト一家だけを助けたの。『逃げろ、決して町を振り返ってはいけない』。ロトと二人の子供は逃げ切ったのに、ロトの女房は振り返ってしまったのよ。死海を渡る途中で。神との誓いを破った女房は、そのまま死海のなかで塩柱になってしまった」

「また、話が飛ぶわけね、何千年も」

男の眼に、いとおしさの混ざったからかいの色があった。

「私見たの。イスラエルに行ったとき。暑い日で、死海の水が蒸発して塩が濃くなっていた。ロトの女房は硬い塩の像《スタチュー》になって誇らしげに立っていた」

男は女を黙って見つめた。

「私も、氷の柱になってみたいな、あなたと二人で」

「試してみる?」

「うん」

二人は手を取り合ったまま片足をアムールから来た氷の上に、もう片方を、網走の氷の上に乗せて立った。岸から百メートルほど離れた沖合だった。

女は男の胸に上半身をもたせかけ、アムールから来た氷を離れ、網走産の薄氷と思われる青く光った氷の上に両足を乗せて立った。そのまま黙って、男の胸を離れ、じっと一人で立っていた。

「氷柱になるには、体重が何トンか足りないかも知れない」

男が笑った。

「笑うな!」と女が言った。頰に一筋、涙が流れた。

男が薄氷の上に乗ってきた。晴れ上がったオホーツクの海の上で、男はやわらかく女の肩を抱いた。その温もりが分厚いダウンを通して女の体のすみずみに流れ込んだ。血管の血が熱を帯びて躍っていた。

「今、私たち一つになったのよ。溶けてひとつになった」と女が言った。女は、二人を乗せた氷が割れてゆっくりと沖へ流されていくような幻覚をもった。

胸の奥がひりひりとした。めらめらと、わりなき恋が燃えた。


その年、九鬼は狂ったように仕事をした。


笙子は、小さな出版社から頼まれて、大人の絵本を翻訳していた。

作中の人物にかなりのめり込んでいるときに、九鬼から電話が入った。

「すこし、無理をして、仕事を早く終わらせた。これから新幹線に乗る。遅くなるから食事は済ませていいよ。ぼくは駅弁を買って食べていく。明日は最終に乗るようにする」

まるで、単身赴任の夫が、寸暇も惜しんで、恋女房にかけてくる電話のようだと、笙子は思った。可笑しかったし、ちょっとした違和感ももった。

翌日は土曜日だった。

九鬼はいつも自分の都合でスケジュールを組む。自由業の笙子はたしかに、身の振り方に自由はきくが、気持ちがなにかに囚われているときだってある。勝手なんだから……と、もやもやした気分で翻訳に傾いていた心が、物語から離れていく。そして九鬼が現れると、まるで何事もなく隣家の庭伝いにやってきたような、その気軽さと、何気なさに囚われていく。笙子は次第に壊れてゆく自分を感じる。否応なく愛の深間にうずくまってゆく快さも感じる。

天気予報に反して、翌日は雪だった。雪化粧をした庭は美しかった。茶の間の暖房を上げ、炬燵《こたつ》に入り、襖《ふすま》や障子も開け放って、廊下のガラス戸越しにすこし強くなった吹雪をうっとりと眺めた。小夜さんがテーブルに置いたガスコンロにぐつぐつと煮えたおでんの鍋を持ってきた。

「台所から見ていたら、吹雪かなりひどくなりそうですよ。雪をかぶったまま、裏庭の海棠《かいどう》がしなっています」

表庭の泰山木《たいざんぼく》も唸るような風に、ざわざわと傾いて揺れた。枝に積もった雪がバサッと落ちた。あっという間に気象状況が変わったのだ。

「小夜さん、ひどくならないうちに帰った方がいいわ」

「そうさせていただきます」

夕方になると、成田も羽田もぽつりぽつりと、欠航便の放送を流しはじめた。

「今日は帰らない方がいいんじゃない？」

「新幹線はまだ走っている」

「じゃ、早い電車に乗った方がいいと思うわ」

九鬼は笙子の提案を笑って取り合わなかった。

「ぼくはよっぽどのことがない限り、自分で立てたスケジュールは変えない主義なんだ」

「明日は日曜で会社もないのに、泊れないの？」

九鬼は黙ってほほ笑んだ。吹雪は次第に収まってきた。

「炬燵で暖まっていてね。ぼく、着替えてくる」

家で着ているラフなホームウェアから、大会社副社長の隆《りゅう》とした服装に着替えて戻ってきた九鬼はからし色のすこし入った、茶系のスーツを実にシックに着こなしていた。出会ってから一年ほどで、九鬼の身につけるものはガラリと変わった。

生地もスタイルも笙子が選び、ネクタイはその都度出来上がったスーツに合わせて、笙子が買った。

「男が着るものに拘《こだわ》るなんて……」とはじめは戸惑っていた九鬼も、最近ではすっかり笙子のセンスに合うものしか着なくなった。もともとスタイルのいい九鬼の立ち姿を見あげながら、笙子はことさら明るい声を出した。

「新幹線、途中で絶対に止まると思う。でも、帰るんだ、やっぱり。吹雪をついても」

笑って頷《うなず》いた九鬼は、炬燵に入ったままの笙子を両脇に腕を入れて抱き上げながら、立ち上がらせた。

「ではご無事にお帰りなさいませ。ご家族にお返しいたします」

その時の九鬼の反応は見なかった。ごく軽い冗談のつもりで言ったのだった。呼んであったタクシーに乗るとき、振向いた顔がひどくさびしげだったが、運転手に行く先を告げている顔は、そんなさびしさを微塵もひいてはいなかった。

一時間ほどすると、風が再び、吠えるように窓を叩き、門灯に舞う雪が横なぐりに分厚くなった。急な天候異変に、テレビは各地の空港が閉鎖したり、構内にどよめいている群衆のぼやきを中継していたが、気になっている新幹線や、私鉄などの情報がはじまると笙子はテレビを消した。こうなることが分かっていたのに、帰っていった九鬼には九鬼の、笙子が与り知ることのない世界があるのだろう。それには関わらない。と割り切ってはいても、胸の裡がざらついた。

＝笙子さん　ざまーみろ、というあなたの啖呵《たんか》が聞こえるようです。新幹線は四時間も立ち往生、やっと家へ辿り着いたのは、朝がたでした。

あなたの心配を顧みずに帰ってきたのは、この日曜日、一家総出で、北国に住んでいる家内の母を見舞いに行く予定があったからです。女六人姉妹の末娘である家内には、九十歳を過ぎた母親がいます。その面倒を見てくれている姉にもことさらの想いがあるようで、ぼくの子供たちもそのことを尊重する習慣がついています。この雪で延期は已む無いことになりましたが、ぼくは疲れているのに寝付けない。「ご家族にお返しします」と言ったあなたの声が耳について離れない。さびしかったし、今、もっとさびしい。　兼太＝

＝大わがままで、大鈍感なオトノサマ。愛する人を共有するということが私にもたらす、この理不尽さ、屈辱を考えてみたことがありますか。なんの厭味も、愚痴もないけれど、ちょっとヤケ気味に言った「ご家族にお返しします」が偶然当たってしまったことにも、あなたはさびしさを感じるのですか。

あなたはどうしようもなく甘ったれで、ご自分が居心地のいい環境をつくるためには、相手がどういう疵を受けようが、にっこり笑って、無言を貫く人なんですね。

事実を、ズバリと言ってくれていたら、私はあれほど傷まなかったでしょうに……少なくとも想像の世界にひろがる、摑みどころのない疑惑からは救われていたでしょうに……兼太さん、どうしてなの？

笙子＝

メールを打ってから、笙子に当てどのない虚しさが宿った。

網走の、薄く張った流氷のうえで、いつ沖へ流されてゆくかも知れない運命に甘んじたあの時の愛はすてきだった。その深い愛を信じながらも、長い歴史を持つ「家族」というものへのかけがえのない九鬼の思いも人間として当然なのだった。

そんな思惑に苛められながらも、笙子の翻訳はテンポよく進み、原作にあるユーモアを笙子流に、歯切れのよい日本語にして完成した。

陽気も緩み、桜の季節が訪れたある日、笙子のスケジュール表を見ていた九鬼が、すこしためらいがちに呟いた。

「これは、ぼくからのお願いなんだけれど、来週に組んであるこの新聞社のインタヴュー、断れないかしら」

それは、かつて、アメリカのイラク侵攻を笙子が徹底的に非難した共産党系の新聞だった。

外白渡橋の見えるレストランで旬の上海蟹を食べながら、九鬼が軽く冗談めかして言った非難めいた言葉を笙子は思い出していた。

「世間なんて、せっかちで浅はかなものなんだ。上っ面だけ見て、ものごとの真意を汲み取る努力なんてしない。誤解を生んだほうが損するだけです」

たしかにあの時のインタヴューでは、笙子は政治的に過激な発言をしていた。しかし、今回は、文化面で、本の紹介をしてくれるという、ありがたい申し出だった。

そのことを説明しながらも、ビジネスマンとしての九鬼と、社会のどんな組織にも所属せず、なんのしがらみもない自由人としての自分との、根幹に触れるような、言い合いはしたくないと思った。

けれど、笙子は、はじめて出会った飛行機のなかで、頬を紅潮させて、学生時代、「人間の顔をした社会主義」を標榜して革命を起こしたドプチェクに夢中になったと、熱っぽく話した九鬼を思い出してもいた。それを察したかのように九鬼が感情を抑えたしずかな声で言った。

「『プラハの春』と呼ばれるドプチェクの革命がすばらしかったのは、ソ連という極左全体主義のくびきから逃れて、人間らしい、新しい社会主義を作ろうとしたことなんだ。ぼくはそのことに拍手を送った」

「その時から四十年も経ってしまったのね」

「そう、ぼくの父親が、まあ、分かりやすく言えば、かなり右翼的な考えをする人で、左寄りとされる新聞を読むのも禁じられていた。ぼくはまだ若すぎて、自分の判断力に自信がなかった。だから、保守系の新聞だけに影響されて右に偏るのが不安で、それを中和したいと思い続けているときに『プラハの春』が起こった」

　黙ったまま、茫然とした眼で九鬼を見つめる笙子に九鬼はかすかなほほ笑みを浮かべて言った。

「ごめん、あなたの自由にぼくの考えを押し付けるつもりはないんだ。お天気もいいし、三溪園の桜を見に行こう！」

　考え方のちがいに気まずい思いをした後、九鬼はいつもそれとはないやさしさで、笙子を連れ出して気分を変えた。この日、三溪園の桜はまだ五分咲きで、そのなかをゆったりと歩く九鬼は、静かで風流を好む、先刻とはちがう男だった。

愛のかたち

＝笙子さん　三溪園の桜はきれいでしたね。桜の名所はたくさんあるけど、品のいい造園のなかの、ところどころに目立たず、奥ゆかしく咲いているのがすてきでした。

笙子が子供のころ、あの庭園のはずれが浜辺で、潮干狩りをしていたなんて、不思議だね。「食べきれないほどの、おおきなアサリが籠いっぱいに採れたのよ」と。「こーんなにおおきな網籠《あみかご》にいーっぱい」と、腕をひろげて自慢した笙子はとても可愛かったよ。

ところでぼくは、八日間のこの出張中、一日一国、というとんでもない強行日程で、少々自分の体力や能力を過信していたかな、と反省しています。というのも、この日程を組んだのは、会社の誰でもない、ほかならぬぼく自身だったのですから。

ぼくは、少々、急いでいるし、焦ってもいます。やりかけた海外での仕事を、ぼくなりに、納得のゆくまで進化させたい。慌ただしい視察のしかたには問題があるけれど、ぼくを慕ってくれている後続者たちに、ぼくのやり方をしっかりと受け継いでほしい。あと二年足らずで役員の異動があり、もちろん社長も交代します。いろいろな事情が、社内内部の人事にまで影響を及ぼします。語るには複雑です。ぼく自身の根底にあるのは、笙子、あなたとのことです。

残り少ない人生をあなたとともに全うしたい。そうなったとき、鬱陶しがらないでね。あなたといっしょに音楽会にも行きたいし、あなたの好きな美術館巡りもしようね。ぼくにはかなり勇気の要ることだけど、あなたの好きな世界の僻地も回ってみたい。これだけは、あまり自信がないので、約束とまではいかない……なにしろ、ぼくは幼いときに病弱だった体質があまり改善されていないようだし、ろくな飲み水も、電気もない原野に踏み込んでゆく、あなたの身体的、精神的強靭《きょうじん》さには、とても敵わないと思っている。

ぼくの夢は、笙子の傍らで、若いとき、夢中になった、古典をじっくりと読みかえしたい。源氏物語も平家物語も、あのすばらしい原文で読みたい。今の小説はつまらない。夏目漱石やあの時代のものはよかった。

漱石はあの凄い教養をどこで身につけたんだろう。『草枕』のあのすばらしさを学生時代、どこまで分かって感動していたのだろうと思い返します。親父に猛反対されて結局はビジネスマンという、思いもしない方向に走って、それはそれなりに、成就したと思うけれど、ほんとうは、大学で教えたかった。興味のあるのは、歴史や文学だった。

今、あなたは思っているでしょう。一日一国というスケジュールのどこでこんな長いメールを打っているの、と。

ぼくは無能な旅行会社の立てたフライトスケジュールのまま、二時間前、つまり朝の四時から、ここ、ニューヨークのがらんとした飛行場のロビーでぐっちゃりとのびています。ま

だ、朝の六時、ラウンジも開いていないし、人影もまばらな閑散としたロビーの椅子で、パソコンを引っ張り出したわけです

入り組んだ国から国へと飛び回る旅程は、よほどのベテランでないとミスが出て旅行者を無駄に疲れさせる。彼らの組んだ予定は常識的だけれど機転という肝心な配慮がない。ちょっと、戻ることになるけれど、ブラジルへ出てここへ来るという、急がば回れという知恵がなかったし、それをチェックする余裕がぼくにもなかった。

あと一時間もすれば、空港の接客関係の一人ぐらいは現れるでしょう。彼を捕まえて、規定よりは早いけれど、ラウンジを開けさせて、コーヒーでも飲まないとぶっ倒れてしまいそうです。ちなみに、ぼくの乗る、日本行きの飛行機は、十時半発！　まだ四時間とすこしあります。この許しがたい不手際のお蔭で、ぼくは今まででいちばん長い手紙をあなたに書いていることになる。

ラウンジで三十分ほど眠ったら、すこしすっきりしました。

まだ時間が充分あるので、先日来、いや、もっと前からあなたが気にしている五条元との関係を、輪郭だけでも、書いてみようと思う。

彼の父親という人は、すばらしい才能をもった技術者で、ぼくの親父の会社で働いていた。年はかなり下だったと思うが、経営にも秀でていた彼に、親父はおおいに期待を寄せていたらしい。ところが、四十を過ぎたころから、どういう原因があったのか、なかったのか、すこしずつおかしくなって、結局、双極性障害と診断されたらしい。一般には、躁鬱《そううつ》病といわ

れている厄介な気分障害で、気の毒なことに仕事をするどころか、物もろくに食べず、ひどい鬱状態が続いて、ついに、自ら、前途洋々たる才能の幕を閉じてしまった。元君は彼の唯一の忘れ形見なのです。

彼がまた、ちがう方面ではあるけれど、なかなかの才能をもってはいる。ところが、幸か不幸か、父親からの遺伝子が暴れだすことを、極端におそれながら生きている。

信仰に近い堅さで、自分にもいつしか訪れる運命として、待ち受けているようなところがあった。そして、五、六年前その時が来てしまった。

彼が数年間、世間から消えてしまったことに気づいた人はすくないけれど、ぼくは、病院にはもちろんできる限り行っていたし、経済的な援助もしてきた。

ぼくの身内のなかにも、一人、彼ほどひどくはないけれど、同じような病状にごくたまに冒される人間がいるので気の毒に思う気持ちがあった。赤坂のピアノバーであなたに引き合わせたのは、彼の病状がほぼ回復し、あなたに会うことを切望していたからなのだ。淡い恋情をもっていたのかもしれない。あの夜の彼の振る舞いは、すこし異常でぼくも心配した。長年憧れていたあなたをぼくに取られたと思ったのかも知れない……以降はあなたの知っているとおりです。

最近、あなたも見に行った個展で息を吹き返したのに、このところ、また、約束をすっぽかし、家に籠る状態が続いているようで案じているが、ぼくも自分で決めた「仕上げ」の状態に忙しく、彼に構っている時間がない。もし、電話でもかかってきたら、やさしい対応をしてやってほしい。彼は時ならぬ成功で高揚することはあっても、所詮は、才能に恵まれているのに、ひどい気分障害をもつ、天涯孤独なさびしい男なんだ。

空が朝焼けに染まってきた。銀色の飛行機雲が二本、天空でピカリと光る。

笙子は、地球の反対側で、今、暮れていく夕焼けを見ていることだろう。　兼太＝

九鬼のメールの五条元のくだりを読んだ後、砂丘子の話を思い出していた。仲のいい女優さんの芝居を観に行ったら、五条元も来ていて、次の日に、どこで調べたのか一時間もの長電話をかけてきたということだった。

「彼、エキセントリックすぎて、ついていけなかったわ。躁鬱病って感じを受けた。あなたといっしょに、二、三度会ったけど、話したこともない私に、意味もない話を重大事を告げるような、切羽詰まった騒々しさで、はてしなく喋っていたの。ああいう人って、鬱になったときが怖いんじゃないかしら」

砂丘子はどちらかと言えば寡黙な質《たち》で、そういう人にありがちな、見えにくい人間のこころの裡を、かなり、精確に読みとることに長《た》けていた。いろんな人がいるんだ……という、ごく大雑把な感慨に耽りはしたが、その時点では、五条のことより、九鬼の「残り少ない人生をあなたとともに全うしたい」というくだりに笙子は考え込んでしまった。それは、どういうことなのか。過労が言わせた妄想なのだろうか。共に全うする人生のパートナーは一人でなければならない。

土曜日の晩、猛吹雪をついても帰った原因が、「家内」という人の親族への、九鬼一族をあげてのお見舞いの行事だった。と知ったあの瞬間から、笙子は自分の存在が根っこを引き抜かれて浮遊しはじめたように感じた。

根なし草ではない。世間の人が、よく軽々と口にする、いわゆるデラシネを「根なし草」と訳すのはひどい間違いだと、笙子はいつも反発を感じる。

Déraciner（デラシネ）とはracine（ラシーヌ＝根っこ）をdéすること。否定する、つまり、引っこ抜く。引っこ抜かれた根っこは、死んだのではなく、まだみずみずしく生きている。ただ、その命の根を下ろして蔓延っていける場所がないだけなのだ。潜って温めてくれる土のない草は干乾《ひから》びていくしかないのだろうか。九鬼が笙子にその土を与えることはあり得ないのだ。

さまざまな、否定的イメージを掻きたてても、笙子にとっての九鬼は、自分に逢うために生まれてきた男のようにしか感じられなかった。出会うのが遅すぎた分、九鬼には九鬼の、笙子には笙子の、修正も矯正もできない、断固とした、人生の道のりが既に、出来上がってしまっているのだ。更けていく夜のなかで、笙子はパソコンを立ち上げた。

＝海外へ発つ前に、あなたが過ごしたシーツを私はまだ替えていなかったのよ。汗のにおいがかすかにする、まだ、あなたの温もりが残っている青いシーツ、それをひき剝がすと、あなたまで消えてしまいそうな気がして……でも、ニューヨークの飛行場からの長いメールを読んで、今、シーツも枕カバーも、一気にひき剝がしました。洗濯機に入れずに捨てました。

残り少ない人生を共に全うするのは、私ではないのよ。あなたの叶うべくもない妄想から、私は、しずかに立ち退きます。

あなたはご自分が築き上げた尊《とうと》い「家庭」で、恙無《つつがな》い日々を、読書に、音楽に耽ってください。これは、皮肉でも、厭味でもない。どうにもならない人生、私が関わることのなかったあなたの大事な、「あなたの人生」への、敬意のこもった「了解」です。

五条君のことは分かりました。電話をかけてくることがあったら、できるだけやさしくします。

笙子＝

このメールを笙子は発信しなかった。

笑うと浮かんでくるほんのりとした笑窪、笙子を見つめる静かな眼。何があっても冷静沈着で、かと思うと、突然、狂ったように自分の怒りに籠る。この人と、ほんとうに別れられるのだろうか……。オホーツクの青くて薄い流氷の上に立ったあの時、二人がひとつになった、すべてが浄化されたあの時にこそ、結ばれ得ないふたりの、すばらしくきれいな別れはあったのに。

陽差しのいい、ある土曜日の夕方、いつもなら、帰り支度をする時間に、九鬼は笙子を見つめていた眼をすこし逸《そ》らせて言った。

「今夜、泊る。あすの朝、早く出るけど」

笙子の記憶のなかで、土曜から日曜にかけて九鬼といっしょに過ごしたことは、海外出張の前後以外はほとんどない。

「あした、ちょっと箱根に行こうと思うんだ」

「箱根……って、どうして？　何しに？」

「二年ほど前に、土地を買ったことは話したでしょ」

「そうだったわね、いくら勧められたと言っても、箱根なんて遠いところに土地なんか買ってどうするのかしら、と思ったわ。別荘でも建てるなら分かるけれど」

「その別荘を建てているんだ」

「えっ……」

「設計や建築を任せている、その工務店の人たちに会いに行くことにした」

一瞬、九鬼が何を言っているのか分からなかった。

「残り少ない人生を、笙子とともに全うしたい」と言った九鬼とは別の人物がそこにいた。言いだす前に眼を逸らせたことがすべてを語っていた。

「別荘って、誰が住むの？　ご家族のため？　残りすくない人生を全うする人との生き方を豊かにするため？」

笙子は九鬼の真意が摑めず、うわずった声を出した。飛行場からの手紙はなんだったの！

と、口には出さなかったが、その笙子の困惑に輪をかけるようなことを九鬼が言った。

「いっしょに行く?」

笙子の混乱は極限に達した。

「あ、あなたが、あなたと、あなたの大事な『家内サマ』『家族サマ』のために建てるご別荘を、私が見に行くの?」

九鬼は無言のまま表情を閉ざした。笙子の頭が煮えた。ひどく混乱した。二年前、土地を買ったそのころは、「どうしたら、ふたりの体が溶けてひとつになれるのだろう」と、もだえるほどの熱情を九鬼が吐露していた時期だった。

「ちょ、ちょっと、外へ出てくる」

笙子はスリッパのまま、ガレージに駆け込んだ。

数年前、テッサが夏休みで日本に来たとき、大好きな浅草へ行って、自転車屋で急にほしくなった中古の自転車を買って、一人で浅草から横浜までおんぼろの自転車に乗って帰ってきた。日本語もろくに話せない、方向オンチのテッサが、なぜ、浅草で自転車が欲しくなり、なぜ一人で横浜まで帰ってこられたのか、今でも謎である。

そのまま打ち捨てられていた、すこし錆《さび》ついていてさえいる自転車にまたがって笙子はかなり急な坂道を転ぶように走り下りて、息を切らせながら「みなとみらい」までペダルを踏んだ。

この新しい一角に、笙子の学校で一級下の同窓生が、ちいさなバーをもっている。

髪を乱して、ジーンズにセーター。靴も履かずにスリッパのまま、無頼な様子で入ってきたた。


笙子に、この店のオーナーである敦子《あつこ》が声をあげた。

「笙子さん！　竜巻が入ってきたと思ったわよ。どうしたのいったい！」

「竜巻？　前にもそんなこと言われたことあるな……いつだっけ、誰だっけ……」

息をきらせて、にこっと笑った笙子は、いまにも分解しそうな自転車を入り口の壁に投げ捨てた。

「どうしたの？　酔っ払っているの？」

「酔っ払いに来たのよ」

「何があったの！　いつもエレガントな笙子さんがなんてことなのよ。普通じゃないわよ」

「世の中にはね、普通じゃないことが、いとも簡単に起こるんだって、思うことが起こってさ、ここなら気兼ねなく酔っ払えると思ってきたの」

学年はちがっても演劇サークルでかなり親しかった敦子は、紆余曲折《うよきょくせつ》の人生を経て、頭のいい苦労人になっていた。

「分かった。で、笙子先輩、ご所望のお酒はなんでしょう」

「バーボンの、ブラントン」

「あら、飲めない人にしては、粋《いき》なご注文ね」

敦子は目尻の皺を総動員しながら、笙子の普通ではない状態についての質問はいっさいしなかった。笙子はたった二杯のオンザロックで、完全に朦朧とした。

朦朧とした頭に、箱根に既に建ちかけているという別荘の間取りや窓ガラスの形、特に笙子が夢見る幅の広いアール・デコふうな階段がちらついた。そんなわけないよな、あのビジネスマンが！　趣味も常識も手に負えないほど、古典的で、ものすごく気前がいいときがあるくせに、日常的には、白けるほど物の値段とその価値にうるさい大金持ちが、私が夢見る、はっとするほど瀟洒で、芸術的で、しかも居心地のいい家を建てるわけないじゃないか！

私に話してくれれば、精魂こめて吃驚するほどのアイディアを山ほど出してあげたのに！

それも要らずの大お節介だよナ！

三杯目のオンザロックで、バーの室内がぐるぐると回りだし、胸の奥がうわずった。

笙子は自分に、軽いがアルコールアレルギーがあることを知っていた。

「どこへ飛んじゃっているの笙子さん。水を飲んで、すこし長椅子に横になるといいわ。さいわいお客もいないし。笙子さんたら！　どこにいるの！」

「三軒目の家にいるのよ」

「三軒目の家って、なんのこと？」

「家を建てるなら三軒建てろ、って、諺知ってる？」

「ないわよ、そんな諺」

「家ってね、一軒目はほぼ失敗するのよ。二軒目も、あ、しまった！　もっと練り込めばよかったって思うものなの。私、結婚しているとき、夫が、田舎に古い農家を買って、二年がかりで、私が大改造をしたの。夫は気に入ってくれたし、まあすばらしい出来だったと言えるけれど、失敗もあったの」

笙子の呂律がすこしおかしかった。

「笙子さん、学園祭のとき自作自演の『人魚姫』だったかな、お伽噺みたいな舞台を創《つく》って、あの時の舞台装置のすばらしさにみんな、吃驚したわね。将来は、劇作家か、建築デザイナーか、なんて囃《はや》したてたのを覚えているわ」

「二軒目は、パリの今住んでいるところ、一部が文化財指定で手も足も出せないのよ。で、ね、もう一杯飲んじゃおうかな」

「ダメ。もう帰ったほうがいい。送っていく」

「ヤだ。これからが物語のさわりなのよ。別に私、言葉よろめいてないでしょ」

「充分、よろめいているわよ。言葉はよろめいてないけど、頭はよろめいているわね」と敦子が笑った。

「いったい、何が起こったの？」

「だから、信じがたいことに、夢に見た三軒目の家を建てているのよ」

「ええっ！　笙子さん　パリと日本に、家があるのに、もう一軒建てるの？　贅沢ね、年も考えずに……どこにそんなお金があるの？　で、その家こそが、あなたの終《つい》の棲家になるってわけ？」

「ちがう、家も設計も、内装も私にはなんの相談もなく進行中なのよ」

「まさか！　そんな大事なこと、他人に任せるなんて、自分の家でしょ！」

「ちがうんだな」

「なんなの？　誰の家の話なの」

「だから、その、他人《ひと》サマの家」

敦子は声をあげて笑った。

「じゃ、しょうがないじゃないの」

「そう。しょうがないの。世の中には、とんでもなくしょうがないことがいっぱい起こるんだってことに、今更、気がついたの」

敦子はもう笑わなかった。一年に一度ぐらい、このところはめっきり顔を見せない、学生時代から、摑みどころのない魅力を湛える笙子。全校生徒の憧れと、嫉妬に近い反発をかった笙子を、敦子は、ただ黙って見ていた。


更けた夜のなかを、タクシーを呼んで敦子に伴われ、笙子は閉め忘れたガレージから家へ入った。せっかく送ってきてくれた敦子を招じいれることもしなかった。タクシーはエンジンを切らずに待っていた。

「ありがと、いいわね。友達って……」

心配顔の敦子に手を振って、ガレージを閉めた。

「気持ち悪くなったら、さっき上げた薬を呑んでね。忘れないようにね」

閉まったガレージの向こう側で敦子が声を潜めて言った。

「分かった。忘れない。ありがと、敦子」

笙子はしばらくガレージの扉に背をもたせて眼をつむっていた。

寒々と、空っぽになった頭に、イヴ・モンタンの『枯葉』が響いた。ジュリエット・グレコの歌う『枯葉』ではなく、モンタンの『枯葉』の沁みるように切ない声だった。

砂浜に刻まれた、恋人同士の、かつては寄り添っていた、足跡。恋が遠のき、時が、波が、離れ離れになった足跡を、やさしく、しずかに消していく……おそろしく調子っぱずれの掠れきった声で歌いながら、寝室のドアを開けた。

ベッドに横たわって、九鬼はまことに静かに、本を読んでいた。

「何があっても動じることなく、平気でお読書なんかできる兼太さん！」

笙子は、掠れた声で笑い、九鬼の体の上にばさりと倒れて、そのままごろりとベッドのなかの自分のテリトリーに転がり、なおも、イヴ・モンタンの『枯葉』をしゃがれた声で歌い続けた。ひどい音痴で、シャンソンなのだか、浪花節のなれの果てなのだか分からないしろものだった。

その笙子を抱きとって、九鬼はゆりかごを揺らすようにゆらゆらと揺らし続けた。

服を着たまま、泥酔した笙子が目覚めたのは、生あたたかく、胸にのぼってくる、気色の悪い吐き気のせいだった。

洗面所へ駆けつけてゆくと、九鬼は既に身支度を済ませていた。笙子はとっさにトイレに回り、きーんとのぼってくる吐瀉物《としゃぶつ》を、身を捩ってぜいぜいと苦しみながら吐き出した。酒とは完璧に相性の悪い笙子にはこうした経験はなかった。

胸につかえていたどす黒いものを吐き出して、頭も、体もすっと軽くなった笙子は、今にも出かけそうな九鬼の前に立ちはだかった。

「二十分待って。いっしょに行く」

「えっ」

九鬼は、ちょっと戸惑ってから、やわらかく、やさしく、笙子を抱きしめた。長い髪の毛のなかで九鬼の唇がさまよった。

この日、笙子の行状をからかうように、青い空には雲のかけらもなかった。


笙子の不思議は、今、自分のいるシチュエーションをいとも簡単に捨てて、長いすすきの穂が波のように揺れる草原に建ちかけている、やや真四角すぎる、完成には程遠い大きな建物に夢を馳せることができることだった。誰が住むかも問題外だった。ただ広い空間に胸をときめかせた。細部の構造や、照明器具の位置、特に笙子が情熱を感じるのは、階段の佇まいだった。

かなり大きな家は、まだまだ未完成で、広いリビングとテラスだけが、その位置を想像させるにとどまっていた。玄関ホールの脇にいかにも工事中という感じで、無骨な梯子《はしご》が立てかけてあった。

「二階への階段はどこへつけるの？　まさか、この梯子の位置じゃないでしょう？」

「いや、そこじゃないのかな、上がりがまちで、部屋へすぐ上がれるし」

「まさか、ここではゆったりしたいい階段を作る場所がないし、採光が悪い。こせこせ狭くて急な勾配《こうばい》になっちゃうわ、これだけの家を造るのにもったいない！」

車の音が、工務店の責任者と、工事監督の到着を報《しら》せた。

「ぼくは日曜以外に時間もないし、遠いし、専門家に任せるほかなかった」

「なぜ、私に話してくれなかったの。素人だから、設計図はひけなくても、家の造りや内装には、かなり自信があるのに……私、いったい何を言っているんだろう、あなたの家なのに……」

九鬼は笙子をじっと見つめて、なんともさびしいような、晴れがましいような笑みで笑った。人間が「自分」という大事なものを隠蔽《いんぺい》するときに見せる、ひそやかな晴れやかさ、プライド、困惑、バツの悪さ、それらの入り交ざった複雑な九鬼のほほ笑みを見て、笙子はひらりと手を振った。

「お金持ちの箱根族がうじゃうじゃいる、日曜日のきれいな別荘地、好きじゃないけど、散歩してくる。打ち合わせが終わったら、携帯で知らせてね」

笙子は工事人たちとは顔を合わせることなく、すすきの繁茂する高原を駆け抜けていた。まだ穂をつけていない夏のすすきは葉に勢いがあって、かなりきつい風に舞い、体に巻きついてくる丈の高いカミソリのように尖《とが》った葉先に絡めとられて頬や腕にヒリヒリと浅い切り傷を感じた。

うっすらと血の滲んだ指先を見て、急に朝のように激しい嘔吐感に襲われ、四つん這いになって、残存していた前夜からの異物や、鬱積《うっせき》しているコケにされたような屈辱感を、長い時間をかけて吐き出した。胸が捩れるほど痛かった。敦子にもらった酔い覚めの薬はポケットに入れてきたけれど、またまた水がなかった。

タクシーでそのまま町まで出るという九鬼にせがんで、ちょっと乗ってみたかった登山電車に移り、小田原でやっと乗り慣れた新幹線に腰をおろし、長く感じた箱根からの旅が終わって、ほっとしながら新横浜のホームに降りたとき、笙子は肩にかついでいた大きなバッグのスケッチブックとペン入れを除いた財布とすべてのカード類がないことに気づいて蒼ざめた。

何してるの私！　どだい無理な話だったのよ、この年になって、はじめて酔い潰《つぶ》れてみたり、五臓六腑が飛び出すかと思うほど吐いたり、なぜ、箱根になんかに行ったの。なぜ、自分で自分を壊したりするの。

ホームのベンチに茫然としゃがみ込んでいる笙子の前に、駅長室に問い合わせに行ってくれた九鬼が立った。彼はあくまでもやさしいのだった。

「あったよ」

「何が」

「何がって、財布もカードも、読みさしの本も」

「本？　本を読んでいたかしら……」

まったく記憶になかった。

「帰りの電車じゃなくて、行き掛けに、カバンをまさぐって本を出したのも覚えていないの？　その時に財布やらあとのすべてが滑り出して、座席シートの下に落ちたんだ。駅員が見つけて、落とし物係に届けてくれていた。運がよかったんだ」

「あ、行きの電車でもう落としていたの。笑っちゃうわね、一瞬、混み合った登山電車で掏《す》られたのかななんて思ったりして……そうだ、『槍の小輔《こすけ》』を読んでいたんだわ。一度読んでいたけど、今日のような日に読めるのは、あの胸のすくようにカッコいい、掏摸《すり》の姐御《あねご》、振袖おこんの、江戸前の啖呵しか思いつかなかった」

「あれは面白い。ぼくもあのシリーズは全部読んだ」

「あなたが……？」

意外な気がした。屈折した笙子の心情を、というより爆発しそうなやり場のない怒りを、江戸前の啖呵に託して説明したつもりなのに、そんなことを感じる気配もなく、九鬼の答えはさらりとしていた。

「パパもたまにはこういう面白い本を読みなさい、と言って長女が持ってきてくれたんだ」

ほほ笑んでいる笙子の頬に涙がぼろぼろとつたって流れた。

「どうしたの」

「疲れたの、とっても疲れちゃったの」

笙子は涙を流し続けた。

その後、九鬼にも笙子にも仕事が折り重なっていた。箱根での日帰り旅行は、男っていったいどんな強靭な神経と、計り知れない無頓着さで、愛する者の受ける疵に、ああまで無関心でいられるのだろう、と笙子は驚いた。

笙子はむかしのように、読んでいる本の感想や、期待して観に行った映画の駄作ぶりをいっぱしの評論家も顔負けの、鋭くて、的確な分析を、笙子独特のユーモアを鏤めて書き送った。このころの笙子は、出会ったころ、胸をときめかせて、手紙を書くのが楽しかった、恋のプレリュードの時代がたまらなく懐かしかった。

いつもそうであったように、それらに対する九鬼の反応はいっさいなかった。

ただ、九鬼はあまり意味のない短いメールや電話を欠かしたことは一日としてなかった。それが心からの行為なのか、惰性に落ちていっているのか分かりにくかった。

久し振りに訪れた九鬼は、疲れているのだろうに、その気配さえ見せず、いつものように、前に起こったことへの悔いも、ましてや言いわけじみた気配も見せなかった。

けれど、ひと回りも年下であるのに、いつも笙子の優位に立ち、おおきく包んでくれる成熟した男のひろやかさは、以前より豊かになった。長い廊下を歩く風情がついさっきまで住んでいたはずの日常を、次第に脱ぎ棄《す》てて笙子にずっくりとのめり込んでくるのが分かった。

男のこうした二面性を、笙子も次第にあるがままのこの男の姿なのだ、とかなり冷めた気分で受け止めるようになった。出会ったころのビリビリと伝わってきた、それが、ひどく魅力的だった緊張感は死んでいた。

その夜、深夜にちかい時間に、九鬼の携帯が鳴った。耳ざとい笙子が先に眼を覚ました。死んだように熟睡している九鬼を起こすに忍びなく、そのまま体を硬くしていた。十分ほどして、今度は、留守電に入れている相手の声が、とぎれとぎれに漏れ聞こえた。話している内容は分からなかったが、艶のない乾いた女の声だった。しんとしている夜更けのしじまに意味の分からないその声が不気味に響いた。

九鬼は、大きく見開いた眼で、天井を見つめていた。電話には出なかった。それから、ほぼ十分おきに、電話は入り続けていた。

「お家からでしょう、出てあげた方がいいと思うわ」

「なんと言おうか、考えている」

まんじりともせず二十分ぐらい経ったとき、九鬼が携帯をとった。

「サロンに降りてかけていらしたら?」

自分の前で、嘘を吐くのは辛かろうと笙子は思った。

「ごめん。そうする」

かなりの時間が経過してから、九鬼は複雑な表情で戻ってきた。

「二番目の息子がアメリカ人の女性と結婚していて、サンフランシスコに住んでいるんですよ」

となぜか他人行儀な言葉になった九鬼に、ふと、珍しく孤独の影が差した。

「その女性に子供が産まれたそうで、家内と下の娘が明日、手助けに発つことにしたそうなんだ。ぼくはいつ産まれるのか知らなかった。知らされていなかった」

複雑な表情は、九鬼から笙子へと移ってきた。

「まあ、あまりにも忙しくて、自分の子供さえ、寝顔しか見られなかった時代が続いてはいたけれど」

「さびしかった？」

「いや、ひどく忙しい毎日だったから、それに、ぼくの方ができるだけ家に帰るようにしていたしね」

笙子は眼が冴えて、体が自分のものでないように、気分とともに浮遊してきた。生来、肌身に沁みついていた、孤独という相性のいい大地から、デラシネされた根っこが、かさかさと乾いてきた。家庭を思わせる話は聴きたくないのに、言葉が迸《ほとばし》った。

「奥さまは、あなたを信じ切っていたのね」

「いや、その反対じゃないのかな」

「浮気してた？」

「ぼくは、五人の子供が産まれるまで、色恋沙汰なんていっさいなかった。よその女に眼を留めたこともなかった」

静かだが、嘘のない断固とした言い方だった。

「しあわせなときだったのね。色恋沙汰は家庭にあったのよ。外にそんなものを求める必要もないほど濃密な恋が、お家のなかにあったのよ。でなければ、五人も子供は産まれてこないわ」

「子供は、色恋沙汰とは関係なく産まれてくる」

明け方の淡い陽差しを浴びながらふたりは黙った。

ややもやと、なお暗い翳がどよめく不眠を洗い流したくて、笙子は街への散歩を申し出た。九鬼はふだんの、ものやさしくて、しずかな男に戻っていた。車を海岸通りのオープン駐車場に止めた。

横浜の町へ出るときは笙子が運転した。山下公園で海を眺め、「港の見える丘公園」まで二百段もある土を固めただけの古い階段を上って、山手一番街へ抜け、維新以来この一円が外国人居留地だったころの、エキゾティシズムがまだかすかに残る界隈をゆったりと歩いて、最後に馬車道《ばしゃみち》にあるイタリアンで遅い昼食を摂った。九鬼はこよなくやさしく、散歩の間中、急坂では手を差し伸べ、ぴたりと笙子に寄り添っていた。

その九鬼が、料理が出てくる間、妙に無口になった。客も少なく、静かすぎるレストランのなかで、九鬼の視線が硬かった。深夜にかかった電話の内容に思いが飛んでいるのか、笙子を完全に無視していた。

今までに見たことのないもう一人の九鬼は、笙子を見ることなく、急に、愛について、恋について、別れについて語りだした。

「いろいろな事情が、会社内部の人事にまで影響を及ぼします。語るには複雑です。ぼく自身の根底にあるのは、笙子、あなたとのことです」

ニューヨークの飛行場から書き送ってくれたメールのこのフレーズが、笙子の不眠で朦朧とした頭にどくどくと反復してきた。さまざまな臆測が胸を塞ぎ、このうえなく気分が悪くなった。

＝九鬼兼太さま　馬車道のイタリアンであなたが語った、年とともに変化する男女間の愛の内容構成（こんな言葉ではなかったかも知れないけれど）への考察を、私なりの解釈でなぞりました。

深夜にかかったお宅からの電話の後だったので、そのもつ意味がことのほか深く響きました。

あなたが言葉を選びながら慎重な思惑で、あなた自身と私に配慮しながら語りすすめた「別れ」を匂わせる内容は時が時だけに、あるレジュメとして効果は甚大でした。

私も大分前から感じていたことではあるし、人間には宿命的に別れがあるのだから、それを呼び寄せるのも、遠ざけるのも、お互いの自由な裁量の問題ですね。いっそ、愛の問題と言った方がより鮮明でしょうね。あなたは今、新しいかたちの愛を、あるいは恋を求めている、と私は感じたし、今のあなたの立場で、魅力ある女性に巡り合うことは難しい、と、ちょっぴり慨嘆的に言ったあなたはとても正直で、ちょっとよかったよ。

それは私の私流にこざかしい誘導尋問にあなたがひっかかったかたちで、ポロリと零《こぼ》れた本音だと私は思った。私は腹を決めたら、相当ズルイ女になれるんだから……。だけれど、難しいことが奇跡的に起こることもあるんだから、心惹かれる素敵な女性に出会ってしまった、なんていう暁にははっきりとサインを出してね、私はずぼらで、鈍感な女なんだから、とバカを言った私に、あまり間を置くこともせず、私ではなく自分の正面を見て、かなり真《しん》摯《し》な表情で「いや、言わないだろうね」とあなたは言った。「そんなことは言葉にするまでもなく分かることだよ」と同じテーマで語り合った二年ほど前と同じことをあなたは言った。「そんなこと、起こり得るはずがないじゃないか」というニュアンスが言外に零れていたあの時のあなたは、私のすべてを愛していたのだと思います。

「いや、言わないだろうね」と言ったイタリアンでのあなたには断固とした硬さがあって、その横顔にあなたが積み重ねてきた彩りの濃い愛の歴史に絡む嘘と本当が滲んでいた。ほんとうを貫くための必死な嘘も、朝がた電話をかけにサロンへ降りて行ったあなたの後ろ姿が語っていました。

私にとってそれは感動をともなったひどい痛みでした。そんな思惑を消し去るほどの、おめでたい報せではあったけれど、あなたの面ざしには、男のさびしさのようなものが滲み出ていた。

すこし、私たちのことを書いてみたいと思います。

上海でのあなたの愛は触れると火傷《やけど》をするほど熱かった。視線も動かさずに私を無視したあなた。私を罵倒《ばとう》したあなた。私がどれほど戸惑い、混乱し、思ってもいなかった唐突な別れを自分に強いたか……あの夜の凄まじく不可解な記憶が、後になって私に教えてくれたあなた流の愛のかたちでした。

あなたはビジネスマンとしても、男としても高い誇りをもち、社会も周囲も十二分にそれを認め惜しみない敬意を払っている。

あなたが愛した人（あるいは人たち）は、たぶん完璧にあなたに従属していたのでしょう。そうではない私の在り方にあなたは戸惑い激怒し、はじめは言葉もなく私を憎み、明け方になって聞くに耐えない言葉で私を罵った。

お互いにお互いを理解できなかった蘇州でのあの夜。愛と不可解さが絡み合った長い時間。愛があの時のまま続いていたら体もこころも焼けきれてしまったでしょう。

私たちの愛は時を経て静かにかたちを変え、もっと安らかなものになったのかも知れないし、鮮度を薄めて引き潮のように浜辺から遠ざかりつつあるのかも知れない。

それでもいい、と私が思った直接の原因はもちろんあの朝の、私には測りきれない、「家庭」の事情絡みの電話だけれど、あなたのなかで潮の流れが変わりつつあることを感じとったのは数カ月前からかも知れない。

出産という事実を知る前の、お宅からの電話に、何事だろうという、あなたの困惑を私は見た。あの朝の事件で私ははじめて嘘のない本当と本当のための嘘とのあわいで困惑しているあなたを見たし、長年にわたって築かれたもうひとつの愛の存在に圧倒された。

それと同時に飛行場で書いてくれた、残された人生を、笙子とともに全うしたい……が重なり合って私は混乱しているのです。

耐えられない屈辱も感じるのです。あなたに高い誇りがあるように、私にも否めなく私流の矜持があります。

読むの疲れた？　書くのも疲れた！

このメモを読むとあなたはまるで女好きの色情狂で、私にいたってはぐだぐだと嫉妬深い生産性とは無縁の、手に負えないムダゴミみたいじゃないですか。

不眠ゆえの頭痛や、ひりひりとまだ疼《うず》いている疵を抱えて、私がざっくんばらりんと壊れた。そして、とってもお腹が空いた。コーヒーを飲んで、さ、散歩に行こう。　笙子＝

パソコンを使っての長い手紙に、同じくパソコンで電報のような短い返事が来た。

＝絶好の散歩日和ですね。いっていらっしゃい。　兼太＝

＝なんだよ！　いつものことだけど、私が寝ずに書いた、ちょっと長すぎて、煩わしかったかも知れないラヴレターに無反応かよ。「なめたらいかんぜよッ」。　笙子＝

＝マアマア、心と、頭と、体のなかでは、とてつもなく反応している。目下、発酵熟成中。　兼太＝

＝嘘吐け！　笙子＝

都会砂漠

　前の年の春ごろから騒がれていた、サブプライム・ローンがきっかけになった、アメリカのリーマン・ショックが世界の金融市場に激震を走らせ、周知のように日本も相当の痛手を受けていた。痛手は為す術《すべ》もなく傷口をひろげていった。そんなある日、夕暮れどきの庭に出た九鬼が、めずらしくしみじみと言った。

「さみしいな、この声を聞くとぼくは、毎年ひどくさみしくなる」

「なんだか、へんな蟬《せみ》しぐれね」

「蟬しぐれじゃない。これは、つくつくぼうしだよ。これがほんとうの夏の終わりなんだ。日本もこれから寒い秋から冬へと入る」

　そんななかでも、九鬼からの電話やメールは一日として絶えたことがなかった。

　笙子は九鬼の別荘問題で迷惑をかけた敦子を誘って、「みなとみらい」の見晴らしのいいレストランで、贅沢な女二人だけの晩餐会をした。

　敦子は、笙子がそのために酔い潰れた、三軒目の「他人サマ」の家について詮索するようなことはいっさいなく、もっぱら、ここ数年クラス会に集まる人数が減ったり、見分けがつかないほど老け込んでしまっているのを、嘆いていた。ほろ酔い加減の敦子を、自宅まで送り届けて帰ると、とっくに帰宅しているはずの小夜さんが待っていた。

「五条元さんって方、ポスターなんかで有名な写真家の方ですよね」

「そう、電話でもかかった？」

「どうしてもお話ししたいって、またかけると仰《おつしや》ったから、帰る時間が分からないからこちらからおかけするように伝えますって言ったんですが、笙子さん、この方の電話番号もっていますか」

「もってないけれど、九鬼さんに聞けばいいし、きっとまたかかってくるわよ。それよりもう十時半よ。メモでも残してくれればよかったのに」

「なんだか、切羽詰まった話し方だったので気になって、それに、今夜はうちも会社で遅いんです。あとすこしで迎えに来ると思いますから、笙子さん、お風呂にでも入ってください」

長年馴染み合った小夜さんのさっぱりした何気なさにくつろいで、九鬼に電話を入れた。相手の立場を考えて、笙子から連絡をとることは、ふだん控えている。

「今、ちょっと話せない。後でこちらから電話する」と言って九鬼は笙子が言葉を発する前に携帯を切った。かなり遅い時間なのに背後に、何人かの人の声がしていた。その夜、電話はなくメールが着信していた。

＝ちょっとしたことがあって、気分がよくない。こんな時にこそ笙子の声が聞きたいが、会

社のことなので、ひと晩おいてから電話する。　　　　兼太＝

笙子はいつものとおり、深夜を過ぎたところですべてをオフにしてベッドに就いた。

翌日になっても電話もメールもなかった。


＝何があったのでしょうか、心配しています。　　　　笙子＝

＝めったにないことだが、ある部下を怒鳴ってしまって。あまりにもひどいミスが続いたし、そのことになんの反省もなく、まだ、ばかなことを言い続けるから、切れてしまった。人を教育することがいかに大変か、いかに力がいることか、その後、消耗しきって、自己嫌悪に陥るのは怒鳴ったほうだ。心配しないで。気持ちが落ち着いたら電話する。　　　　兼太＝

電話が入ったのは、メールから一時間ほど経ったときだった。

「笙子、笙子！　今日の新聞読んだ？」

「ざっと読んだけど、新聞に載るほどのことだったの？」

「いや、会社のことではない……五条元が死んだ」

「ええっ！」

瞬間、言葉が出なかった。

「いつ？」

「きのうの夜遅かったらしい。自殺だった」

顔から血の気がひき、体中の皮膚に鳥肌がたった。笙子はそのままガレージに行き、車のハンドルを握りしめた。胸のなかにうっすら凍えた後ろめたさが蔓延った。

高速を降りてからすこし迷いながら桐生砂丘子《すなこ》の高層ビルに辿り着いてもまだ、五条元の唇を歪めた皮肉っぽい嗤いが胸のなかにひろがっていた。


「ひどいよ、元君、参っちゃうじゃない、なぜ、死ぬ前に私に電話なんかかけてきたのかしら」

相変わらず煌めくネオンの海を背負って、笙子は、その夜のいきさつを砂丘子に訴えた。

「五条君だって発作的に笙子の声が聞きたくなっただけよ。小夜さんと話した後は、笙子のことなんか忘れていたわよ。そうじゃない？　これから自分の命を断とうとする人間にあるのは、とても複雑な、無、じゃないかしら、他人がどうすることもできないのよ」

「無、じゃない人間は、後ろめたいいやな気分になるわ」

「九鬼さんはなんて言っているの」

「かなりのショックみたい。クールな彼が、いくら、父親同士のことがあったとしても、あそこまで気にかけるのが不思議に思えるの」

このところ自分と九鬼との間にあった、と、過去形ではまだ語れないアンコミュニカビリティも絡んで、笙子はすこしやつれていた。

「分かりにくい人なのよ、九鬼さんって」

砂丘子はそんな笙子をじっと見ていた。

九階の窓から入る大都会の光は、不気味な生き物のように絶えず動いていた。この夜の笙子にはそれが鬱陶しかった。ずかずかと気分に踏みいってくる、得体のしれない都会の暴力だった。

「砂丘子さん、この賑やかなネオンうるさく思うことないの？」

助けを求めるように言う笙子に砂丘子はしみじみと見入った。

「笙子、疲れているのね」

砂丘子は立ち上がって窓の脇のスイッチを押した。かすかな音をたてて、遮光カーテンが、窓いっぱいにひろがるけたたましい光の洪水を遮断した。

「凄い、築八十年のおんぼろ日本家屋とはたいしたちがいだわ」

部屋はひっそりと静まり、やわらかい人の温もりを感じる空間になった。ただ、カーテン一枚で隠蔽された町の鼓動が、まだどくどくと笙子の神経に絡みついてきた。

「やっと、落ち着いた」

気分とはうらはらなことを言って、笙子はふかふかとした長椅子に寝そべって砂丘子を見あげた。

砂丘子は煙るような眼で、笙子を見た。

「笙子、今、しあわせなの？　九鬼さんを愛しているの？」

笙子は、しばらく、じっと黙ってからぽつりと呟いた。

「しあわせって、どういうことなのかよく分からない」

「九鬼さんはあなたをどう愛しているの？」

笙子は焦点の合わない眼を、遠くで結んだ。

「私、甘える女じゃなかったの、子供のときから。いま思えば、母とだけよ、夏、蚊帳《かや》のなかで枕合戦をしたり、木登り競争をしたり、じゃれついて甘えたのは母だけ。彼には、甘えたいの。ベタベタいちゃついたり、背中に飛び乗ったり……」

「そんな笙子、想像もできない」

「息もつかずあんまり一生懸命に生きてきたから、七十を過ぎてから、一生分甘ったれたいの。夫にだってこんなに甘えたことはなかった」

「それが今の笙子のしあわせ？」

「しあわせじゃないから、そうしたいんじゃないかな」

砂丘子が黙った。

「愛なのか、愛着なのか、執念なのか、惰性なのか、彼を肌の一部のようにも感じるけれど、私が彼のどのあたりにいるのか分からない。彼は徹底して独占的なくせに、自分の家族やその他諸々《もろもろ》のことは絶対に話さないし気配さえも見せない。二つの世界をなんの矛盾もなく、飄々と渡り歩いている。ものすごく狡いのに、今向き合っている者には、とても誠実なの。やさしくて、親切なの。癪《しゃく》に障る！　私、我慢強い方だけど限界がある。たまに駅へ送って行くんだけど、片手をあげて別れて、次の瞬間、電車を見る顔は、まるっきり別人の顔なの」

「ひところ前に、ながら族って言葉がはやったでしょう、聖徳太子みたいに、このころの若い人は、テレビを点けて、耳でなんとかいう機械で音楽聴きながら、マンガ読みながら、友達と携帯で話しながら……」

「やめて！」と笙子は遮った。

「今、別れたくなっているの。私を占領しないで！　と叫びたくなっている。手遅れにならないうちに、リハビリが可能なうちに、早く元の独りに戻らないと私は壊れてしまう気がする」

「笙子をそこまで追い詰める九鬼さんって、どんな人なんだろう」

「会ってみる？」

「会わない」

「どうして？」

「私は私なりの見方をするだろうし、感じることもちがうだろうし、あまりいいことじゃないと思う」

「つまり、男の在り方として、砂丘子さん、感心できないのね」

「男の在り方としては、古今東西ざらにあることで、そのことで九鬼さんを批判したりしないわよ。問題は笙子、あなたにあるのよ。『どんなことがあっても、ぼくの家庭を壊してはいけない』と彼ははっきり言ったんでしょう」

「言った。壊すつもりなんか毛頭ないのに、アタマにきた。『他人さまの家庭』なんて、頼まれたって壊したりしない！　彼はそれを見抜いてるから、いい気になってる！」

「そうね、正直言って、ムシがいいなとは思うわよ。自分の家庭は傷つかずで温存しているわけでしょ。あなたは彼にとって都合のいい恋人なのよ。かなり包容力のある安心のできる女。多少エキセントリックなところもあるし、自分流の生き方は絶対に変えない、男にしてみたら、御しやすくない相手だと思うけれど、危険な恋人ではないのよ。経済的にも自立しているし、男を困らせる女ではないのよ。それにしても、笙子、今すごく、やつれている……」

「このところいろいろあって」と、箱根や、早朝の電話やそれに続いた不愉快な出来事を不承不承話した。そんなことまで話す自分にあきれて、急に黙り込んだ。

砂丘子は口を挟まずに聞いていた。ふと、笙子の顔を見つめて何かを言いだそうとしたとき、にぎにぎしくチャイムが鳴って、砂丘子は、ある思いから、抜け出るように立ち上がりながら言った。

「騒々しい鳴らし方でしょ、八階に住んでる下の妹なの」

「そうか、いいな、きょうだいがあって。しかも、同じところに住んでいるなんて」

久し振りに見る感じのいい砂丘子の妹は、おおきなトレイに山盛りのパエリアや、サラダを載せて入ってきた。

「笙子さんがせっかく来てくださってるのに……思ったとおりだわ。うちの姉はアペリティフもお出しししていないのね」

勝手にテーブルセットをして、ちょっといなくなったと思ったら、洗濯物を抱えて現れ、来たときと同じようににぎにぎしく、出て行った。

「冷めないうちに召しあがってね。テレビの料理番組どおりに作ってみたけど……」

言い終わらないうちに、姿が消えていた。

「さすがは砂丘子さんの妹さんね。嵐のようだわ。さっと現れてさっと消えちゃった」

「がさつで男みたいにさっぱりしてるけど、あれでなかなかいい奥さんなの。彼女がいなかったら、私生きていけない。料理も適当に上手いし……」

はっとしたように、砂丘子は途中で口をつぐんだ。

「いいのよ、しあわせは遠慮なく口にしたほうが、聴いているほうも気持ちがいいわ」

それでも砂丘子は小さな声で「ごめんなさい」と言った。

身近にいる家族、きょうだい、自分の国の言葉で話し合える親子、それらが、手に入り得ない、笙子の憧れであり、不幸であることを、砂丘子ほどよく知っている者はいなかった。

なんとはない気まずさのなかで、砂丘子が話題を戻した。すこしためらいながら笙子の眼をやさしく見つめた。

「五条元に、笙子が訝しがるほど、九鬼さんが肩入れしていたという話だけれど、九鬼さんが、自分の身内のなかにもごく軽いけれど、同じような状態にたまになる人がいる、と言ったことがあったでしょう」

「そのとおりよ」

「その身内の人って、九鬼さんの奥さんじゃないのかしら」

「えっ……」

笙子は茫漠とした眼になった。その眼がふっと宙に泳いだ。

「だって……彼女凄く元気なのよ。私より十七歳近く若いの。奥さん同士のグループを作って、今日はテニス、今日は書道、今日はダンス……外国へも観光旅行やグルメ旅行に年中行っているらしいし……」

「そんな贅沢な生活してたら、私だったら呆《ぼ》けてしまうわ。それに、元気や若さと、この症状は共存できるのよ、周期的に起こる人も、ごくたまに襲われる人もいるらしいし、今、そうひどくないけれど、という人、とてもたくさんいるらしいの。そのうちに、認知症も併発してくるそうよ」

笙子は軽い脳貧血を起こしそうになった。と同時に、もし、そうであるならば、早朝の電話からはじまった、イタリアンでのあっけにとられるような冷たい眼差しや、笙子を打ちのめしたいのかと思うほどの九鬼の態度にひろがった、いやな一日の出来事に了承はできないけれど、納得はできた。あの日、九鬼のすべての辻褄《つじつま》が合わなかった。それは、妻という人への何かの事情がある深い愛情なのだろう。

冷めてしまったパエリアを食べて地下にある駐車場まで砂丘子は送ってきてくれた。

「元気を出してね」

「うん、もう大分、元気になった。あしたからまたばりばりやる」

「何を?」と、からかうように、すこし心配顔の砂丘子が訊いた。

「生きることを」

　ほほ笑みながら頷いた砂丘子を見て、ゆっくりと発車した。バックミラーのなかで、手など振らず、しずかな佇まいでいつまでも見送ってくれる砂丘子の姿が、遠くなり、消えていった。

　九階から見た、ゴージャスな光の絵巻物とちがって、地上で、しかも、方向感覚のまるでない笙子の運転する車から見えるネオンは、そぼろ泣くように貧弱で、茫然としたままの笙子は、気がつくと同じところをぐるぐると回っていた。ちまちまとした店が並び、商店街に入り込んでしまったらしい。どっちに出ても見覚えのある大通りには出なかった。

　なんとはなくまだ人情味のある下町商店街の風情と、超近代的な砂丘子のマンションのあるビルが、あまりにも対照的で、「これが今の東京か」と独りごとを言いながら、どっちへ走ったらいいのか、情けなくなった。袋小路の囚われ人の気分で、買っただけで使ったこともないカーナビを叩いて八つ当たりをしたら、小さなスクリーンにぱっと地図が出た。

　ほっとしてラジオを点けると、胸に沁みるように切ないトランペットのしゃがれた音色が流れてきた。

「お、サリュッ、ルイ・アームストロング」と挨拶をして、トランペットに合わせてゆったりと体を動かした。さんざんかかって見つけた、横浜へ向かう目黒通りは、いつの間にか降りだした雨に煙って、点々と遠近法を描いた赤いシグナルが美しい。

　……信号の　赤、赤、赤の行列の　霞のような煌めきの　心もとない虚しさは　都会砂漠の孤独いろ……

「なんだかいいじゃん、出来そこないの演歌みたいで」

低い、しゃがれた声で、思いつくままの言葉を、笙子は呟き続けた。

高速が横羽線《よこはね》に入り、いつもうっとりと見惚《みと》れる川崎工場地帯の常夜灯の群れが見えだした。昼間見ると、ただ灰色で見苦しく突っ立っているだけの工場建造物が、夜の闇にシルエットだけを残し、うっすらと数カ所に昇っている煙と、黒い空に浮かぶ無数の煌めく灯り。満天の星が地上に降りてきたような、シュールな絵画が、どこかで悲鳴をあげているような景観。

それは現代のアートである。昼と夜に見え方が変わるように、九鬼兼太のなかにも見方によっては昼と夜ほどにちがう貌《かお》がある。

九鬼家の歴史と、一人っ子と一人っ子の結婚がまた一人っ子しか産まなかった自分のか細い家族史には接点などあろうはずがない、と笙子は思った。

バックミラーに映る工場地帯のアートな照明が遠のいていった。その薄明かりのなかに、五条元の皮肉な嗤いを浮かべた、さびしげな顔が浮かんで、消えた。

黄金色の夕方

九鬼兼太は、子供のころ身体が弱かった。社会人になってからも、胃腸が弱く、何度かの入院体験があった。そのせいか、健康体で、そのうえ機敏な運動神経に恵まれている人には、男女を問わず淡い羨望をもった。もともと背が高く、日本人離れのした体型に恵まれていたし、そのことにはかなりの自信もあった。

三十歳になろうとするころから、体質改善に全力をあげた。若かったし、時間にも多少の余裕があり、会社の帰りに、夜おそくまで、ゴルフの練習場に通い、時間の許す限りジムにも行った。栄養のバランスも考えて、食べるとただちに胃腸にこたえる、脂質分の多いものは避け、好きな酒も断っていた。何事にも凝る方だったので、程よくついた筋肉が細く締まった見事な肉体を作り上げた。

その九鬼兼太が、今、還暦を超えて会社になくてはならない重要な人物になっている。海外に進出した、工場の大部分は彼の力量と努力によるものが多かった。

その彼がどうしてもやめられなくなったのは酒だった。節制は遠いむかしのことになっている。

酒席の多い立場にもなった。それが続くと必ず体調が崩れる。笙子が感心するのは、そんな場合、彼はただちに体調が回復するまで何日でも、酒を断つ。血圧が上がると、塩分を控える。若いときにくらべたら男盛りにはかなり無理のきく体になった、とは九鬼自身の回想である。

ただし、この年になると、もともと弱かった体は風邪をひきやすい。爽やかな小春日和に、「散歩日和ね」と笙子が上機嫌で顧みる九鬼が、蒼ざめているときがある。肩のあたりに力がない。

「ごめん、寒気がする」と言って、九鬼はベッドに潜り込み、肩を分厚いカーディガンでくるみ、羽毛の布団を重ねて、びっしょりと汗をかくまでじっと耐えている。ベッドも体もびしょびしょに濡れると、風呂場に駆け込んでシャワーを浴び、すっきりとした笑顔に笑窪を浮かべる。

この人、自己コントロールの天才なのだ、と笙子は思う。

始末の悪い不眠症以外に、これといった自覚症状のある体の不具合もなく、いたって健康な笙子は、体に限らず自分の生きる道のすべてをコントロールし、緻密な計画を立てて、毫《ごう》も違《たが》わずそれを実行しているように見える九鬼を、異人種のように感じることもある。

その九鬼がある日、一枚のＤＶＤを持ってきた。

「あらっ、音楽オンチの私に、マーラーのシンフォニーでも聴かせてくれるの？」

九鬼は黙ってＤＶＤをセットした。画面に映ったのは、トレーナーを着て、じっとある体勢をとり続けている一人の女性だった。

「この人、何をしているの？」

「やったことないでしょう、これが、ストレッチング」

ポカンとしている笙子の前で、九鬼は絨毯の上で画面と同じ体勢をとった。ひとつの体勢が十五秒も続く。

「兼太さん、これ、私にやれ、ということ？」

「ばかばかしいと思うでしょう？　ぼくもはじめはそう思っていた。かなり前、夜中にくたくたに疲れて帰ったときに、テレビを点けたら再放送でこれをやっていた。冗談半分に、なんの役に立つのかも分からないこの番組につきあってみた。翌朝、ほんのすこし体が楽になった感じがあった。二、三回やってみて、録画して持ってきたんだ。ぜんぜん無理のない体勢をいろいろ変えて、十五秒そのままでいる。全部で二十分だ。我慢してすこし続けてみてください」

「私、そんなことをする必要感じないけれど」

「いや、必要があるとぼくが感じる」

九鬼が何を言っているのか分からなかった。

それでも、素直に、画面に合わせて体を真っすぐにして、腰を屈折し膝を曲げずに手を床につけた。そんなこと笙子にとっては朝飯前だった。ポーズが長すぎるように感じながらも、ストレッチとやらいうカタチに、笙子の体は難なく対応した。学生時代に舞踊サークルに入り、六年間もクラシックバレエで鍛えた体は七十歳を過ぎても、信じられないほど柔軟だった。

「硬いな」と九鬼が言った。笙子は吃驚した。

「え？　どこが硬いの、あなたより手がピタリと床についているじゃないの！」

「いや、硬い」

笙子は茫然とした。

「ときどき、ひどい肩凝りで、揉《も》みに来てくれる指圧のおじさんが、笙子さんの年でこんなに体の柔らかい人は見たことありませんよ。奇跡にちかいですよ、と言ってくれるのよ。どこが硬いの？」

九鬼はやわらかい笑みを浮かべて言った。

「筋肉が硬い」

「筋肉って……？　そんなことどうして分かるの？　どこの筋肉？」

「とにかく、すごくかたい」

「どこで分かるの？」

「ベッドのなかで」

「えっ」

笙子はポカンとした。全身に鳥肌がたった。

「あら、あらっ……それは申し訳ございませんデス」

ショックをおどけた台詞に紛らわせて言う笙子を、九鬼はいとおしい者を包み込むような眼で見つめた。

「笙子って面白いことを言うんだね……」

声もなく黙り込んだ笙子は、ふと腑に落ちることに思いついた。はじめて九鬼を受け入れたとき、背骨のあたりに痛みを感じた。十年以上前に、追突されて、背骨のウエストあたりの骨が滑ったのだった。二、三年ほど前から、歩いていて急に右の腰から脚の裏に痛みが走り、立ち止まってしまうことがある。

黙り込んでしまった笙子を、九鬼は明るい顔で覗き込んだ。そして気まずさをばら蒔《ま》いた後でよくとる、ごく自然なゆったりさで、恬淡と言った。

「中華街に行こう！　笙子の気に入っている北京ダックの皮を、温かく焼いてくれるあの店に行こう」

「この次にしましょう」

笙子はひどく憂鬱になっていた。


その夜、最終電車に間に合うように呼んだタクシーが来ると、九鬼は笙子を見ずに門から階段を駆け下りた。

「振向いてもくれないんだ。サヨナラもないんだ」

ちいさく呟いた笙子の声が聞こえたらしく、九鬼はぎくりと止まった。ドアの開いたタクシーにカバンだけを放り込み、蒼ざめて階段を駆け上がってきた。門灯の明かりを避けて、木陰で笙子を抱きしめた。

「ごめん、ごめん、最近ちょっとどうかなりそうなんだ」

「そうのようね。私の硬い筋肉を心配してくれたり……でも、今のように、まったく無視されたり……私もどうかなりそうよ」

「離れないでね、ぜったいにぼくから離れようなんて思わないでね。笙子のいない人生をぼくは生きていけない」

「最終に乗り遅れるわ」

九鬼は笙子を見つめながら後ずさりをして、階段のところで複雑に翳った顔をタクシーに向けた。


＝兼太さん　あなたに何が起こっているのか知らない。

気がついてさえいないでしょうけれど、この前も、その前も、いつものように門まで送った私の顔も見ずにあなたは家から出て行った。

よほどのことがあなたの上に起こっているのか、それとも、私の存在はもう意味を持たなくなったのか、私には、知る権利があると思います。ここは、あなたの第二の棲家ではないのです。ここは、私の家です。

あなたは私の大事な人であり、私のお客さまです。

「最近ちょっとどうかなりそうなんだ」と帰り際に言った、そのどうかなりそうなことを、こころを開いて語る相手として、私は不足なのでしょうか。

「ぼくの事情」とあなたが言う、あなたのご家庭の事情はそれほど特殊なものなのですか。

笙子＝

＝笙子さん　明日できるだけ仕事を早く済ませて横浜へ行く。ぼくの事情、家庭についても、仕事についても、あなたを巻き込みたくはない。あなたにはあなたらしく天衣無縫でいてほしい。でもそれがあなたに不可解な疑念や、苛立ちをもたらすとしたら、本末転倒だ。ただ、ぼくはあなたには理解できないだろうことを語るつもりはない。

今、知人を通じて、ある会社の再建に力を貸してくれないか、という強い要請を受けている。今の会社を続けながらできれば一週間に一度来てほしいと言われている。知ってのとおりぼくは笙子のように直感や、衝動では動かない。これは笙子に対する批判ではない。もって生まれた資質や、仕事そのものの性質が異なるためなのだ。

ぼくは社長という人にも会い、しつこいほど綿密にその会社の実力や、内容を調べ上げた。稀なほど高い技術も力も持っているのに、経営陣がまったくなっていない。ぼくにはぴったりのやりがいのある仕事だ、と結論した。

問題は今の会社も手が抜けないので、もうひとつを引き受けるとすると、土曜日しかない。笙子に逢う日がなくなる。しかも、その会社は、静岡で横浜にちかい。ちかくにいるのに逢えない。仕事を引き受けたい気持ちと、笙子と逢い難くなる現実のなかで、苛々していた。

それと、前にニューヨークの空港からのメールで触れたことだが、ぼくは次の株主総会で、副社長の席を後進に譲るつもりでいる。男にとってこれはかなり重大な決断だ。決意はしたものの気持ちが揺れ動いていた。ぼくがこのところ少々うわの空でいたのは、自分では気がつかなかったけれど、そのせいかも知れない。これは、早晩話さなくてはならないことだった。

最後に残る「家庭の事情」、これは、出逢ってから間もなく書いた手紙のなかで触れたように、結婚当初のお互いの、夢の合致がずれだし、まったく接点がなくなった夫婦がひとつ屋根の下で暮らすのは、並大抵のことではない。そのことを綿々と語るのは、いかにも女々しく節操がないし、ぼくが自己嫌悪に陥るのもよくない。

とにかく、明日、あなたに仕事が入っていなければ、顔だけでも見に行く。　　兼太＝

翌日、打ち合わせを後日に延ばして、笙子は改まった気分で九鬼と向かい合った。

ニューヨークからのメールにあった「いろいろな事情が、社内内部の人事にまで影響を及ぼします。語るには複雑です。ぼく自身の根底にあるのは、笙子、あなたとのことです」という言葉を笙子は深刻に受け止めていた。自分の存在が九鬼の一生の大事にマイナス影響をもたらすことはなんとしても避けなければならないと思った。

「どうして副社長の席を退いてしまうの？　私の存在が……」と言いかけた笙子を九鬼がやわらかく制した。

「もう決めたことなんだ。そのことはもういい」

緊張しきった笙子とは反対に九鬼は、いつものように、我が家へ帰ったようなほっとくつろいだ姿だった。

拍子抜けがして、笙子は黙った。

テレビの脇に活けた萩の花や野花が揺れていた。

そこはかとないかなしみが秋深い庭に漂った。笙子は静まった心の裡で、自分のなかに深まってゆく秋や冬や死を思った。

人の世を渡ってゆくいくつものちいさなちいさな物語。そのなかのとてもちいさな一粒の物語のなかで私は眼の前にいる、分からない部分の多いこの男を愛している、としみじみと感じた。

笙子のなかで錯綜《さくそう》している自分への思いを解きほぐそうとしたのか、九鬼は服装のことから話しだした。

「知ってのとおり、ぼくは男が着る物にかまけるなんてとんでもないと思っていた。ちがうな、つまり、まったく関心がなかった。やっと、笙子が選んだ物しか着なくなったのは一年ぐらい経ってからだったと思うけれど、会社のなかでかなりの反響があって照れ臭かった。笙子が選んだ眼鏡をかけていったときなど、ぼくの秘書なんかは、副社長、素敵な眼鏡に替えられましたね。ちょっと鋭くて怖い感じもするけど、とてもすてきです、と言って騒いだ。顔のど真ん中の眼鏡を替えたんだ、面変わりがして当たり前、顔の風景を変えたんだからね……」と言って九鬼はすこし間を置いた。

「お家の方の反応が悪かった？」

「ところが、お家の方はまったくの無反応。ぼくの顔の様子がどう変わろうとぜんぜん気がつかない」

「………」

「家のなかに、ぼくの居場所がなくなった。ただし、これは今にはじまったことではない」

「話の腰を折って悪いけれど、あなたが抽象的に家族と言うとき、お家にはどなたがいるの？奥さまと誰なの？」

「家内と、まるで一卵性双生児のように離れない五番目で末っ子の娘がいる。この子が産まれるときにすべてが狂いだしたように今は思っている」

笙子は言葉を挟まなかった。

「末っ子が産まれたころ、ぼくは会社に重用され、月の三分の二は海外出張で、ひどいときには、三日間も昼食は機内食で、飛行機に乗っていないときは、工場視察や、現場指導で飛び回っていた。

そのことになんの不満もなく、自分のなかに潮が満ちてくるような力を感じていたし、自分に自信がつけばつくほど、周りも気持ちよいほどぼくについてきてくれた。けれど、家のなかの様子がじわじわと変わってきた。

妻に何が起こったのか……彼女は妻でも、女でもなくなっていた。彼女は完璧に母親だけに傾斜していった。それはぼくの望みでもあったわけだから、勝手な言い草だけど、さびしかったり、ホッとしたり、妙に気持ちが昂ぶったりした。家のなかで居心地が悪くなった。これは仕事上、夫が家を顧みる余裕のない家庭にはよくあることだ。

子供たちはみんな母親を取り巻き、たまさか、家にいる父親であるぼくには、ひとりも寄りついてこない。ごくたまに家で夕食を食べることがあっても、みんなの視線はぼくを素通りして家内に集まる。会話に入っていかれない。

今でこそ、結婚して、子供ができ、すっかり変わったが、子供のなかで自分にいちばんちかいと思う長女のそっけなさには参っていた。ぼくの気分は外に向かっていった。朝帰りが多くなった。寄ってくる女は手当たり次第という時代もあった」

言葉を切った九鬼を見る笙子が笑いだした。

「ごめんなさい。だって、ばかばかしいほど、陳腐な話だもの。『日本株式会社』という枠のなかで破壊されるもの、付加されるもの。そんななかで偉くなった人たちのステレオタイプなんじゃないかしら。先祖を大事にして、墓参りや、法事や、家族の絆《きずな》なんて言っているお金持ちの男に限って、外に子供を作ったり、勝手放題」

「ぼくは断じてそんなことはしていない」

「あなたは用心深い人ですものね」

九鬼は鋭い眼で笙子を見つめた。

ちょっとした沈黙の後に笙子が鎮まった声で言った。

「あなたはまだあなたの家庭の『ほんとう』を話してはいないわね」

九鬼兼太は、腕組みをしてじっと黙っていた。長いことそうしていた。

「いいの、話したくないことは聞かなくてもいい。ごめんなさい。もういい、私が悪かったわ」

笙子は自分が情けない状態になっていくのを感じた。

「家内は……精神を病んでしまったんだ」

突然走った言葉に、笙子は、息をとめて九鬼を見つめた。

「と言うと、ちがう。ただしくは……」

「もういい」

「異常児が産まれるかもしれないと、医者に宣告されていた末っ子が、五体満足に産まれた後、家内のなかに、得体の知れない闇のようなものが棲《す》みついた……それから、いろいろなことが起こった。それは言葉にはできないほどひどいこともあった。ぼくはどんなことがあっても、彼女を護《まも》り抜かなければならない……」

「分かった、ぜんぜん分からないけど、分かった。もういい」

棲みついた闇は、ときおり九鬼のなかにも流れ込んでくるのだろう。

——ときどき、五条元に似た鬱病のような症状を起こす身内の人と九鬼さんが言ったその人って……、九鬼さんの奥さんじゃないの？——

躊躇いながらも、笙子の眼をきっちりと見て言った、砂丘子のしずかな姿が浮かんだ。

笙子は疲れ果ててゆく自分を感じた。

その時、どっすーんというお腹まで響くような轟音が起こった。

港の方向におおきな花火が賑わいだした。

「今ごろなんなのかしら、夏でもないのに……」

冷たい夜風に顔をかざして、バルコニーに出た笙子は、次々と打ち上げられる色とりどりの豪華な花火に魅入っていた。心のなかがすかすかと妙な具合に白茶けた。

かなり長いこと乱れ咲いて夜空を染めていた花火がぷつんと終わった。後に残ったのは黒い夜を眇《すが》めるように眺めている、細くて蒼い三日月だけだった。


九鬼は自分の会社と縁もあるということで、双方の合意のうえ、静岡の会社建て直しを引き受けた。一カ月に二度の頻度で前日の夕食を笙子と共にし、翌朝静岡へ出かけた。秒刻みどころではないこの仕事量に九鬼は輝いていた。その輝きを支えているのは自分だ、という自覚が笙子にもあった。お互いの無理と犠牲が作り出した平穏といってもいい時が一年近く続いた。その間に容赦なく、海外出張も飛び込んできた。

もう決して若くはない男と女の一年、出会いからは四年半……その短いようで、長い時間帯のなかで変化する、男の姿、男の眼差し、男の声の弾みや、自分の体に絡んでくる濃密な欲望や、息づかいのうつろいも知った。

初老の婦人科医が言ったことも、処方してくれた、ちょっと薬局に提出するのがためらわれるような薬やクリームの類いも、七十歳の体を、むかしに戻すことには無理があった。疼きだす熱をもちはじめた体と、時には激しい痛みのなかで笙子はもだえていた。これは、若さから遠ざかった女に科せられた悲鳴なんだと思いつつ砂丘子の言葉を思い出していた。

「性愛ってとても大事だと思うの。難しいのは年を重ねるうちに、肉体の性に関わる条件や変化が女と男ではとてもちがってくることだと思う。女の方が若さや、欲望を失うのが男より早い場合が多いみたい。男にも更年期というのがあるらしいし、欲望があっても体が駄目になることもあるし……お互いの愛と努力がなければ、体の交わりなんてあり得ないと思う」

若いとき、体のすみずみに満ちてきた、滲むような恍惚、そんな幻想がふと蘇るとき、男の息づかいに無心に浸ることで、笙子はじんわりと肌をほてらせた。

そんな日々のなかで、小夜さんが口籠りながら言いだした。

「笙子さん、九鬼さんがいらっしゃる日は、私、お暇をいただくことにしたらどうでしょうか。お二人だけのほうが気楽でしょうし、私もたまには主人のために食事の支度をして、家で帰るのを迎えてみたい気がしてきたんです。笙子さんの面白いお話を聞きながら夕食をごいっしょにいただくのが楽しくて、長年、主人に甘えすぎてきたように思いはじめました」

いつかはこんなことを小夜さんが言いだすと思っていた。普通の主婦にしてみれば笙子の立場が分かり難くもあり、九鬼の在り方も許しがたいことなのだろう。

「小夜さん、夫婦って長年いっしょにいるとどういうことになるのかしら」

「夫婦なんて、平凡で退屈なものですよ、それでいいんです。子供が産まれて学校に行くころには、お互い空気みたいになっちゃうものなんです。でもいないと窒息するんですよ。それが夫婦ってものじゃないでしょうか……」

意味の深いその言葉を笙子は黙って聞いていた。

小夜さんの提案に同意して、九鬼が来るときは、買い物も料理も自分でするようになった。仕事も断ることが多くなったし、生活が根底から変わってきた。

時代も変わってきた。笙子がそれまでに手掛けてきた、中身の濃いドキュメンタリーよりも、気軽に世界を歩く、「旅物」という娯楽性の多いものがもてはやされ、広く浅くやたらと賑やかで、騒々しくなった。時代が自分の上を滑っていく、と笙子は感じた。


久し振りのパリは五月晴れだった。九鬼と出会う前は、一年の半分弱は過ごしていたセーヌ河畔のアパルトマンは、家主の長い不在でさびれていた。テッサが自分のお手伝いさんを連れて大掃除を手伝いに来てくれた。

「ずいぶん、痩せたし、すこしやつれているわね」

ほぼ一年ちかく逢っていなかった娘のテッサは子育てに疲れ気味だった。

「子育て中の人がふくよかで艶々していたら、その人は子供の面倒を見ていないか、お手伝いやベビーシッターを四六時中雇える身分の人だわね。たとえそうできても私は自分でやりたい」

彼女は毎朝の朝食とお弁当を作るために　五時半にはキッチンに立ち、出来合いのジュースや缶詰は使わず、無農薬のオレンジを手で絞るという徹底した母親だった。兄弟二人のうち、弟は隣家に仲よしの同級生がいるのでそこの主婦が送り迎えをしてくれ、兄の学校がバスやメトロだと小一時間かかってしまうので、八時の始業時間に間に合うようにバイクを飛ばして送る。

「バイクだと十五分か二十分で行けるのよ。でも、おおきな声で話しかけていないと居眠りされそうで心配なの」

「危ないわね。もう十歳でしょ、それでも送り迎えするの？」

「下校時は先生が校門で、親や、保護者を確かめてから一人一人送りだすのよ。ま、もうじきカレッジだから……でも大人の迎えなしで一人で帰る子はまだいないわね。日本のように学校帰りの子供が消えてしまったり、殺されたりする事件をママンから聞くとほんとに吃驚する」

ひとしきり学校や、夫アーレンの話で賑わった。

「アーレンを大事にしてね。子供にばかりかまけていないでね」

アーレンは、ニュー・ミュージックや映画音楽なども手掛けているので、留守が多い。演奏旅行でひと月近く家を空けられると、テッサは文字どおり子供に明け暮れ、睡眠不足が続く。その合間を縫ってボーカルの女友達と二人で、自分はギターを弾きながら、ボランティア活動もしている。笙子よりずっと、楽天的だし、大事なことと、些末《さまつ》なことへの対処のしかたが沈着で理にかなっている。これは父親譲りなのだろう。愚痴というものを言ったことがない。ただ、身の周りにただの一人も「身内」がいないのには、音《ね》をあげることがあるという。ちょっとした連休などはクラスの子供たちは大抵が祖父母や親戚のところへ遊びに行って、親が息をつくことができるのだ。

「ママンは日本だし、アーレンの両親はオーストラリアだもの、これだけは参る」と言いながらも、最後に「タンピー、タンピー（しょうがない、しょうがない）」と屈託なく笑う。

笙子は総勢何十人にもなる九鬼家の人々が幼い孫たちと睦《むつ》み合う光景を思い浮かべて、テッサの気丈さが切なくなる。

その九鬼がパリ経由でブダペストからはじまる長い出張を組んだのはもちろん二人であらかじめスケジュール調整をしたのだった。九鬼は、この旅行を最後に副社長を退くことになった。アパルトマンの受け入れ態勢ができてから、ということで、三日遅れで着くことになっている。着いた翌日がテッサの誕生日でもあった。

その三日目が来た。パリでいっしょになれるのは何年ぶりのことだろう。なんとなく浮き浮きと新鮮な気分で、朝からおおきな青空市場に行き、買い物籠の車輪がはずれるほど大量の食糧を買い込んだ。けれど、まだ時差が猛威を振るっているので、その夜ははじめて九鬼と食事をした、思い出の「オルレアン河岸四番地」の寿司屋に行こうと決めていた。

空港からの車から二度目の電話が入った。

「何かと面倒をかけると思うので、ここの支店長と社員を一人連れていってもいいかしら」という電話での前触れのあと、三人が笙子のアパルトマンへ着いたのは六時をすこし回っていた。

我が家へ帰ったようにほっとくつろいだ様子の九鬼とは対照的に、ほかの二人はかなり緊張した面もちで、社員と呼ばれた青年は、こうもり傘でも呑み込んだように背筋をピンと立て、ソファーからずり落ちそうに浅く腰かけてロボットのように眼も動かさずにかしこまっていた。

たまらないなぁ）と笙子は思い、自分の存在も彼らを気楽にはさせていないだろう、と気の毒になった。

「はいっ、ありがとうございます」

それでも青年はロボットのままでいた。（へー、日本の会社の上下関係ってこんななんだ。

「ねえ、せっかく淹れたコーヒーぐらいお飲みになってくださらない」

笙子は噴き出してしまった。

その空気を読んだ九鬼が苦笑しながらテキパキと支店長との打ち合わせを済ませ、

「では、明日は午後一時半にお迎えに上がります。空港へは私がお供をさせていただきます」

と言う支店長とロボットさんをドアまで送り出した。

あくまでもエレガントで、しかし、分を超えないやさしい上司の風情だった。どんな時にも分をはみ出さず、はみ出させず、情に流されない一種の堅さは長年の会社生活が編み出したものだろうか……天性のものであるようにも思えた。ともかくもこんなふうにして、ブダペストを皮切りに、九鬼兼太の副社長としての最後となる、十日間の欧州—アフリカビジネス行脚ははじまった。

一日一国という厳しいスケジュールのなかで、笙子と過ごせるのはたった一日だけ。旅の合間の通り過ぎるだけの旅籠《はたご》なんだ、となぜかその時思った。秒で刻まれた厳しいスケジュールに、ぽっかり浮かぶ私というオアシスかも知れないとも思った。

「あした、出発前のお昼は私の手料理を食べてもらうけど、今夜はごめん。例のお寿司屋さんを予約しちゃった。長旅の後にまた出かけるなんて億劫《おっくう》でしょ」
「ぜんぜん、この前の南米出張なんて、飛行機を二度乗り継いで三十時間ちかい旅の後、ホテルにチェックインしただけで、部屋にも上がらず、レストランに直行だった。あなたの言う『日本株式会社』の海外出張なんてどこも、いつも、そんなものだよ」

夕暮れの藍色を残して、夜がもうすぐやってくる石畳の散歩道を九鬼とふたりで歩いている。気の遠くなるほど長い年月、独りで歩き続けたこの道を、今は、ふたりで歩いている。

この安らかなしあわせに浸りながら、失った孤独が取り返しのつかないほど尊いものだったとも笙子は思う。

セーヌ河畔の並木が明るみ、遊覧船がやってくる。はじめての、あの時のように。

夜を焦がすような強い照明で樹木の茂みが、舞台装置のようににぎにぎしい光の洪水を浴びせられて迷惑そうに身を捩る。ざわざわと風にも煽られて、葉群れの間に影が宿る。

光も影も一瞬の幻のように、素早く姿を変えて川上のほうにうつろっていく。

そのうつろいを笙子はじっと見つめている。

観光客のたてる派手派手しい喧噪《けんそう》もセーヌの水面《みなも》を滑って、シュリー橋の下をくぐり、やがて遠のいて消えていった。

「バトー・ムーシュ（遊覧船）、一度乗ってみようか」

「ヤだ！」

「そうか、食傷している?」

「ちがう。蘇州での屋形船を思い出すから」

九鬼は黙った。出会ってからはじめての壮絶な諍いだった。

遊覧船が去った後は静かになったが、建物や街灯の明かりがセーヌの水面に反射して石畳の散歩道はきらきらと華やいでいる。笙子は右脚の裏側に重い痛さを感じながら、九鬼の腕に右手を絡ませた。

「どうしたの、まだ、蘇州をさまよっているの」

「あの時の若い支店長は今どうしているの」

「本社に帰ってかなり重要なポストに配置されている。ぼくの思ったとおり、優秀な出世頭だよ」

「あの朝のあなたのお説教が功を奏したのかな。気の毒なくらい蒼ざめて、急に礼儀正しくなって、私は気づまりだったわ」

「上に立つ者の義務ですよ」

「コワイんだ、あなたって」

「いや、やさしいんだ」

そうかも知れないと笙子も思った。

「オルレアン河岸四番地」の寿司屋は相変わらずの盛況で、カウンターではなく窓際のテーブル席に着いた。間断なく行き交う遊覧船の喧噪が遮断され、光と影の饗宴も厚いガラス窓越しに見ると、一枚の紗《しゃ》をかけたように幻想的で美しかった。

「きれいだね、いつもカウンターだったから寿司のネタしか見ていなかったけれど、この眺めはすばらしい」

「夕暮れどき、そこの橋の真ん中に立つと、ノートルダム寺院の向こうに黄金色の雲が湧いて、いろんな色や形に変化していくの。パリ絶景中の絶景よ」

「今が、まさにその絶景の真っ最中なんじゃない？」

二人は、申し合わせたように席を立ち、残照が浮かび上がらせる黄金色の夜景のなかを橋の欄干に沿って歩いた。薄紅色や、あかね色が二人のシルエットを染め上げた。

「笙子、今夜は笙子の中で溶けたい」

低いむせぶような声が笙子の体にこだました。笙子の体はあたりの夢のような色彩にずっくりと馴染んで、熱くなった。

その夜、汗ばんだ九鬼の裸身に抱き込まれ、細い腕を背中に回して、喘ぎながらも、不思議なほど体がリラックスしていた。記憶のなかにこれほど、解《ほど》け切った自分を意識したことはなかった。すこしの抗いもない自分を笙子は九鬼にゆだねた。

力の抜けた体は　亜熱帯に咲き乱れる、妖《あや》しい露を滲ませた野生の蘭のように九鬼の体を搦《から》めとった。痛みも気おくれもなく、朦朧のなかに震えて、溶けた。

恋が激しく完結した。

「笙子、笙子、すてきだよ……」

消え入るような掠れた声に、笙子は恍惚という痺れに、はてしなく震え続けた。

夜中に目覚めた笙子は、息をしているのかと思うほど静かに眠り続ける九鬼を見つめながら、汗ばんでいるその胸に顔を埋めた。しあわせが溢れた。

見えない男

翌朝、九鬼がまだ残存しているような、甘くほてっている体で、笙子は黒鯛のオーブン焼きを作っていた。

鯛を焦げ目がつくまで焼き、大きな耐熱皿に移し、夏野菜で囲み、にんにくは皮をつけたまま一個一個をほぐしてばら蒔き、三百度に熱したオーブンに入れて、全体がこんがりしてきたところで、白ワインを入れた。

「わっ、美味しそう！　いい匂いで目が覚めた」

笙子のバスローブからすねをはみ出させて、いわさきちひろを模したようなやわらかい絵が描いてあるネイビーブルーのキッチンテーブルに、どっかりと座った九鬼は、笙子の動きを安らぎのある眼で追っていた。

二人はさながら、息の合ったひとつがいの生き物のようだった。熟睡したのか、九鬼はうきうきと楽しそうにしていた。

手作りレンガの工場まで行って、窯《かま》から出たての分厚いブルーのレンガを買って敷き詰めた笙子ご自慢のキッチンは素敵な居心地で、九鬼にとっては、この非日常がたまらなく心安まるものにちがいない。

「いつも思うんだけど、料理しているときの笙子はキビキビしていて動きに無駄がない。気持ちがいいよ」

「味もきっといいと思うよ」

笙子は温度を下げて九鬼の前に座った。溢れるような朝の陽が差し込み、しあわせ、を絵に描いたような申し分のないのどかな朝だった。

「すごい五月晴れだね、いいなあ、落ち着くなァ、笙子と差し向かいで、笙子の手料理を食べるなんて。これ以上のしあわせはないよ」

笙子はやわらかく笑った。体がまだ疼いていた。

「あとひと月でこういう時が、もっと増えるのね」

「笙子の夢みるケープタウンにも行こうね。アフリカ奥地は勘弁してもらいたいけど」

「救いがたい都会病だなあ」と言いながらも、久し振りに百パーセントくつろいでいる九鬼を見て笙子もしみじみとしあわせだった。焼き上がった黒鯛もすばらしい出来だった。

「わっ、うまい！　いい味だ」と言った九鬼が急に腫れあがってきた笙子の瞼《まぶた》を見て吃驚した。

「どうしたの！　今までなんでもなかったのに、瞼が腫れて、うっすらと裂けているみたいだ」

「うん、さっきオーブンを開けたときに、急に痛くなった」

笙子は花粉症のうえに飛行機の密室状態に渦巻く埃にも反応して、この三日間、眼と瞼が痛《いた》痒《がゆ》かった。そこへオーブンを開けたときに大量の湯気や煙を浴びたせいか、急に瞼が攣《つ》れるように痛くなった。

「薬はあるの？」

「ある。花粉症の塗り薬もらってきた」

「すぐ、つけたほうがいい。うっすらと血が滲んでいる」

「うん、よくこうなるの、気にしないで食べていてね」

　笙子は寝室に駆け込んだ。

「こんなにすてきな朝を、せっかく二人でくつろいでいるのに！」などと独りごとを言って、ベッドをまわりナイトテーブルの引出しをあけたときに携帯が鳴りメールが入った。笙子は反射的にそれを開いた。

　＝兼太さん
　という字が目に飛び込んだ。あれっ、何これ、私が打ったメールが、どうして！　あ、これ、私の携帯じゃないじゃない。慌て者なんだから！　訳が分からず、「ごめん！」と叫びながら寝室を飛び出してキッチンに走っていった。その間の数秒、（……まだ二日しか経っていないのに……時差……あなたのお話に……お会いして……）などの文字が眼に入り、女性からにちがいない文脈の合間に何かただならぬ気配を感じた。

「ごめんなさい。うっかり開いちゃった。私のナイトテーブルの充電器の上に載っていたんですもの」

　その時はメールの内容よりも人のものを開いてしまったことの迂闊《うかつ》さに慌てていた。

メールの文面がはっきりと読める携帯を、開いたまま渡した。

九鬼はさっと読んで、さっと閉じた。その間がひどく短かった。ふだんは受信したメールを読み上げながら、内容の解説をする癖が彼にはあった。

黙ったままの彼にふと疑念が湧いた。疑念は、消えたり、膨らんだりして笙子をドキドキさせた。しあわせが漲《みなぎ》っていたキッチンの空気がじっとりと動かなくなった。

「ねえ、何か……漬物みたいなものない？」

すこし乾いた声で言った九鬼の顔からも、のどかなしあわせが消えたように思えた。

「漬物……？」と訊き返しながら、あるわけあるかヨ、糠味噌《ぬかみそ》嫌いの私の、しかもパリの家に！と胸の裡で呟いた。

「梅干しもない？」

友人のおみやげにもってきた、ご大層な桐の箱に入った昨今人気の梅干しの包装を解いた。和紙に包まれたふっくらした大粒の一個を口に放り込んで、にっこり笑って「うまい」と言った。

あまりにも屈託のない様子に、気勢をそがれ、食欲もそがれて、念入りに調理した黒鯛に手もつけず、テーブルを立ち、サロンの長椅子に移った。いつもなら、その笙子にぴたりと寄り添ってくつろぐはずの九鬼は黙ったままキッチンを動かなかった。

「メール、誰から？」

笙子は驚くほど無邪気な声をあげた。

「会社」

間髪を容れず、躊躇もなく、笙子より無邪気な声が返ってきた。

（カイシャ？）

笙子のなかに言うに言われぬ混乱が起きた。終わりまで読んでもいない文面にざわめいていた、ただならぬ気配が笙子を覆い尽くした。

九鬼はいつの間にかキッチンにはいなくて、燦々《さんさん》と降りそそぐ陽光のなかで旅支度をしていた。南向きに大きく両開きになっているフランス窓から、洪水のように溢れる陽光や、空の青さが亀裂を生じた瞼に痛かった。

「会社」とあまりにも明快に言った九鬼は、笙子には背を向けていた。

「かいしゃ？　会社からだったの？」

念を押した問いかけに、応えはなかった。

しんと音の立つような静けさが澱んだ。そこに夏の陽が吹きだまる。笙子はもう一度、九鬼のシルエットを見つめた。動かなかった。

やがて、燃えるような陽炎《かげろう》に囲まれて男のシルエットが滲み、肩の線が曖昧に揺れてきた。体のなかをざわっという驚愕が走った。陽炎に揺れていた九鬼のアウトラインが崩れて、笙子のみぞおちに音をたてて落ちてきた。

「会社のなかにあなたを、兼太さん、と呼ぶ女性がいるの？」

答えはなかった。たぶん彼は、笙子が書き出しの「兼太さん」という親密な呼びかけを読まなかったと思ったのだろう。あるいは、書き出しだけではなく、メールの全文を読んだと思ったかも知れない。

それからの長い一時間、二人は言葉を発しなかったし、お互いの姿を見ることもなかった。

さっきまでの、青いキッチンの青いテーブルを囲んでいた、あのやわらかなしあわせはなんだったの……あれも、ほんとう、これもほんとうなの？　昨夜のことは？　体のなかにまだ疼いている九鬼の温もりや呻き声はいったいなんなの。壊れた頭がどくどくと脈を打っていた。

耐えがたいしじまを破って九鬼の携帯が鳴った。

時間の流れが変わった。

「あ、高木君？　門の前に来てくれているのね。ありがとう。すぐ降ります」

いつもどおり何があっても冷静沈着な落ち着きのある対応だった。アタッシェケースと、十日分を手際よくまとめた手荷物一個だけの軽装で、サロンに現れた九鬼にはなんの動揺も感じられなかった。その断固たる装いに笙子は眼を背けた。

「行っていらっしゃい」

「え？」

「送っていかないわ」

「どうして？　送ってほしいなあ。門までいっしょに来てよ」

彼の笑顔は不自然にひび割れていた。すべてが計算され、狂いを生まないはずの日常設計に思わぬ落し穴が顔を出したのだろうか。かなりのことには動じない彼が、はじめて見せた珍しい動揺ぶりに、笙子は思わずソファーから立ち上がった。

二人しか乗れないちいさなエレベーターに横並びに乗った。直立不動でガラス張りのドアだけを見つめている男と女の姿は傍から見たら滑稽だったにちがいない。ガラス越しに映る中庭のマロニエの葉群れや、窓辺に咲いている花々に降りそそいでいる強い日差しが急に翳ってきた。九鬼の手が笙子の肩を抱き寄せた。狭いエレベーターのなかで思い切りその手を避けても肩と肩のあいだには、十センチほどの隙間《すきま》しかない。

「嘘を吐く人はいやなの」

「嘘は吐いていない!」

「そうね。ほんとうなんでしょうね」

彼は黙った。思わず口を衝いて出た笙子の言葉にどう切り返していいか分からなかったにちがいない。ガラスドアを滑ってゆく花々が鏡になって二人の姿が映っている。

笙子は、急に降りだした驟雨《しゅうう》を見ていた。

「あれっ、いったいなんなんだこの雨!　今まであんなに晴れていたのに」

それが救いでもあるかのように、九鬼はたちどころに平静になり明るい声で濡れはじめた中庭をゆったりと急がずに歩いた。

「急に、こんなどしゃ降りになるなんて」

「セ・ラ・ヴィ。人生ってこんなものでしょ」

笙子も歩調を合わせるようにゆったりと歩きながら彼を見ずに言った。重たい門扉を開けると、前夜のパリ支店長が、傘を開いて駆け寄ってきた。

「ご苦労さまです。行っていらっしゃい」

律儀そうな支店長に律儀に挨拶をして九鬼を見ずに踵《きびす》を返した。

一段と強まった驟雨のなかをゆっくりと歩き、部屋へ入り、濡れた体を拭きもせず、おおきなデスクの前にどっかりと座った。どのぐらい経ったのだろう。

通り過ぎた驟雨の後に、さらに明るい光に満ちた青空がひろがった。笙子は受話器を取り上げた。ゆっくりと、大事そうに、大事な番号を回した。

「ウイ、アロー。あ、ママン！」と答えた受話器を通して子供たちや、若い男女たちの賑やかな声がうわーんとひろがった。笙子の頬に一筋、涙がこぼれた。

「テッサ、もう大勢集まっているのね。お誕生日おめでとう！」

「ありがと！　ママン、ゆうべは兼太さんと素敵なソワレだった？」

「ウイ。シュペール・ソワレ。今夜はママンがみんなを鉄板焼きに連れていくわよ」

「シュペール！」

ひとしきりのお喋りの後、卓上の隅に、テッサや秘書や植木哲が立て替えてくれたパリ事務所の領収書が溜《た》まってるのが眼に留まった。忘れないうちに、そう、今日払おうと思った。

計算機を出して一枚一枚の数字を足していった。何回やっても合計が合わない。

計算機の液晶盤が汚れているのが気になった。化粧室へ綿棒を取りに行った。除光液をたっぷりと含ませて黒ずんだ液晶盤のすみずみを執拗《しつよう》なほどこすった。汚れは取れたが、液晶盤はうっすらと濁って文字が読みとりにくくなった。

そのうちに計算機に盛り上がっているボタンの間のほこりや汚れが我慢できなくなった。同じように綿棒を使ってごしごしとこすった。汚れは綿棒の通り道だけが取れて、前より薄汚くなった。

今度は台所へ行ってボウルに熱湯を入れ、大量の洗剤と混ぜそのなかにスポンジを入れた。手が火傷しそうに熱かった。ふだんの笙子からは考えられない無頓着さで、絨毯のうえにだらだらと洗剤を含んだスポンジの熱湯を垂らしながら、もう一つの手に泡立ったボウルを持って、机の上に置き、デスク・チェアーに深々と腰を埋めて計算機をまるごと洗いだした。

その時に電話が鳴った。

「道が空いていてね、もう空港に着いちゃった」

九鬼の明るく屈託のない声に、笙子は声が出なかった。

「ごめん」

「何が？」

「不愉快な思いをさせて、ごめん」

笙子は黙っていた。

「何もないんだ。一方的なストーカーなんだ」

声が掠れていた。

「じゃあ、なぜ謝るの」

「不愉快な思いをさせたことを謝っている」

声は明るくなった。

「私、今、とても忙しいのよ。手が熱いし、シャボン玉だらけなのよ」

「お風呂に入っているの？」

九鬼の声から明るさが消えた。

「ふざけないでね、お風呂に入っているのは私じゃない。私はきれいなの。私は洗わなくていいの。機械よ。ここにある機械をみんな洗うのよ。携帯も洗うわよ。私が書いても、誰が書いても、頓着なしに、『兼太さん』と寸分違わず機械で打ち出す無節操な携帯を熱湯に浸けてぶっ壊すわよ」

受話器の向こうで息を呑むような気配があった。

「もうかなり前からなんだけど、会社に中年の女性社員がいて、メールを送り続けてくる。完全なストーカーなんだ」

かなり迷惑そうな声が、明るさを消し、そのせいか、中年の女性と形容された相手の姿が、すこし猫背の暗く陰鬱《いんうつ》な輪郭で浮かび上がった。

笙子は、泣いているとも、笑っているともとれる、音程の外れた掠れた声で言った。

「よかったわね、ストーカーって言葉が流行っていて。ただのストーカーなら、さっき、私の顔も見ずに、一時間も無言でいることはなかったわね」

「ほんとうに何もないんだ」

「何もない女性社員が、雲の上のような上司に、兼太さん、と呼びかけるのを黙って受け止めているの？　蘇州のときの支店長を馴れ馴れしすぎると糾弾したあなたはどこへ行ったの。若い女性社員には、あなたの経営哲学も、上下の作法もどこかへ吹っ飛んじゃうわけ？」

笙子の声が少し震えた。

「かなり親しくしている部長の助手なんだ。会社というからくりのなかで、無下《むげ》にできないこともある」

声が精彩を欠いていた。個々の感情を退け、いつもロジカルでクールな結論を引き出す九鬼からは考えられない言い分に、垣間見たメールに漂っていたただならぬ異常を確認した。

「メールはいつからなの？」

「副社長になってすこし経ってからだったと思う」

笙子はあまりの驚きに、顔が凍えていくように思った。

「私と出会ってから一年半しか経っていないときからなの！」

「いや、ちがう。ぼくが議長を務めた会議の後のスピーチに感動した、というメールが突然入ったときのことを言っている。誰だか見当もつかなかった。それから一年ぐらいして、ある懇親会の席で、親しくしている部長の助手が、『私が、メールでお邪魔している、常盤《ときわ》ナオミです』と名乗り出て、はじめて顔と名前が一致した」

「そして、あなたもメールに返信を送りだした。そういうことなの」

「おもに技術的な問いかけが多かったから……」

「そんなことは、直接の上司に訊くほうが早いわね」

乾いた音をたてて笙子は受話器を置いた。


＝今ブダペストに到着。迎えが来ていない。電話も通じない。現地のお金もない。今からじたばたしてみる。　　兼太＝

＝両替所に向かう途中でドライバーを捕まえた。ゲートを間違えたとのこと、今ホテルに向かっています。　　兼太＝

＝今ホテルに入った。瞼の腫れはどうなりましたか。医者に診せてください。これからすぐ、現地の連中と会議、会食と続きますが、遅くなるかも知れないけれど終わったら電話します。オフにしないでおいてください。　　兼太＝

このメールを読んだ後、笙子は、熱湯のなかに、携帯を捨てた。ぽちゃっと小さな音を立てて、盛り上がる泡のなかに、笙子の携帯はくるりと回転して沈んでいった。

その夜、セーヌの川面にまだ黄金色の残照が煌めいているころ、ホテルの上階に位置している鉄板焼きの一隅を占めて、一年に一度しか会えない、唯一の家族と食事をした。しあわせいっぱいの顔に浴びせられた汚辱《おじょく》を笙子はきれいに払いのけていた。

眼の前に、たったの四人ではあるけれど、固く結ばれているテッサ一家を見つめ、何事にもめげず、すべてをポジティヴに方向づけて生きる娘のテッサがひどく頼もしく思えた。

子供を抜け出して、既に少年の面差しを宿しはじめたカッコいい二人の孫と、いかにもアーティストという風情で一家をのびやかに包んでいるアーレンを囲んで、ボーイ長が運んできたバースデイ・ケーキに子供たちが歓声をあげた。

私が生きた道筋は、この子たちだけが、知ってくれればいい、と笙子は思った。それも長い間でなくてもいい。思い出なんて脆《もろ》いもの、曖昧なそれぞれの記憶のなかで、私の笑顔がすこしの間だけでも漂っていてくれればいい、と笙子は思った。

その夜、一時を回ったころに九鬼からの電話が鳴った。

「会食を抜けて何度も電話をしたけれど、今日はテッサの誕生日だったね。今も携帯は繋がらなかった」

「壊したのよ」

しばらく沈黙が続き、笙子が電話を切ろうとしたとき、九鬼が語りだした。

「部屋の窓いっぱいに、ライトアップされた、ブダの丘と、丘の上の白亜のお城が見えてすばらしくきれいなんだ。右手のチェーン・ブリッジも美しい。笙子に見せたい。いっしょにいたい！」

「ドナウ河のほとりのホテルね。同じ景色を見たわよ。たぶん同じホテルから。ベオグラードを皮切りに、ドミノ式に起こった、『東欧の民主化』を取材して、ブダペストにも行ったの。

二十年もむかしのことよ。あなたと私は生きた時代があまりにもちがうの」

「笙子、後三日で、東欧から、スペインのバルセロナに移動する。無理をすれば、パリで数時間過ごすことができる」

「止めて。スケジュールどおりにしましょう。最後の日曜日の夕方日本へ発つ、たった一日の休日を大事にしましょう」

「笙子、お願いだから、想像力を駆使して大事なものを壊さないでほしい。ほんとうにメールの女性とはなんにもなかった。黙っていたことは悪かった。こころから謝る」

「謝る必要なんてない。あなたはあなたらしく生きてきただけ。私がとやかく言うことではないよ。でも、もう電話しないで。声を聞きたくないの。携帯も壊しちゃった。最後のお仕事に集中してください。今、白アスパラガスのシーズンなので、あなたの好きな子牛のレバー焼きに添えて作るわよ。私が作る最後のお料理になるわ」

笙子は、その電話を最後に、壊れた携帯の代わりに毎日のように入ってくるファックスにも返事をしなかった。

スペインからアフリカまで足を延ばした九鬼は、かなり陽焼けして精悍になった顔で、予定どおり土曜日の夕方、パリへ戻ってきた。この夜はまた馴染みの寿司屋に行った。

「日出子ちゃん、今夜は特別な夜なの。とびっきり美味しいものが食べたいの」

甘えるように言った笙子に、「あいよー」と、この屋の女将の威勢のいい声が返ってきた。

ちゃん付けで呼ぶほど若くはないが、はじめて名前を訊いたとき、「私の名前は、日出《いづ》る国の、ひ・で・こ」と言ってこれ以上はないという笑みをひろげたので、それ以来ずっと「日出子ちゃん」になった。

明るくはしゃいでいる笙子を九鬼は終始、寡黙のまま見続けていた。

翌朝、笙子は上機嫌で九鬼の買い物に付き合った。途中で、ウインドウのすばらしいお気に入りのアーニスを覗き、社長夫人である可南子《かなこ》さんに九鬼を紹介した。

「あー、あなたが九鬼さん？　わたくしの梅干しを一個盗み食いした方ね」

男のようにさっぱりとして、ずけずけとした物言いがみんなに好かれている可南子さんは、車が店の前に止めてあるからと言って、運転手を申し出てくれた。

「お忙しいお仕事出張では、ろくにパリ見物もなさってないでしょ」

「ええ、一年の半分ぐらいはフランスにいた時期もありますが、観光なんて贅沢な時間はありませんでしたね」

「飛行機は夕方でしょ、笙子さん、お昼ご飯その辺で軽く済ませればいいでしょう。お二人でゆっくりされる時間を見計らってお宅まで送るわよ」

可南子の申し出は涙が出るほど有難かった。女性社員からのメール事件はいっさい素振りに出したくはなかった。内容の顚末《てんまつ》も知らずに、やたらと動揺することを自分に禁じていた。

驚いたことに、九鬼は可南子の性格に惹かれたのか、すこぶる上機嫌で魅力的だった。サクレ・クール寺院から、サン・マルタン運河、ところどころで歩いたりお茶を飲んだりマドレーヌをつまんだりした。

どこの街角に立っても九鬼は絵になった。第三者がいることで、九鬼のしなやかで優雅な所作をあらためてひどく新鮮なものに感じた。若いころはどれほどほっそりとステキだったろうと思わせる指が話の伴奏をするように静かに、きれいに動いた。

今回の旅の先々で見た、バラエティーに富んだ話も面白かった。

可南子に送られて、アパルトマンに二人だけになったときには、さすがに笙子の眼がポッカリと虚ろになった。

しばらく経ってから、感情のまったくない声で、他人《ひと》ごとのように、ぼそっと呟いた。

「可哀そうに、私の存在は、それしきのものでしかなかったんだ」

「何を言ってる、彼女とは男と女の関係なんかない。そんなことは荒唐無稽《こうとうむけい》だ。若い社員同士ならいざ知らず、大会社の副社長や専務が女性社員とそんな関係になるなんて、それも三月とか半年という長期にわたって続くなんて、およそ常識外だ。そんなことができる男がいるとしたら、よっぽどの曲者《くせもの》か、悪人か……」

笙子は笑った。

「うぬぼれないでね。悪人なんてそんなカッコいいものじゃない。あなたはただ女に、それも若い女に慕い寄られるのが好きな男なのよ」

「女によるね」

九鬼はケロリと言った。

「私にもそういうところあるけれど、あなたは聴衆がいると輝くのよ。今朝のあなたを見て、私、惚れ直したもの。可南子さんという私も大好きなキャラクターに出会って、あなた本来の男の出番が来たの。でもそういうあなたの表面的な魅力以外のもの、若い社員に分かったかな、というより、魅力を全開するほどの相手であったわけなのね。その女性」

「名前はナオミ」

こんな時にも、九鬼の几帳面さが出て、笙子は苦笑した。

「あ、『痴人の愛』のナオミ?」

すこし皮肉っぽく言った笙子には、力の抜けた体に相応しい、繕いようのないアンニュイが蔓延ってきた。

笙子はその日、子牛のレバーも、用意してあったアスパラガスも作らなかった。

空港への迎えが来ても、椅子から立ち上がることもしなかった。

いつもの軽装で、肩を落とした九鬼がドアを開けたとき、座っていた椅子からすーと立った。

「お気をつけて、お帰りなさいませ」

笙子は静かに、嫣然と笑った。

ドアの向こう、少なくともエレベーターのなかでは、落ちた肩は再び元に戻り、車のドアを開ける支店の人に「ありがとう。ご苦労さま」とやさしく声をかける九鬼がまざまざと見える気がした。

メール事件から後、笙子のなかで九鬼兼太は再び、見えない男になった。

情のあり方、あくまでもクールな沈着、おおきく包んでくれる静かなやさしさ、笙子に注がれていたひたむきな情愛。それが嘘だったとは思わない。唯一の対象ではなかったことに慄然としたのだ。九鬼がなんと言おうと、娘のように若い社員が「兼太さん」と呼びかけているのだ。

それをほぼ二年近くも受け入れてきたのだ。

そうなんだ。あの訳の分からない深夜にかかった電話やそれに続いた、不可解だった、馬車道のレストランでの九鬼の態度。あの時にはすでにその女性は存在していたのだった。

心に複数の女の面影をもつことになんの違和感も覚えず、それら異なった対象への異なった塩梅《あんばい》でもつ興味と愛情で、自分のなかに、ある種のシンフォニーを作り、それに甘んじ、悦びを感じる。そんな男もいるし、女もいるだろう。私がそうではないだけだ、と、笙子は思った。

携帯は壊せても、電話に出ないことは不可能だった。

堂本《どうもと》という昔仲間のプロデューサーが、パリにいる笙子に凄い企画を考えたので近々会いに来ると言ってきたし、植木哲の電話を待っていた。

その電話に九鬼の抑揚のない、よろめくような声が入った。

「行きどころがなく、今、箱根の家に一人で来ている」

そうか、箱根の別荘はもう完成しているんだ。静岡の会社が立ち直ったら、家内という人とゆったりと暮らす終の棲家は計画どおりに完成している。

笙子は丈の高いすすきのなかで四つん這いになって嘔吐し続けたことを思い出した。

しばらく電話のベルも無視しようと思っていたある日、立て続けに電話が鳴った。時間的にいって、九鬼は会社で仕事中のはずだった。

取り上げた受話器から、思いもかけない、華やかにハスキーな声が伝わってきた。桐生砂《す》丘《な》子《こ》の声だった。

「砂丘子さん！　どうしたの？　今、どこ？」

「日本からじゃないわよ。タクシーのなか、あと三十分ぐらいであなたのアパルトマンに着く」

「うっそッ、どういうこと？」

「吃驚《びっくり》させようと思って、黙っていたけれど、勧められてカンヌの映画祭に出席したの。これが、最後になると思って」

「映画祭、もう終わっているじゃないの！」

「評論家仲間とコート・ダ・ジュールを楽しんだのよ。前触れなしなんて随分、無謀だと思ったけれど、あなたがパリに来ていることは知っていたし、会えなかったら、それも運命だと思って……」

時間になると、笙子はドアの鍵もかけずに、飛び出して、石畳の道をやってくるタクシーを待ち受けた。こんなにうれしいサプライズがあるなんて人生捨てたものではない！

タクシーから降り立った砂丘子はすこし陽焼けして、サマードレスの旅行服が小粋だった。

「うれしい！　こんな時に会えるなんて」

笙子は砂丘子に抱きついた。

「どうしたの？　笙子、ややこしい顔してる」

「二、三日は泊っていけるんでしょう？」

哀願するような笙子に砂丘子は頷いた。その夜、セーヌを渡って左岸にある、静かで美味しいレストランで女二人だけのゆったりとした食事をした。

「九鬼さんは、高級動物の本能をもっているのよ。抑制もできるけど、人にとばっちりがいかないときは、自由に跳ねる。自分の欲望の枠を作って冷静なプログラムを作る。笙子とは正反対。あなたは、直感的、衝動的な欲望に、前後の見境なくすーと身をゆだねる」

「つまり低級動物なのね」

「そうも言えるわね。笙子の話を聞いていると、九鬼さんはかなり臆面もなく素直に自分の本能の赴くままに行動している。あなたには余計な思惑や、自分の一途に殉じる一本気なところがある。どちらが純粋かしら」

笙子は返事に詰まった。砂丘子の問いかけの意味もよく分からなかった。

「大事なことは」と言って砂丘子は笙子を見つめた。

「何？」

「それでも笙子が、九鬼さんを愛しているか……に尽きるんじゃないかしら」

「愛していなかったら、こんなによれよれにならない。でも、瞬間的にはなんのことか分からなかった『兼太さん』というあの携帯機械の真四角な字を思い出すと、体もこころも、汚れた雑巾《ぞうきん》でなぶり殺しにされた気がする」

「汚れた雑巾ぐらいで人間死なないわよ」と言って砂丘子は笑った。

「副社長殿がいつから、どういう理由で、兼太さんになったのか、どうして訊かなかったの！」

「そんな……みっともない！　女が廃《すた》るわよ、そんなこと訊くの」

砂丘子は、静かに首を振りながら笑った。

「私たちの世代は、そういう役にも立たない、美意識とか、女の意地みたいなものをいっぱいぶら下げて生きているのね。そんなことで、とても大事なものを失っていくかも知れないのに……笙子、あなた九鬼さんと別れ急いでいない？」

笙子ははっとして砂丘子を見つめた。追い打ちをかけるような言葉にじっと考え込んでしまった。

「あなたの初恋は悲恋に終わったわね。あれほどの熱愛もあきらめざるを得なかった。相手の医科大学生はあなたと出会う半年前から、父親との軋轢《あつれき》もあって、腐れ縁のような具合で、年上の女性と同棲していたんだったわね。その女性が不治の病をもっていたために、彼は女性を見捨てられなかった。新派大悲劇だわね。ご主人の飛行機事故だって、あまりにも唐突で、あなたには、別れ、というものに対するどうしようもないトラウマがあると思うの。人の世で、別れは必ずやってくるのよ。それをあなたは自分で引き寄せようとしている……ちがう？」

なんと言われても、笙子は九鬼に対する不信感と、それでも恋しいと思う、やりきれない屈辱に打ちのめされていた。その笙子を連れ出して、砂丘子はサンジェルマン通りの店に新しい携帯を買いに行った。

「熱湯に投げ捨てるなんて、いかにも笙子だわね。携帯はただの伝達手段よ。植木君や彩乃さんが困るじゃないの」

三日も滞在してくれた砂丘子と別れがたく、日本へ帰る砂丘子をテッサの車を借りて笙子が飛行場まで送った。渋滞のなかで砂丘子が笑いながら、笙子の頬をつついた。

「笙子、あなたにだって相当奔放な時代があったこと、覚えている?」

「あったわね、前世のことのように遠く感じるわ」

「ところが、いまだにあなたを忘れないでいる人もいるのよ。マチューを覚えている?」

霞がかかったように朧な記憶のなかに、夢中になって話しだすと、緑がかった瞳が一瞬ふっと斜視になるほっそりとした青年が浮かび上がった。

「あなたの弟弟子だったマチューよ。カンヌの映画祭で会ったわ。ステキな男になって、賞は逃したけれどすばらしいドキュメンタリストになったわ。今では、もう結婚している三人の子供がいるそうよ。九鬼さんと同じ世代じゃないかしら」

忘れ去っていた過去が、自分を見据えた斜視になった瞳で胸のなかにおおきくひろがった。

「一時期、私も彼に夢中だった、幼かったテッサにショックを与えるのがいやだったから、彼にはひどい思いをさせたわ。すまなかったし、懐かしいわ」

「あなたに見捨てられて、彼は仕事も人生もすべてを放棄しようとさえ思ったそうよ。あなたに会いに行くと言ったら、ひと言、涙が出るほど懐かしい、と言っていた。でも会いたいとは言わなかったわ」

「当然だわね、私も会いたいとは思わないけれど、懐かしい人だわ」

「そうでしょう、人生なんて、忘れていたさまざまな思い出のかけらが繋がってできていくものなのよ。せっかちにならないで、堂本さんとの仕事が一段落したら早く日本へ帰ってきてね。いっしょに歩いていて気になった、ときどき立ちどまるくらい傷む足、背骨のすべり症から来ていると思うの。ちゃんとした専門家に診せたほうがいいと思う」

砂丘子は、イミグレーションを通り、姿が見えなくなる直前にすこし声を張って言った。

「新しい携帯、九鬼さんに伝えるわよ」

砂丘子との三日間が、今、この瞬間、もう過去になってしまった。と笙子はしみじみとした気持ちになった。

笙子さん、
思いもかけず、桐生砂丘子さんから、あなたの新しい携帯の番号やアドレスを伝えてくれる短いメールをもらって、ひどくうれしかったし、恐縮もしました。でも、あなた自身の意志ではないかも知れないので、逸る心を抑えて、あえて封書にします……

という書き出しではじまる九鬼からの速達が来たのは、砂丘子と別れてから一週間ほど経ったときだった。

途中まで話した、女性社員のメール事件が、あなたにこれほどのショックを与え、ぼく自身にもこれほどのダメージを与えてしまったことに、忸怩たる思いと、無念さが収まりません。どこへ行っても居場所がなく、心もとなく、自分を激しく責めています。

話したとおりはじめの一年ほどは、誰かも分からず、適当にあしらっていた。顔と名前が一致してから一年ほど経つと、副社長殿が急に、九鬼さまになり、九鬼さんになりだした。お、大胆だな、とは思ったけれど、もともとぼくは、役職名ではなく名字で呼ばれることを好んだし、副社長と呼ぶのは、ぼくの秘書だけだったので、それほど違和感はなかった。

会議や懇親会で同席すると、ごく普通で感じがいいのに、傍目《はため》にもぼくを慕い寄っているという態度が見えだしたころから、九鬼さんがいきなり兼太さんになって、急速にラヴレターめいてきた。去年の暮れか今年のはじめだったと思う。これには驚いて、諫《いさ》めるメールを打ったが、たいした効果もなく、ラヴメールはひと月に一度が、一週間に二度になり、三度になった。そして、この間の、パリの事件になった。

ぼくが言葉を失って、出発前の長い時間沈黙していたのは、笙子に厳しく指摘されたように、相手が馴れ馴れしく、立場を逸脱した行動をとったのは事実だけれど、それを断固阻止しなかったぼくにも問題がある。

あの時の長い時間、言葉が出なかったのは、正直に言って、ぼくにもあのシチュエーションを少々、楽しむところがあったからだと思う。

あなたに話せなかったのは、ぼくに多少とも後ろめたさがあったからだろう。なんとばかなことだろう！　諌めても諌めても熱烈なラヴレターになっていくことに、いったいどこまで行くのだろう、というあぶなっかしさに惹かれていたところがあったのかも知れない。

パリから帰ってすぐ、メールではなく、直接部署へ電話をして、今後いっさいメールも、馴れ馴れしい態度もやめるように、厳しく言った。これで終わったと思う。

笙子、許してほしい。許してくれなくても、執行猶予にしてほしい。

ある時期、まだ、節度のあった彼女を好もしく思ったことは確かだ。けれど、まるっきり次元のちがう浅はかなことと、われわれの大切な関係をひとつの線上に置くことはしないでください。パリでの仕事は、取材とロケハンだけにしていったん日本へ帰る、とのことを、小夜さんに聞きました。坐骨神経痛らしい症状も案じています。早く、一日も早く帰ってきてください。愛しています。

兼太

笙子はこの手紙の内容を、多分に自己弁明的なニュアンスはあるものの事実にちかいかも知れないと思った。だとしたら、今四十歳ぐらいと思えるその常盤ナオミという女性は悲嘆にくれているか、九鬼を恨み、怒りに燃えているかも知れないし、あるいは、赤い舌をペロリと出して嗤っているかも知れない。もしかしたら、海外を含むと二十万人はいる社員をもつ大会社の次期社長になったかも知れないエライさんをちょっとからかってやった、ぐらいに思うふざけ好きの今ふう、エキセントリックな働く独身女性だったかも知れない。

いずれにしても、多量すぎる、マイナス・エネルギーを使い果たしたこのメール事件を、ペケ印をつけて笙子は封印した。

笙子はこの夏いっぱいをパリで過ごすことに決めた。九鬼兼太に関する制御できない激しい感情を、少なくとも既なる思い出として受け止められるまでは、日本に帰らない！　と心に決めた。そして、すぐ行動に移った。彩乃に日本不在期間延長の報告をして、植木哲に連絡をとった。

三カ国語を話し、才能にも恵まれた植木哲は、フランスのTV界で頭角を現しはじめた、新進のTV作家になっていた。日本から駆けつけた堂本プロデューサーと三人で、ヨーロッパの二、三カ国との共同制作にしないと、成立のむずかしい大プロジェクトの詳細を検討するうちに、「唐突かもしれないけれど」と笙子が切りだした。

「時節柄、制作費集めも大変でしょう」

「その方面にはもうかなり手を打っています。成算がなければ、こんな話、しませんよ」

その堂本を制し、

「手はじめにもうすこしこぢんまりしたものを作ってみない？」と笙子は続けた。

「例えば？」と堂本が訊いた。

「私の長年の懸案なんだけれど、ゴッホをやってみたい」

「ゴッホなんて、もうやり尽くしているでしょう」と堂本。

「まったくちがう角度からゴッホの耳切り事件や、自殺事件で、ゴッホという人の人間に迫るの。私はゴッホは自殺なんかしていないし、耳だって自分で切ってはいないと思っているの」

結局、少々ミステリーっぽくもある笙子の提案にほだされた感じで、アルルへ行き、オランダへ行き、最後にパリからほんの三十キロしか離れていないゴッホ終焉の地、オーヴェール・シュール・オワーズに出かけた。ゴッホがこの田園にいたのはたったの七十日、描いた作品はたしか七十点以上だった。

一日、一枚。憑かれたように描くことに没頭していたゴッホが自殺するはずはない！　笙子は夢中になった。生前たったの一枚しか売れなかった、極貧に喘いだゴッホ。絵の具を買うことさえできれば、ゴッホも弟のテオも若くして死ぬことはなかった。

夏が過ぎようとしていた。

メール事件から三カ月が経った。空港へ送ってくれる植木哲に笙子はしみじみとした思いを込めて言った。

「サトシ、私が監修するから、ゴッホはあなたが演出しなさい」

「えっ」と驚いた植木哲の頬が紅潮していった。

向かい風を受けて、十二時間半を超えた飛行はきつかった。せっかくのファーストクラスも、水平になったベッド状に長いこと動けないでいたことで、坐骨神経痛はひどいことになっていた。

車椅子を勧めてくれる航空会社の人に、お礼を言って荷物のカートで身を支えて税関を出た。

出迎えの人たちをかき分け、「お帰りなさい」と弾んだ声を出して、小夜さんが、ご主人といっしょに走り寄ってきた。そのずっと後ろの人込みから、九鬼が足早に近づいてきた。沁みいるような懐かしさが、その顔に、そして笙子の顔にも必死に抑えたそれが漂った。

「あ、九鬼さんやっぱりいらしてくださったんですね」と小夜さんが戸惑いがちに言った。

「わざわざ、大阪から？」

「いや、東京についでがあったものですから……どうぞ、三人で横浜へ向かってください。ぼくはただ、顔を見に寄っただけですから。もう安心しましたから、ぼくには構わないでください」

空港の駐車場に向かいながら、小夜さんのご主人が、いともさっぱりと提案した。

「九鬼さん、こうしましょう、お邪魔でしょうが、女房を乗せていただいて笙子さんを送ってください。まだ、午後二時です。ぼくもこの時間なら会社へ戻れます」

「あ、それがいいわ。久し振りなので、夕食に笙子さんの大好物を沢山用意してあるので。おとうさん、後で迎えに来てね」

言うが早く小夜さんはさっさと九鬼の車の助手席に乗り込んでしまった。終始ボーッとしていた笙子も、「物分かりの早い大人っていいな」と思わず声に出して、みんなで笑いながら二台の車に分かれて乗った。時間が早いせいか、道路に渋滞もなく、車内では、九鬼がしっかりと笙子の手を握り続けていた。その手が思いなしかいつもより骨ばって感じられた。

「あら……」

九鬼はやつれていた。

「痩せた？」

「うん、三キロ」

笙子は黙って九鬼の瞳を見つめた。

「あれから三月も経ってしまった。蟬しぐれは過ぎ、つくつくぼうしも鳴きやんでしまった。秋が来てしまったよ、さびしかった」

横浜に入り、家に登る長い坂の途中で、対向車をよけるため九鬼の車が左に避けたとき、道路脇の家の庭の奥にいた犬が、車の音を聞き分けて飛んできた。まだじゃれたい盛りのコリー犬だった。

この道を通るたびに、犬好きの九鬼は、立ち止まって毛並みのきれいなゴンちゃんに話しかけたり、ビスケットを食べさせたりしていた。この日、自分を見ているのに、車から降りてくれない九鬼を、ゴンちゃんは切ない眼をして見送った。

ひと夏見ないでいた我が家には、簾戸が立ててあるせいか、まだ夏の香りが残っていた。

「笙子さん、荷物は運転手さんに手伝ってもらって家へ入れますから、ちょっとお二人で裏庭を見に行ってください」

九鬼が照れ臭そうに笑って、それでも、笙子の手を引いて裏庭へ導いた。

「あらあ——……」

笙子は驚いて、立ちつくした。そこには、笙子の長年の懸案であった、黄色いバラのアーチがおおきな弧を描いて作られていた。

秋だというのに、遅咲きのバラがアーチのそこここに大輪の花をつけていた。

バラ・アーチの夢は、両親から引き継いでいる庭師にも頼んではみたが、日本庭園が専門の既に三代目になっている若い庭師は、笙子のイングリッシュガーデン好みにてこずっていた。

「まさか」

「そのまさか、ですよ。ぼく以外にないでしょ。笙子を喜ばせるためにこんなことをするのは」

それまでの九鬼はバラはおろか、花や、草木にまったく関心がなかったはずだった。

庭下駄をつっかけて小夜さんが恐縮顔でやってきた。

「何回も来てくださったんですよ。庭に限らず、私では手に負えないいろいろなことを、夕方から暗くなるまでやっていただいて、家にはお泊りにならずに、ホテルにいらしたんですよ」

小夜さんの表情に今までの九鬼を見るときとは明らかにちがうシンパシーのようなものがあった。

「主のいない留守に泊り込むほど、図々しくはない」

九鬼は、メール事件が発覚した日、「送っていかないわ」と言ったときに見せた、ひび割れたような切ない笑みで笑った。

「私、運転手さんにお茶を出してきます」と言って小夜さんが立ち去った後、二人の間に、なんとも言いようのない、沈黙が流れた。雲の流れも早く、二人の間に、微妙な光と影を刻んでいった。

「来週の火曜日に、東京の病院に予約をとった。まだ時差が残っていると思うけれど、車で迎えに来るからそのつもりにしていて……」

有無を言わせない九鬼の、やさしい独断だった。

ライトアップした庭に面した母屋の広い廊下に設えられた二人用のテーブルに、小夜さんの心のこもった料理が並んでいた。

笙子は小夜さんから、九鬼へと困惑した視線を移した。

テーブルも、回転式になって立ちやすい二脚の椅子も、今まではなかった。夏は、サロンのダイニング・テーブルで、冬は茶の間の炬燵で食事を摂るのが習慣だった。

「どうしたの、このテーブルと椅子……」

戸惑った笙子の問いに、「昨日、届きました。九鬼さんです」と小夜さんが短く答えた。

「脚が痛いのに、炬燵から立ち上がるのは、股関節《こかんせつ》にも負担がかかるそうだから」

この男には敵わない、と笙子は思った。

心理操作の天才的な巧みさに、まだ、思い出にはなっていない、冷えたこころに温もりが蔓延りだした。その九鬼は、門灯の下で、しみじみと笙子を見つめた。

「うれしかった、懐かしかった、笙子のいなかった夏は地獄のようだった」と呟いて、帰っていった。

ミモザの根っこ

「痛いっ！」

背骨に、神経ブロック注射を打たれ、体中に電流が通ったような異常な痛みに、笙子は思わず叫んでしまった。

長年、放っておいた五番目の腰椎《ようつい》は事故当時より二倍以上滑っていた。そのうえ、名前も知らなかった「脊柱管狭窄症《せきちゅうかんきょうさくしょう》」という病名を聞いて茫然とした。

「痛みだしたのはいつごろからですか。右脚の膝から足元にかけて骨が浮き出しているでしょう、これはいつからですか」

名医と評判の福田先生が訊いた。

「さあ」

気にはなっていたが、もう若くはないんだ、いろんな不都合も出てくるさ、と思って答えられなかった笙子の代わりに、

「二年以上前からです」と九鬼が答えた。

「伊奈さんは、我慢強すぎる方ですね。この骨は浮いてきたのではなく、神経がやられて骨の

右側の筋肉が落ちたのです。肉がそぎ落とされたのですよ」

「え？　って、どういうことでしょう。治るのでしょうか？」

「痛みは取ることはできます。いろんな選択肢はありますが、ここまで進んでしまうと手術しかないですね。それから、一度死んでしまった神経は再生しません。右脚の骨は浮いたままです」

福田先生は、その一週間前に撮ったＣＴを映し出し、背骨の模型も出したり、さらに図まで描いて非常に分かりやすく、説明してくれた。

「先生、もし、手術しなければどうなるのでしょう」

「車椅子です」

笙子は息を呑んだが、すぐに事態の緊急性を理解し、観念した。

「いつ、手術していただけるでしょうか」

「ぼくの家族だったら、明日にでもしますね。伊奈さんの場合、急ぐ必要があります。狭窄を、これ以上放置していると、脊髄が潰れたままになります。手術をして圧迫しているものを取り除いても神経が回復力を失ってしまったら、根本的な改善は望めません。先日の検査結果のどれを見ても、伊奈さんは稀に見るほど健康体なんですね。背骨の一部を外すわけですから、いわゆる成人病をもっている人や、酒やたばこの量が多い人や、肥満体はメスが入れにくい。伊奈さんにはなんの問題もありません。ただ、脊柱管狭窄症と五番目の腰椎のすべり症が今、日常生活を辛くしていると思いますよ」

「正直に言って、あまりの痛さで夜、眠れないことが続いていました」

九鬼がちらりと笙子を見た。

「僕が腕を貸さなかったら、立ってもいられないことがしばしばでしたね」と補足した。笙子は自分がどれほど、痛みを言わず、音《ね》をあげるのが苦手な人間かを再認識した。

手術は、翌週のはじめ、朝早い時間に行われた。朦朧とした意識のなかで、名前を呼ばれる声に眼を開けると、背の高い精悍な福田医師の顔と、九鬼の顔とがダブって揺れていた。

「終わりましたよ。きしめんみたいに押しつぶされていた、背骨のなかを通っている大事な神経がぷっと膨らんで、まあるいうどんになりましたよ」

名執刀医は笑顔だった。

当日の夜から二日間は、ひどく痛み寝返りどころか、体をすこしでも動かすと激痛が走ったが、三日目ぐらいからは自分でも驚くほどぐんぐんと体に力が蘇ってくるのが感じられた。リハビリ室へも一人で歩いて行けた。

初診のときから、手術、その後の入院期間、九鬼はずっと病院の近くのホテルをとり、付き添いという感じではなく、どことなくオブザーバーのような態度で常に笙子の病室にいてくれた。ベッドから起き上がるときも、笙子の動きをじっと眼で追っているだけで、手を貸すことはなく、病室に一つだけあるソファーにどっしりと腰をおろして、新聞や、電子書籍で古典を読んでいた。

回復が早いだけ、笙子は白っぽくて味のない病院食がたまらなくなったが、九鬼は素知らぬ顔で、食事どきになると外へ食べに行き、美味しいお弁当などは、ただの一度も買ってきてはくれなかった。従妹の美以や、小夜さんが有名店の名物弁当や、握り寿司を持ってきてくれると、さりげない態度ではあったが、断固とした口調で、

「入院中は病院で出るものを食べたほうがいい」と牽制した。

「だって、背骨の手術だから、お腹に関係ないでしょ」

欠食児童のようにがつがつと食べる笙子を九鬼は苦笑しながら、なおも言い募った。

「どうしようもない我が儘っ子だな。大手術の後で、胃腸も弱っているにちがいないのに」

小夜さんは恐縮してちょっと気づまりな表情だったが、美以は逆に九鬼の心配をけらけらと笑った。

「笙子さんって、大幅に賞味期限が切れているもの食べても、平気なんです。ちょっと危ないんじゃないかと思う古い卵で卵かけご飯にしたり……胃腸が頑丈なんです」

美以が帰った後で「大雑把な似た者同士の従妹だな」と九鬼は苦笑した。

「ぼくは、体に関しても、ま、人生のほかのことに関しても、大事なことは、情よりも理なんだ。特に体が弱かったせいもあって、体の各器官、臓器などの機能の関連性を科学的に考える癖がついているんだ」

その九鬼が吃驚することを、手術七日目の抜糸が終わった朝、笙子が言いだした。

「先生、ありがとうございました。お蔭さまで、もうすっかり元気になりました。お願いがあるんです」

「なんでしょうか」

福田先生も上機嫌だった。

「抜糸もしていただいたし、今日、退院させてください」

「ええっ」

「我が儘だし、無鉄砲かも知れませんけれど、無性に家へ帰りたいんです」

吃驚したにちがいない名医はしばらく考えたあと、スパッと言ってくれた。

「いいでしょう。伊奈さんはほんとうに元気だから、体はもちろんだけど、気持ちが元気ですね。でも、これは、例外中の例外ですよ。この手術で抜糸の日に退院した人はいまだかつてありません。だいたい三週間、一カ月の人もいるし、ともかく最低二週間は、様子を診るのが普通ですが……伊奈さんは大丈夫でしょう。その代わりリハビリはきちんと真面目にやってください。いったんは完治しても永久性のものではありません。滑った骨はたぶん大丈夫と思いますが、インプラントしてありませんから、まだまだ不安定です。その点はよく理解しておいてください」

笙子は、うれしさと感謝の気持ちを込めて先生と握手をした。

病院のなかを九鬼に支えられながら、しっかりとした足取りで歩き、会計へは一人で行って済ませ、揺れのすくない極上の個人タクシーを呼んで、横浜までゆっくりと帰った。

「あと、一週間は傍で見守っていたいけど……まだ、最終に間に合うからいったん帰る。大丈夫？　なんでも自分でやろうとしないで、小夜さんに頼むこと。分かった？」

「ありがとう、何から何まで、ほんとうにありがとう……」

「何を言ってる、当然でしょう。こんな時に、ぼくがいっしょにいないでどうする」

笙子はしんと鎮まった眼で九鬼のこころを覗き込むようにして呟いた。

「私たちの別れは、いつなの？　いつまでこうしていっしょにいるの？」

笙子を見る眼差しは深かった。すこし長い間があった。熱のこもった眼差しとはうらはらに深く沈んだクールな声が言った。

「いつまでも。生きている限り……」

ベッドに横たわった笙子の前髪を掻きあげて、九鬼は額に口づけをした。ドアを開けて、廊下を去っていく足音に笙子は耳を澄ませた。足音はだんだん遠くなり、消えていった。


笙子の回復は異常なくらい早かった。

九鬼はリハビリから、かなり遠出の散歩にも付き合ってくれた。

出会いから、六年にちかい月日が流れていた。九鬼は捨て身になって、男の半生を捧《ささ》げた大会社の社長にもならず、副社長の席まで後進に明け渡し、この年の初夏からいわゆる顧問というようなかたちの繋がりのみを留めて、自分に会社や、社会との区切りを、あえてつけているように笙子は感じた。とはいえ、会社からの要請や、後輩たちに求められれば、ただちに駆けつけた。

求められないで会社に出向くことはいっさいなかった。

「かなり前から、『引退の後』というようなテーマでエッセイのようなものを書いてみたいと思っているんだ」

　夜景の美しいレストランの窓際で九鬼が呟いたのはその年のクリスマス・イヴだった。


　顧問という肩書とそれなりに課された仕事はあるものの、あまりにも潔くバリバリの第一線から、唐突なほどあっけなく身を退いた九鬼が何を言いたいのか笙子は朧げに分かった。

「顧問というセミリタイヤの身で、用もないのに車両部から車を回してもらって、しょっちゅう会社に入り浸ったり、私的な用事を秘書に頼む連中をぼくは見苦しいと思う。我が社に限らず、笙子のいう『日本株式会社』で長いこと要職に就いていた者は、いきなり一人になると、当然のことなのに、愕然とする。迎えの車はない、新幹線の切符をとるのも、レストランの予約もすべて秘書がやっていた。長年かえりみなかった家族からは、粗大ゴミ扱い……見苦しいし、哀れと思う」

　笙子は、長年かえりみなかった家族……という言葉にひっかかりはしたが、それには触れずに、自分の今を語ってみた。

「私はそんな身分になったことがないから分からないけれど、でも、仕事のときは車を回してくれるし、すべて彩乃ちゃんというマネージャーがやってくれるので、一人でやるとヘマばかりするけれど、プライヴェートでは、全部自分でやるわ。ひとつだけ完璧にお手上げなのは、方向オンチだから、デパートや大きなスーパーなんかで、買い物に時間がかかって困る。一週間に一度は行っているのにちょっと模様替えなんかされると出口さえ分からない。パリでも日本でもメトロで、反対方向の電車に乗っても終点まで気がつかない」

「それは見事なものだね、つくづく感心しているよ。笙子が左と言えば、必ず右、前後左右も逆、かえって分かりやすいくらいだ」

「話の腰を折っちゃったかも知れないけれど、あなたのテーマ、あまり一般受けしないと思うわ。ごく一部のエリートたちに限られた現象だもの。そんなひと摑みの恵まれた人たちの悩みなんてシンパシーをもてないと思う」

「ところがそのひと摑みしかいない人間たちが、ある意味で日本の社会を牛耳《ぎゆうじ》っているんだ。企業や会社ばかりじゃない。政治家だって愚かな人間がまかり間違って権力のようなものをもつと大変なことになる。身の引きどきも知らない、ダメな人間、自らの人生設計も立てられないような人間に、国や人生を預けてはダメなんだ」

「あ、そこまで言及するわけね、首相が目まぐるしく変わるのも世界中から笑い物にされてみっともないけれど、北アフリカや、中東のように、独裁者が二十年も三十年も居座って権勢を振るうのも困るわね」

「ぼくはどうも、イスラムを掲げる国や人たちの理念が分かり難くて、コメントもできない」

クリスマス・イヴは更けてきた。パノラマでひろがる街の灯がひときわ華やかだった。

「これからますます、異常なほどの長寿社会になって、リタイヤしてからの人生が長くなる。それをどう生きるかは、個人個人の力量にかかっているということになる。そんなことを書いてみたい。ぼく自身はこれからも、大袈裟に言えば、世のため人のためになることをしていきたい」

「若いときの希望だった、教えることは？　日本の古典とか、世界文学との比較とか。そうだ、塾を開いたらいい。文学と経済と、人間社会を学ぶ小さな塾！　このままリタイヤなんて許せない。若すぎる！」

「リタイヤなんかしない。これから自分の人生を生きる。笙子といっしょにね」

笙子はちょっと首を竦め、ちょっとはにかみながら、小声で言った。

「お気づきじゃないかもしれないけど、私、この夏の終わりに、栄誉ある後期高齢者という身分になっちゃったのよ。七十五歳という女盛りよ」

「お気づきだったさ。ぼくのいないパリでとった年なんて知らん！」

九鬼の口調には冗談とはとれない、厳しいさびしさがあった。

「笙子はいくつになっても、ステキな女盛りだよ」

まことに若々しい七十五歳と六十三歳になろうとする男女は、同時に、いとも優雅に立ち上がった。

その後、リハビリに努め、東京の病院へも行って、体が跳び上がるほど痛いブロック注射を再度打って、術後が順調であることも分かり、笙子はばりばりと仕事の予定を立てた。パリの植木とも電話でゴッホについての詳細を話し合った。

この年は雪の多い寒い日が多かった。午前中に彩乃を交えて三人の番組担当者と打ち合わせを済ませ、彩乃と遅い昼食を終えたときに、九鬼が庭からサロンのドアを開けて入ってきた。

「打ち合わせの邪魔をしてはいけないから、お昼は外で済ませてきた」

ちょうど小夜さんが玄関から彩乃を送り出していた。九鬼なりに気を遣っているんだ、と可笑しくなった。

「裏庭のミモザが満開なのよ」

笙子は九鬼に対してはどうしても甘えっ子的になる声で言った。

「今、見て来た。まだ春というには寒いのに、今年の花はおおきくて見事だね。笙子の快気祝いのつもりかな」

「コーヒーを淹れるわね」

キッチンに立った笙子は体が妙にふんわりと揺れたように感じた。一瞬、まだ完治していないのかと思った。

「あれっ、ミモザの快気祝い、早すぎたかな、まだ体が……あれっ……何これ！」

サロンに戻ろうとする笙子の体が壁にぶつかった。

「地震だ」

九鬼が低く呟いた。横揺れにおおきく揺れる地震は、まるでおおきな波に揉まれる船のようにゆったりと揺れ、そのうちに家中が激しく揺すぶられ、食卓の上の大ぶりの花瓶が花と水を撒きちらしながら、横滑りに落ちて砕け散った。

「これはおおきい。ここは駄目だ、母屋の茶の間へ行こう」

母屋の長い廊下のガラス戸も、玄関の引き戸も巨大なカスタネットのようにもの凄い音をたてて揺れに揺れていた。六畳のちいさな茶の間には柱の数が多く、両親の時代からちょっとおおきい地震のときはみながに集まった場所だった。とはいえ、この安全地帯もおおきな横揺れから、体に響くほどの無気味な揺れに変わり、少量ではあったが、砂壁の砂が畳に流れ落ちる有様になった。それが果てしなく長いこと続いているように思えた。

「壊れるわ、家が壊れる」

笙子は他人ごとのようにぼんやりと言った。

「長いな、もう二分は続いている」

九鬼はひどく落ち着いていた。

「見て、兼太さん見て。庭の石灯籠《いしどうろう》が倒れるわ」

まるで誰かにあやつられているマリオネットのように悠然と左右に揺れていた石灯籠は、スローモーションでゆったりと崩れ、大きな音をたてて、空池に砕けた。

この揺れはただごとではない、と二人とも無言で感じ合っていた。母屋の台所の柱に摑まっていた小夜さんも茫然とくだけた石灯籠を見ていた。

震源地はどこだろうと思いながら、ふだんならすぐテレビを点けるのに、そんな日常的な心配りさえすっ飛ぶほど揺れ方が異常に長く、化け物に家ごと摑まれてヒステリックに揺すぶられているようだった。笙子は広い古家のなかを右往左往した。

四、五分ぐらい経ったように笙子は感じた。ゆらりとはじまった地震はゆらりと終わった。とはいえまだ完全に鎮まってはいないらしい揺れ残りのなかをサロンに引き返すと、写真立てや、絵は壁から滑り落ち、かなりひどい有様だった。
「母屋のほうが古いのに……何ひとつ、落ちなかったし、壊れなかった」

「釘も使ってない見事な木造建築なんだ。震度は五ぐらいあったと思う」と九鬼が言った。

「兼太さん！」

キッチンの窓から裏庭を眺めた笙子が悲鳴をあげた。扉を開けて裸足《はだし》のまま庭へ飛び出した。満開のミモザが根こそぎ引き抜かれて蔦《つた》の絡んだ塀に倒れかかり、半身を外の道に乗り出しているのだった。

「私のミモザ……」

笙子は尻もちでもついたようにぺたりと芝生の上に座り込んだ。九鬼が黙って笙子の傍に胡《あぐ》坐《ら》をかいて座った。

「地面の下がまだ蠢《うごめ》いている」と九鬼が言った。

「地面の下で吠えている、地下のマグマが唸《うな》っている」と笙子が言った。

鎮まっても、無気味さの残るいやな揺れ方だった。

その日、三月十一日、午後二時四十六分にはじまった、これが東日本大震災だった。

地震が収まった後、電車が止まってしまった駅から引き返してきた彩乃や小夜さんも含めた四人が茶の間に集まっていた。電話もメールも繋がり難く、東北から関東の沿岸部へかけての音信は途絶え、ただ、おそろしい津波が家々を、人びとを、町々を、数知れない人間の人生を呑み込んでゆく有様をテレビが続々と映し出していくのを息を詰めて見つめていた。

福島原発が津波でかなりのダメージを受けたことに、笙子は恐怖を感じた。チェルノブイリの今の姿を思い浮かべずにはいられなかった。

無残に倒されたミモザ以外の庭木は、強い揺れにしなっていた体をしゃんと起こして、何かあった？　とでも言いたげに素知らぬ顔で、明るく色づいてきた若葉をつけて誇らしげに立っていた。

渋滞のなかを迎えに来た小夜さんのご主人が、彩乃を送り届けてくれると言って、家のなかは九鬼と笙子の二人だけになった。

テレビを食い入るように見ている九鬼が、あまりにも寡黙であった。

「奥さまのご実家は北国って……北国のどこなの」

「今、テレビに映っている……」

「えつ、東北?……東北のどこ?」

「実家だけじゃなく、姉妹や、身内がほとんどみんなこの一帯にいる」

九鬼は言葉を発しなくなった。自宅や会社に連絡がとれず、ただ無言でいる九鬼が夜になってやっと繋がったメールを読んで硬直した。じっと携帯を見つめて動かなくなった。顔から表情が消えていた。まるで石像のようになった九鬼を笙子が揺さぶった。

「何が起こったの！」

九鬼の眼が虚ろになった。

「何か言って！　黙っていないで何か言って！」

「家内が、末の娘といっしょに、きのうから実家の母親に会いに行っているそうだ」

「きのうって、今朝、あなたがお家を出たとき、彼女はどこにいたの」

「三日前から、長男の家へ孫たちの顔を見たいと言って出かけていた。きのう、急に母親を見舞いたいと言って、末っ子を呼び出して二人で出て行ったそうだ」

じーんと耳鳴りがして、笙子は体が震えてきた。自分の人生もテレビが映し出す魔物のような濁流に呑み込まれてゆくのを感じた。

そんなことがあってはいけない。断じて許せないと思っている自分が、何を、誰を対象に息も継げずに震えているのか分からなかった。

夜が明けた。凍りついた笙子の体を今度は九鬼が揺さぶった。

「長男と三男が昨夜から東京まで出てきていた。今、バイクからのメールを受けた。行けるところまで行くそうだ」

笙子は無言で頷いた。破壊された道路や瓦礫をどう避けて、車で被災地に辿り着けるか、その手立てを調べている九鬼の焦燥を感じて、笙子も知り合いのジャーナリストにときおり通じる電話で情報を収集していた。彼らのなかにも被災地入りにバイクを使った人たちがいた。この時点ではいちばん早い方法だったのかも知れない。

テレビや、新聞が盛んに、未曾有《みぞう》の、とか想定外のという言葉を繰り返し、信じられない自然の暴力が東日本の太平洋沿岸を破壊し、呑み込んでゆくさまを映し続けていた。

笙子は動きのとれない九鬼の無念を見るに堪えず、ひとりで書斎に閉じ籠って、テレビの国際ニュースをつけた。どこも日本の大災害と福島原発の被害を大々的に報道していた。その合間に、エジプトに続いて、リビアに飛び火した民主化運動が、四十二年続いていたカダフィの独裁政権と激しい銃撃戦になっている模様も報じていた。

「笙子！」

生気を取り戻した九鬼が、叫ぶようにして笙子を抱きしめたのが、震災の翌日の夕方だったのか、またその次の日であったのか、思い出せなかった。極端に緊張したこの一両日の心象のなかで、記憶がぼやけている。

「助かったんだ！　家内と娘は直接実家には行かず、福島南部の白河《しらかわ》というところに住んでいるすぐ上の姉の家に泊っていたそうなんだ」

「よかった、よかった」

笙子は九鬼よりも蒼ざめた顔をして、膝からがくがくと力が抜けてゆくのを感じた。自分が関与することができない九鬼家の災害を思い、笙子は芯から疲れ果てていた。

「ありがとう、笙子が傍にいてくれて助かった」

二人で調べ抜いた何通りかの道順を頼りに、笙子の十年も経つ、古いが二万キロも走っていないエンジンだけは優れている英国車に乗って、九鬼は福島県の白河に向けて出発した。

余震がぶり返す、九鬼が去った後の家は、暗い、おおきな祠《ほこら》のように寒く、セピア色に褪《あ》せた古い白黒の映像のなかに浮いているようだった。

　裏庭で、倒されたミモザの処分を庭師のタカオさんに頼んでいる小夜さんの傍に行き、「待って」と言った笙子は大木のわりには、根があまりにもこぢんまりとちいさすぎることに驚いた。

「ミモザは暖かい土地を好む木ですからね、木そのものがやわらかく、育ちも早いけれど、弱いんですよ。笙子さん、剪定《せんてい》するのをいやがったでしょう。根が充分に張る前に木も枝も伸びすぎたんですよ」

「そうなの。冬が終わると、いちばんはじめに咲いてくれるこの木が大好きだったのに」

　根を張る暇もなく咲き誇っていた黄色い鮮やかなミモザ。デラシネされた大木のちんまりと貧弱な根とは反対に、花はまだ枯れてはいなかった。

　私みたい……と笙子は呟いた。日本人のくせに、一度、仕事で青森県の八戸《はちのへ》に行ったことがあるきりで、東北地方の地図さえ浮かんでこない自分が情けなかった。日本に張る私の根っこもミモザと同じように情けないほどちいさいんだ、と思った。

　彩乃を送ってくれた小夜さんとご主人は渋滞に巻き込まれて、自宅へ帰りついたのは朝だったという。午後から出てきてくれた小夜さんが、大雑把に片付けてくれたサロンの片隅に砕けている花瓶を笙子は拾い上げた。笙子の大好きなブルーと薄むらさきの、芸術品といってもいいほど美しいそのガラスの花瓶は、新婚旅行で立ち寄った、ヴェニスでロイックが買ってくれたものだった。

ロイック、わたしの夫。彼の面影は私が生きている間はこころの底に深く住み続けている。けれど、思い出を籠めて持ち帰ったヴェニスの花瓶は壊れた。形あるものはいつか必ず壊れる、人間も形ある物体なんだ、と笙子は思った。

家族

九鬼からの連絡で、彼の親族を襲った悲劇を知ったのは、震災から三日目だったろうか、九十歳をこえていた母親といっしょに住んでいた長女夫妻、体調を崩していた老母の見舞いにたまたま東京から行っていた、医師である三番目の姉の夫が犠牲になった。姉は買い物に出ていて助かったということだった。

すでに夫を亡くしていた二番目の姉は、家は流されたが逃げのびた。テレビで見ている自衛隊や救援隊に交ざって、遺体捜しに懸命になっているのだろう九鬼の姿を笙子は想像した。

宮城県に親戚のある彩乃は、おおきなリュックと両手に食糧や衣料を持てるだけ持って、週の半分をボランティア活動に参加するため現地に出向いていた。

同じ日本人として私も何かしなければならない、と思っていた矢先に、原発事故で危険地域に指定され避難を余儀なくされた人びとの生活ぶりがテレビで紹介された。福島県の県庁に近い自然公園のなかにある「あづま総合体育館」で、不自由な避難生活を送る七百余名の人びとの声だった。

「慌ただしく逃げてきたので、着の身着のまま、寒さで唇は割れるし手もしもやけやひびが切れてねぇ。あの日からひと月以上経つのに、水も貴重なので、なかなか洗えないです。鏡なんてないし、自分の顔がどうなっているのか、見たこともありませんよ」

中年の女性は、恨みっぽくなく、笑顔さえ浮かべて淡々と語っていた。

こういうことには惜しみなく身を挺《てい》する彩乃に相談したら、

「物を送るって大変なんですよ。自分で持っていって、自分で配ったり手渡ししないと、救援物資がどっと届いても、現地は混乱しているし人手不足で、梱包《こんぽう》された荷物を開けて仕分けするのが大変な手間なんです。お金だって、テレビや新聞で告示している団体に寄付しても、肝心な人たちに配られるのに、時間がかかりすぎます。そのつもりがあったら、その県の県知事さんに送るか、手渡せばもっと確実かも知れない」

国連の親善大使だったときの、一方的な思い込みでその間に大事な母を喪ったことや、現地の事情に理解の足りなかった自分を笙子は思い出していた。

笙子は地震の起きたとき、地下の試写室にいて、帰宅難民となり、人込みのなかで押し倒され、肋骨を折り、膝にもひびを入らせて自宅静養をしている砂丘子に電話をかけた。

「笙子、リップクリームや乳液はいいアイディアだわ。長年懇意にしている化粧品会社に原価でわけてもらうように頼んでみるわ。問題はそれをどう運ぶかだわね。女三人ではとても手持ちは無理だし、車を運転するのも大変だわ」

砂丘子は肋骨ももうそれほど痛まないし、膝のギプスもはずれるころだから、いっしょに行くつもりになったが、医者から止められた。

未曾有といわれる大災害から、ひと月以上は経った四月二十八日、笙子は早朝に起きて新横浜駅から新幹線で東京まで出て、彩乃と彼女のボランティア仲間の女友達と合流し、既に開通している東北新幹線に乗った。注文した品物の運搬は、結局、化粧品会社が車と運転する社員まで出してくれ、沢山のお菓子まで寄付してくれた。笙子は、マスコミの取材は断った。

あづま総合体育館で笙子たち三人を出迎えてくれた、避難者たちのあまりにも何気なく静かな佇まいに笙子は圧倒された。気おくれさえ感じた。心の裡にあるはずの深い不安や苦しみがよけい身に沁みて感じられ、東北の人びとのしなやかな強さを感じた。なかには笙子のエッセイを読んだり、ドキュメンタリーを観てくれた人たちもいて、化粧品の三点セットやお菓子を一人も漏らさず渡した後、一時間ぐらい輪になって話をした。

「ありがとう」と手を振って送り出され、見あげた空は快晴だった。お腹にずしんと重たいものが詰まった。

九鬼が手を回してくれた車で、郡山を過ぎたときも光に満ちた穏やかな日和だった。三時間は走ったのだろうか、天の寓意《ぐうい》か、津波がひどかった地域に近づくと、青かった空が突然、真っ黒な雲に覆われだし、風雨と轟音が叩きつける窓の向こうは、津波に呑み込まれた小名浜《おなはま》海岸だった。

途中、かなり広い川幅いっぱいに、押し流されてきた中身が空洞の三階建のビルがまたがっている異様な光景も見た。その向こうには大きな漁船がビルにぶつかるように斜めに傾いでいた。

有名な水族館の周りには液状化現象が起こり近づけなかった。港の船は凄まじい姿で一隻残らず陸地に乗りあげていた。

なおも行くと、町であったのだろうすべてが破壊されて瓦礫の山になった、車がやっと通れる迷路のつらなりが延々と続いた。音もなく人の気配さえない、髑髏《どくろ》のような光景。ときおり、津波が通り抜けて歪んだ枠組みだけが残った人家にポツンと裸電球が灯り、ぶら下がった破れ布や、板木の破片が、強風に煽られてふらふらと幽霊のように揺れていた。せっかく、電気が通っても人っこひとりいない異様な風景。三人とも息を詰め、声さえ出せなかった。

「今日は、震災の四十九日なんですよ。ちょっと降りてみませんか」

車の人にうながされ、外へ出た笙子たち三人に降りかかった雨は突き刺さるように痛かった。瓦礫のなかから、ほんのわずか前まで、そこでしあわせに暮らしていた人たちの悲鳴が聞こえるようだった。

「写真を撮りましょうか」

と言ってくれたその人に、笙子は激しく首を振った。

「とんでもない、そんなこと……罰があたる」と呟いた。

瓦礫がぐらぐらと動きだした。

「また余震だ、毎日のことですよ」と車の人が言った。

黒雲に覆われた空を稲妻が裂き、後で聞いた震度4強の余震に身を竦めながら、息を吸うこともできず、ぐしょ濡れになりながら、まだ捜し出されていない、九鬼の親族たちや、数え切れない犠牲者たちのことを思った。

横浜に帰りついたのは深夜だった。メールが入っていた。

＝車をありがとう、ガレージに返しておいた。いま近くのバーにいる。会いたい。　兼太＝

久し振りにみる九鬼は、すこしやつれて、眼が鋭く光っていた。地獄のような被災地で、救援活動をして、見、感じ、体験したものが、瞳のなかで燐《りん》のように燃えていた。見たものをあえて笙子には語らなかった。笙子も一人の女としての矜持が、逸る気分に逆らって、あえて心を九鬼から疎遠の空間に置いていたことを語らなかった。

「どうして、メールをたまにしかくれなかったの、電話だってもうとっくに通じているのに……とてもさびしかったよ」

笙子は、複雑な気持ちをすぐには言葉にできなかった。九鬼は話題を変えた。

「ぼくが用意した車、役に立った？　笙子たちが行った県庁のある場所は被害が少なかったけれど、すこしは津波の爪跡を見た方がいいと思ったんだ」

「見た。小名浜まで行った。車のお蔭で小名浜の惨《むご》たらしい有様をつぶさに見て来た。胸が潰れそうだった。忘れられないと思う。私の車なんて役に立つなら置いてきてくれてもよかったのに、あなたが運転してきたの？」

「いや、道路がかなり整備されたころ、長男が東京の支社まで運転してきてくれた」

「みなさん、今までずっと現地にいたの？」

「まさか、みんな仕事をもっている。被災もしていない家族が、ただでも狭い避難所に長居はできない。……実は母親と姉の遺体が見つかって、埋葬のために今日みんなが集まったんだ。笙子が同じときに福島市の避難所に見舞いに行っていることを思って複雑な気持ちだった。偶然だったが、今日は震災の四十九日にあたる日だった」

「私も現地で車の人から聞いた。お二人が見つかって、よかった、と言っていいのか、なんと言っていいのか分からないけれど……四人の方々が見つかるまで、あなたに会うのは不謹慎だと思って……」

「何を言ってる。笙子の存在がなかったら、ぼくはあんなに力を出せなかったと思う。笙子がいることで思わぬ勇気も出た」

「で、奥さまは？　今どこにいるの？」

「姉二人といっしょに避難所にいる。家族のなかの犠牲者は四人だけではなく、姉妹にも子や孫が大勢いて、被害は言葉に尽くせないほどなんだ。家内は、その人たちが自分がここにいれば必ず帰ってくると思い込んでいるんだ。無理もないことだけれど、もともと脆かった精神状態がひどいダメージを受けている。私はここにいる。ここが私の家だから、と言って頑として動かない。一度だけだけど、焦点の合わない眼でぼくを見て、あなた、どなた？　と言った」

黙っている笙子に九鬼がしみじみと言った。

「ごめん、これ以上は、彼女たちのことは話さないようにする。心配しないで。ぼくの問題なんだ」

「こんな時にまだそんなことを言うの！　これは天災の犠牲になった日本人すべての問題よ。あなたの家庭だけの問題じゃない！」

「分かった」

笙子は、頭に詰まった、酷《むご》いまでに複雑な重たさを、疲れ果てているはずの九鬼の胸に埋めて鎮めた。深々と埋めた九鬼の胸から、奇妙なことにふるさとの匂いがした。笙子の知らない自分のふるさと。デラシネされていた自分のラシーヌは、この人のなかに根を張ってしまったのだろうか、根を張るには脆い土だと知っているのに。


その後、被災者でもないのに、避難所に居続ける彼の妻がどんな状態なのか、訊くことは避けていたし、九鬼も語ろうとはしなかった。そのうちに国や自治体が、次々と仮設住宅を造っていることも知った。

娘のテッサからは再三、パリに避難してくるように電話があった。

「ママンが被災地にお見舞いに行ったのはすばらしいわ。東北の人たちにも、静かな日本人にも、世界中が驚いているし尊敬しているのよ。ひもじさにも耐えてボランティアが配るスープを黙って行儀よく並んで待っている。助け合う連帯性はすばらしいわ。パリにもヨーロッパにもないディグニティー、人間の尊厳をもっている人たちだわ。ヨーロッパだったら、暴動や、略奪が起こると思う。それにくらべて政治家はやたらと慌てふためいて余計なことをしたり、肝心の原発関係の人たちもほんとうのことは言っていないと思う」

「そんなことどうして分かるの」

「新聞やテレビで連日やっているわ。十歳にしかならない子供たちの授業でもやっているのよ、いまに食べるものがなくなるのじゃないかと心配している。お願いだから、パリへ来て！」

心から心配してくれるテッサの真剣な説得に、笙子は胸が熱くなった。結婚して家庭をもち、子供が産まれてからは、自分は遠い存在になってしまった、と思っていた。

九鬼が自分の家庭での位置を話したことがあったが、笙子も、テッサの視線はいつも母親である自分を素通りして、夫や子供たちだけを見つめていることのさびしさを感じていた。今、日本中の人が口々に言っている絆を、あえて断ち切って日本へひとり帰ったのは、他ならぬ笙子自身であった。

この「想定外」であり、「未曾有」である、原発事故という現実に怯えて、テッサだけではなく、二人の孫まで代わる代わるに電話をくれた。しみじみとうれしかった。

「地震は多いし、津波は来るし、でもね、ここが私の国なの。今までそんなこと思ってもいなかった。あまりにも日本を離れていた時間が長すぎて、私には祖国なんてない、と思っていた。へんだけれど、あの地震以来、ここが私の国だと思うようになったの。逃げていくのはいやなの、でもね、今年もテッサのお誕生日には行くわよ。パリでやりかけた仕事も残っているし」

笙子に立ち上がれないほどの不信感と疵を残した常盤ナオミという、いまだに真相がよくは分からないメール事件からちょうど一年が経っていた。それはテッサの誕生日の昼ごろに起こったのだった。あの時の動揺。泡だった熱湯に携帯を投げ入れるほど放心状態だった自分。

しかし、時は過ぎ、世界は動いていく。悠久の時の流れのなかで、男と女のちっぽけな裏切りや、疑いなど踏みしだいて、地球はあちこちで異変を起こし、嵐や洪水や、竜巻に、人びとは茫然としながら、変わりゆく世界を見つめていたり無関心でいたりした。

自然界だけではなく、長すぎた独裁政権に立ち上がった、北アフリカから中東に飛び火した反体制を掲げる民主化運動も激化し、かたや、ギリシャから発したユーロ圏の混乱も世界の経済を悪化の道に引きずり込んでいた。

それらのことに九鬼も笙子も、それぞれの見解をもっていた。ふたりとも、それをあえて語ることはしなかった。このころのふたりには離れていればいるほど相手のことだけを思い、それが生きるうえでの糧になっているような、静かな愛が芽生えていた。

「家内がいちばん好きで、東京の大学へ通ったときも、親代わりに世話をしてくれた三番目の姉の夫と、同居していた長女の夫の遺体も見つかって、明日は、現地に向かう」と九鬼が言ったのは、震災から二カ月以上が経っていた。

「よかった、捜索がこれほど難しいのに、四人とも見つかって……よかった……」

九鬼のかなり沈痛な表情に、笙子はてきぱきと明るい声で告げた。

「私はパリへ行ってくるわ。もうじき、テッサと長男のザヴィエの誕生日があるし、やりかけた仕事もあるの」と言った笙子に九鬼は黙って頷いた。

植木との仕事を具体化するためにという理由はあっても、それから間もなく日本を離れた笙子の心情を、九鬼は痛いほどよく見極めていたはずだった。

恙無い日々は送っているものの、お互いに、心が離れてしまった妻の身内に突如として起こった、奇想天外の不幸に九鬼がどれほど動揺し、義理の仲とはいえ、何をなげうっても、救助したい気持ちが先だっているときに自分の存在は、邪魔になるだけだ、と笙子は思った。

長い時間をかけて準備した『ゴッホ』は、日本人に絶大な人気のあるモネも組み入れて、かなり密度濃く上首尾に上がりそうだった。

久し振りの仕事の充足感を身の裡に膨らませて、スタッフも交えて、テッサと長男の誕生日を兼ねた晩餐会を笙子は自宅で盛大にやった。町のちいさなレストランを経営している、元秘書のバレリーナとその夫も手伝いに来てくれていた。

「福島第一原発」と、そのころは世界的な固有名詞にまでなった被害状況についての質問攻めにあったが、テッサの思いやりでその話題は一応おさまり、ろうそくを立てた二つのケーキに一同が、ハッピー・バースデイを賑やかに歌い終わったとき、玄関のベルが鳴った。

ドアを開けに立ったのは、植木哲だったが「あっ」とちいさく驚きの声をあげた。

声の向こうに立っていたのは、九鬼兼太だった。未知であったはずの二人が、お互いに旧知の仲である如く、黙ったまま握手をした。

ろうそくを吹き消したあとの煙がうっすらとたなびくなかで、九鬼はテッサへの花束と、子供たちへのマンガの本をもって照れ臭そうに立っていた。一同が、一瞬のしじまのあと、おおきな歓迎の拍手をした。

「ビアン・ヴニュ（いらっしゃい）ケンタサン！」

長男のザヴィエが、九鬼の背中に飛びついた。負けじと二男のダニエルが九鬼の胸に飛びついた。

「イラシャイ、ケンタサン！」

二人ともかつて日本での夏休みに、九鬼に連れられて、富士山の麓《ふもと》の動物公園や、小型のヨットで、海に浮かぶ小さな島まで走り、日暮れまで、泳いだり、カブトムシを捕りに行ったりもした。その時の二人はまだちいさくて、九鬼兼太という人が、マヌーと渾名《あだな》で呼ぶ彼らの祖母である笙子の何にあたる人か分かってはいなかった。

ただ我武者羅に懐いていた二人は、ケンタサンの思わぬ訪問をはしゃぎ回って喜んだ。盛り上がった二人の誕生会がお開きになり、二十人近い友人が去り、アーレンの運転でテッサ一家が帰った後、サロンの長椅子に深々と座った九鬼の眼がうっすらと潤んでいた。

「ぼくは決して子供好きではないし、自分の子供も、孫も、一人として抱いたこともない。まして、背中に飛びついてくれた子供なんて一人もいない。うれしかった。ぼくを見てあんなに喜んでくれるのは、ザヴィエとダニエルだけなんだ。可愛い」

「それはあなたが忙しすぎて、子供にかまけている暇がなかったからよ。時間もできたんだからこれからが、あなたの出番なのよ」

「みんな家内にしがみついて離れない。子供のころ、言うことを聞かないとこわーい鬼に攫《さら》われますよ、なんて言ったでしょ。ぼくはさしずめ、九鬼家の怖い鬼といった役割みたいだ」と九鬼は笑った。

「そんな弱気な！　兼太さんらしくない。鬼でも蛇でも私はうれしい！　ベルが鳴ったとき、一瞬まさか！　と思ったのよ。うれしい！」

笙子は九鬼の胸に顔を埋めた。思い切り甘えたかった。でも……と言って胸を離れた。

「でも……今日のためにわざわざ来てくれたんじゃないでしょう？」

この大災害に、身内の大勢が犠牲になっているただなかに、笙子に会いに来てくれるほど情に流される人ではない、と笙子は思った。

「今日に合わせたのは、ぼくの我が儘だが、実は、プラハやブダペストの支店長からたっての依頼でぼくの後任者の指導に出向くことになった。正直言ってうれしかった。だって、東欧にもフランスにも工場を作ったのはぼくだったんだから。

『引退の後』なんて威勢のいい話をしたものの、ほんとうは去年からこのかた、ひどくセンシティブになっていた。秒刻みのうえ、トイレに行く暇さえない現役から、セミリタイヤのプロセスに入り、これまでにやりたくてもできなかったことができるようになったことには、言葉に尽くせない喜びも満足感もある。

そのこととは別に、心にぽっかりとできたおおきな空洞はなんとしても埋められない。無意識にも意識的にも、また、精神的にも肉体的にもおおきくて継続的な変化に晒されている。思いもしなかったことだが、それらのことが随分とぼくの神経を苛《さいな》んでいる。そんな時に笙子の手術があり、この災害が起きた。被災地から末の娘だけを連れて、大阪へ帰ったときは虚脱状態だったと思う」

弱音とは言わないが、九鬼が自分の心境を分析してこんなことを話したのははじめてだった。この人は案外、私と似たところのある人なんだ、こころの内奥を表に出さない。九鬼は男の尊厳と言うかもしれないが、笙子は自分のそれを、とても上等な女のはったりと呼ぶ。そしてこの見栄とはったりは、人生を潔く送るためには欠かせないほど大事であると同時に、自分を苛みもするのだ。

笙子は自分の思いから、九鬼に会うことを避け、メールも受けたことに対する返事しか打たないように自分を戒《いまし》めていた。どっちが大事？ と言わんばかりに九鬼を追い詰めるようなことは、断じてしてはいけないと思い込んでいた。というより、今もそう思っている。その九鬼が真摯な眼差しで笙子に言った。

「仕事はまだ沢山残っているの？」

「この仕事は哲に任せてあるので、私が関わるのは四、五日ぐらい」

「じゃあ、プラハはあきらめるから、ブダペストへ来てくれないか、チケットは用意してきた。ぼくのたってての望みなんだ。東欧民主化のとき、リポートで行ったそうだが、あのノスタルジックですばらしいブダの丘を二人で歩いてみたい。ぼくが世界一美しいと思うドナウ川に架かる、ライトアップされたチェーン・ブリッジをもう一度見てみたいと思わない？ その後、行きたいところがあったら、どこへでも行く。しばらくの間でもいい、笙子と二人きりでいたい」

笙子はじっと考えていた。チェーン・ブリッジから見あげる、ブダの丘、そこに立つ、白亜の宮殿。嵐のような熱愛が過ぎて、諍いもなく、スフィンクスのように黙り込んでしまう九鬼の自分への不可解な拒絶ももうないだろう。

「仕事が終わってから、ぼくが一人で空港へ迎えに行く」

笙子は頷いた。

「もし時間があったら、ブダからあまり遠くないウィーンへも行きたい」と笙子が言った。

「ウィーン？　あまり好きじゃないと言っていたのに？」

「それほど好きな街じゃないの。食べ物も、建物も重苦しいと思うけど、もう一度、ベルヴェデール宮殿の一隅にあった、クリムトの絵を見たいの。ミーハーかも知れないけれど、あの有名な金色の『接吻《せっぷん》』を見たい。あの時あそこにはなかった、『ダナエ』も見たいの」

「えらくエロティックだね」

「私、ゴッホにはこころを揺さぶられるけど、クリムトには女を揺さぶられるの。でも、『芥《け》子《し》の野』や、『白樺《しらかば》の林』にも惹かれるのよ」

こうして、思いもかけなかった二人の小旅行ははじまった。

ダナエ

ブダとペストの間をドナウ川が流れている。その二つの街を繋ぐ、チェーン・ブリッジ。日本でいう鎖橋。ドナウ川のほとりを、ふたりは腕を絡ませ、手を握り合って、言葉もなく歩いた。レトロな感じのするちいさなケーブルカーに乗ってあっという間に着いたブダの丘、丘の上にある幾筋かの小路《こみち》に、二十二年前の光景が重なる。

東欧の民主化は、ここハンガリーとルーマニアからドミノ式に起こった。いくつもの時代と騒乱をドキュメントしてきた笙子。いつも胸を高鳴らせていた自分が、今、限りなくしずかに一人の男とぴたりと心を合わせて歩いている。

白い城壁に寄り添った二人に藍色の夕暮れが訪れてきた。やがて、あかね色に変わった残照が二人のシルエットをほんのり明るく重ね合わせた。まるで、たった一つの人影が佇《たたず》んでいるように。

ドナウ川にまたがるチェーン・ブリッジが煌めきだし、丘の上から見下ろす夜景も、またペスト河岸から橋を貫いて見あげる白光に浮きたつ丘の宮殿の幻想的な美しさに劣らず、笙子はただ、きれい！　と声をあげた。

「この光景も、この旅も私は決して忘れないわ。ゆったりと流れるドナウ河、その岸辺を二人でゆったりと歩いた。黄金色の夕陽をあなたと二人きりで浴びた。死ぬまで忘れないわ。……死んでからは……風に攫われて、どこか知らない街角にぶつかったりしながら、ふわふわ吹き流されて消えていく……」

「笙子らしくないことを言うね。それに、これは、ぼくたちの旅のまだほんのはじまりだよ」

煙ったように茫漠とした眼をして、九鬼を覗くように見た笙子には、これから見に行く十九世紀末ウィーンに漂っていたのだろう、頽廃《たいはい》と倦怠《けんたい》と、痺れるようなエロスが滲んで揺れているように思えた。


『接吻』の前で、笙子は、長いこと佇んだ。

「覚えているかしら、もう、むかしのことだけれど」

「どんなむかし？」

「私たちが出会ったころ、あなたがよく言ったこと。笙子の中に入って溶けてひとつになりたい、って」

九鬼は笙子を見つめ、視線を絵に返した。

「溶けているね。ひとつになっているね」と九鬼が呟いた。

「私たちにもあったわね、こんな瞬間が……オホーツクの流氷の上だった」

笙子は、独自のファンタジーのなかに、うっとりと身を浮かべた。

「……でも、この人たち破滅する！」

「どうして、金箔《きんぱく》のマントオに包まれて、この二人はいままさにエクスタシーの極みに昇ろうとしているのに」

「でも、女の足を見て、この前は気がつかなかったけれど、落ちているのよ、金色のマントオから、はみ出ている。世界から滑り落ちる。これが死なんだわ。クリムトのテーマは生と死の輪廻ですものね。死の隣にあるからこそ愛が輝く。悦楽の後に来る死、という宗教的な匂いのするモラルが私はいやなの」

「モラルと言っては狭すぎる、人生というものが生から出発する死への旅なんだから、その間にある愛が時として、眩しいほどの輝きに満ちるのはあってしかるべきじゃない？」と九鬼が言った。

個人所有のギャラリーで見つけた『ダナエ』に笙子は声もなく見入った。

幼いときから、男というものを垣間見ることさえなかった乙女の、放埒《ほうらつ》な姿態と画面をはみ出しそうな、圧倒的なエロティシズムに笙子はたじろいだ。

「クリムトの前にも、偉大な画家たちがダナエを描いているけれど、金色の雨になった、神々の王ゼウスがこれほど大胆に太腿《ふともも》を上げたダナエのなかに分け入っている構図は世紀末のこの時期だからこそという感じがするわ。ダナエの表情を見て。恍惚なのか、苦痛なのか分からない」

九鬼はうっすらと笑った。

「『あ、今、安宅の関をあなたが通ってしまったみたい』と言ったときの笙子は、こんな顔をしていたよ」

笙子もうっすらと、ほほ笑んだ。ダナエの放つ大胆なエロティシズムが乗り移ったような笑みだった。

ギリシャ神話のなかのダナエは、父王アクリシオスによって、幼いときからちいさな明かりとりの天窓しかない部屋に幽閉された。ダナエが産む子は自分を殺すという神託におそれをなし、父王は娘が決して男の眼に触れないようあらゆる策を講じた。

やがて美しい娘になったダナエを見初めたのは、ゼウスだった。神にとって天窓から金の雨になって、降りそそぎ、ダナエと交わるのは容易《たやす》いことだったのだろう。けれど、ダナエの体を官能の雨で濡らしたゼウスに、愛はあったのかしら、と神話の恋物語に笙子はやくたいもない疑惑を感じたりもした。伝説によれば、ゼウスとダナエの子は、勇猛な若武者となり、故意にではなく、誤って祖父王アクリシオスを殺害してしまったとか……数ある神話の因縁話や、思惑をふたりは無心に楽しんだ。

その後、九鬼と笙子は、観光客へのサーヴィスか、外がよく見える窓のおおきな路面電車に乗って、プラータ公園前で降りた。映画『第三の男』のクライマックス・シーンに使われた、あまりにも有名な十五基のゴンドラが回る観覧車。ふたりは当然のようにそれに乗った。

頂点に昇ったとき、地上に群れ遊ぶ人たちが豆粒のようにちいさく見えた。

「オーソン・ウェルズが演じた悪党、ハリー・ライムの気持ちになって、下を見て。『見ろよ、ここから見ればただの点じゃないか、その一つの点を消すだけで大金が入る』」

黒いマントオに身を包んだ、悪の華のようにいびつで魅惑的な笑みを浮かべるオーソン・ウェルズの台詞を笙子は日本語で笑いながら真似てみた。

「じゃあ、最後のシーン、闇商人の葬儀が終わった後、彼を殺したジョゼフ・コットン演じる闇商人の親友と、恋人を演じたアリダ・ヴァリが、視線も交わさず擦れちがうあの広い並木道を捜しに行こう！」

見つかるはずもない並木道を捜して、二人は公園に隣接したライラックの花が今を盛りと咲きしれる、深い森のなかへ分け入っていった。

この小旅行は、笙子にとって、たぶん九鬼にとっても、生きている限り、こころの底に横たわる、夢と現《うつつ》の間をさまよう、過去と現在がないまぜになった、長くて、短い愛のさすらいであった。


二人は、パリの空港で別れた。

手を振ってイミグレーションに消えていった九鬼の顔には、この数日来の安らぎは跡形もなく消え去り、胸いっぱいにひろがっているのは、東北地帯に横たわる、瓦礫の連なる荒野と、陸地に押し流されたまま、まだ手つかずの傷んだ漁船の群れであったろう。

そして、このころ盛んに叫ばれ、巷《ちまた》にこだまする「絆」に向けて、もてる限りの力を尽くしていくのだろう。

笙子がひとり機上の人となったのは、九鬼と別れて十日ほど経ったときだった。

日本でのたった一人の縁戚《えんせき》である従妹の美以は、二週間ほど前から、ユネスコに招かれて出向いた舞踊関係のグループを束ねる役目を負ってスペインへ行っていた。

私、ひとりか……笙子は、はじめてすこし神妙な心境で呟いた。


古家に帰り着くと、そのままお気に入りの裏庭へ回った。そこで笙子は眼を瞠った。

東日本大震災で、根こそぎ倒されたミモザの大木の跡に、三メートルほどの細いミモザの若木が、何本もの添え木に支えられて植えられていた。

「根が上手く張れるように、庭師に剪定を任せなさいって。今日は朝がた、アメリカから、二男ご夫妻が赤ちゃんを連れて関西空港へ着かれたそうで、成田に迎えに行けなかった、と、ご伝言がありました」と小夜さんが言った。

「そうなの、このミモザ、いつ植えてくれたの?」

「笙子さんがパリへ発たれてからすぐ、庭師のタカオさんと待ち合わせて、二、三本もってきてもらったものから、九鬼さんが選ばれたんです」

旅のとき、ミモザの話は出なかった。驚かせようと思ったのか、そうではなく、あの旅は、時空のちがう非日常のお伽噺だった……。その夜遅く電話がかかった。

「ミモザ、ありがとう、うれしいわ」

「うん、大事にしようね」と言ってから、「ふたりで……」とつけ加えた。いつまでも印象に残る「ふたりで……」だった。

「今日は、吃驚したというか、うれしかったというか、我が家でははじめてのことが起こってね、子供好きの笙子が喜んでくれると思って話したくなった」

「サンフランシスコから二男ご夫妻が赤ちゃんといらしたのね。お見舞い？」

「息子の方は震災後すぐに来たけれど、ジェーヌというアメリカ人の奥さんははじめてなんだ。アメリカ人だからなのか、彼女が特に気さくで、物に拘らない質なのか、ぼくの息子や娘もしたことのないことを、いとも簡単にやってのけた」

「どんなこと？」

電話の向こうで九鬼の声が弾んだ。

「書斎で本を読んでいたら、トントンと軽いノックがして、ほぼ同時にドアをいっぱいに開けてジェーヌが赤ん坊を抱いてにこにこ小走りに入ってきたんだ。お父《とう》さま、ちょっとこの子をお願いしますね。キッチンのお手伝いをしたいので……って、ぼくの膝にぽんと赤ん坊を置いて、あっという間に出て行っちゃった」

どこの家にでもある、日常的な風景なのに、六人もいる孫を一度も抱いたことさえない九鬼のさびしさがよく分かった。そうした状況が九鬼を子供嫌いにした原因でもあると笙子は思っていた。

「赤ちゃんまだ二歳にはなっていないわね」

「だろうな、なにしろ人懐っこい子でね、泣きだすかと思ったら、にこにこ笑ってぼくの顔をぴしゃぴしゃ叩いて喜んだり、ぼくの読んでいた本をとりあげて、書斎の隅にポーンと放ったと思ったら、膝から摺《す》り降りて、きゃっきゃっはしゃいでとりに行って、日本語だか英語だかよく分からん、舌の回らない言葉でペラペラ喋って、はいッ、っというようにぼくにくれるんだ」

「可愛いわね！」

「たまらないね。夢中になって一時間ぐらい書斎をいじり回してぼくまで引きずり回して遊んで、時差もあるし疲れたんだろう、おおきなあくびをひとつして、ぼくを引っ張って、デスクの椅子じゃなく、ソファーに座れと言うんだ。座ったら、ちゃっかりと這いあがってきて、ぼくの膝の間でことんと眠ってしまった。片手でぼくの胸ポケットを摑んで可愛い寝息をたてて……子供ってちっちゃくても眠ると重いし、体が熱いんだね。一時間以上かな、汗をかきながら起こさないようにじっとしていた」

「男の子なのね？」

「うん、トミーっていうんだ」

「うれしいわ、よかったわ、あなたに子供の可愛さが分かって。お家に春が来たようでしょ？」

子供は疲れて眠ると、何をしても起きないのに、汗をかいてじっとしていた九鬼がいとおしく思えた。

「この子はアメリカに帰ってしまうけれど、春が来ることは確かなんだ。末の娘が結婚する。ほっとしたよ。いつまでも母親につきっきりで困っていた。ま、家内が向こうへ行ったきりだから、こんな出会いもあったのかも知れない。人生なんて何が幸いするかほんとに分からない。しかも相手の青年がすばらしいんだ。知的だし、人柄も申し分ない、世間でよくいうところの電撃結婚だ」

笙子には、なにか釈然としないものがあったが、そんなことを切りだすのははばかられた。それを察したのか九鬼自身が説明した。

「家内は、家は失ったが逃げのびた姉と、やはり被災した家族たちでいっぱいになった仮設を離れて、今は白河の姉のところにいる。笙子が気にしてくれているのは分かっていたけれど、切り出しにくかった」

「迎えに行ってあげたほうがいいんじゃないかしら」

「それも、すこし業腹なんだ。我が儘が過ぎる」

笙子はかなり驚いた。どんな事情があろうとも、九鬼が妻に腹を立てたり、愚痴を言ったり、ましてや、批判めいたことを口にしたことはなかった。むしろ、いつも誇らしげに褒めていたものだった。

「もしかしたら、私の存在を、知っているのじゃないかしら」

「それは絶対にない」

九鬼が断固としてなぜ言い切れるのか分からないまま、「わたしの問題ではない」と今は笙子も思った。

彼女個人の性格的なものか。もしかしたら、ときおり現れるという精神的な軽い異常も、環境がつくった後天的な不幸かも知れない。のびやかな北国から、繁華な大都会へ来た新妻に、「日本株式会社」が夫との時間を与えなさすぎたのだろう。

「差し出がましい質問かも知れないけれど、あなたが十年以上も作っていたという『第二の棲家』のことは？」

「『第二の棲家』は象徴的な言い回しで、別に家があったわけじゃない。そのころ、ぼくは海外出張と合わせて、かなり頻繁に東京支社に出張していた。その女性は東京の人だったんだ。駅で待ち合わせて、いっしょにぼくの定宿に入ることもあったので、奥さんと思った人もいたかもしれない。だいいち、そのころ、家内とはすでに疎遠になっていた」

この話はもう切り上げたい、と言うように九鬼は話題をかえた。

「今週の静岡は金曜日にして、土曜日に東京支社の部長クラスや、同業の若者たちが百人ぐらい集まって、講演をしてほしいと言っている。午後一時からだから、その後のお喋りなども考えて、終わるのは四時ごろだと思う。久し振りに東京で過ごす夜もいいんじゃない？」

「すてき！　四時ごろからの時間、私がオーガナイズしてもいい？　もっともその時間じゃ、もう美術館は閉まっちゃっているから、ま、銀ブラでもして、たまには、私が選んだレストランで私にご馳走させてほしいわ」

「そうなの？　いいよ」

深夜の長い電話を切って、笙子はしみじみと考え込んだ。

九鬼兼太が、家庭に回帰する時ではないのか、あるいは、九鬼の妻が夫へ回帰する時は今ではないのか……と。

じんじんと痛んでくる頭のなかに、遠いむかしにしみじみと考えさせられた記事が思い浮かんだ。

大手の週刊誌だったと思うその記事の見出しは、「伊藤律の、『父帰る』」。小見出しに、日本の男は亡命できない、とあったように思う。

伊藤律はゾルゲ事件に名を連ねていた。この組織が発覚したのは、伊藤律から漏れたとも当時言われていた。首謀者ゾルゲと尾崎秀実《ほつみ》は絞首刑に処せられ、あとは網走刑務所で獄死したりしたが、伊藤律だけは中国へ亡命して生きながらえた。

その彼が、老いて、故郷忘じがたく……と、尾羽《おは》打ち枯らして、日本へ帰ってきた。何十年かむかしに読んだ記事の詳細は忘れてしまったが、日本の男は亡命できない、心は常に故郷と、家族とともにあった、というような内容を覚えている。

九鬼のいう、象徴としての「第二の棲家」は、家庭からのしばしの亡命ではなかったのだろうか。

「父」は帰らなければならない。

九鬼と笙子は、ぴたりと寄り添ってすこしさびしくなった銀座を歩いた。

「銀ブラなんて言葉、今の若い人たち言うかしら。私の若いころは、六本木や原宿なんてまだ流行ってもいなかった。なんと言っても、銀座が輝いていたわ」

「震災以来、その輝きもかなり鈍ったように感じるけれどね。ぼくらの時代だって、まだ、銀座だったよ。大学時代、グループで遠征したのは、むしろ横浜だったな」

他愛もないお喋りをしながら、ふたりは歩行者天国で解放された銀座大通りのど真ん中を歩いたり、横道に入って、二、三の画廊などを覗いて、かなり早い時間に『FARO《ファロ》』というイタリアンに着いた。

「料理もうまいし、椅子の座り心地もいいし、ボーイさんたちのマナーも気遣いも一流だけど、あまり洗練されすぎていて、ちょっと冷たい感じが残念だな」

インテリアとしては、九鬼の好みでないことは分かっていたし、はじめてのときも同じ感想を聞いたものだけれど、笙子はこの日はこのレストランにしたかった。

笙子たちが来るときの定席になっているテーブルのほぼ正面にかかっている、雲のなかに浮いている赤い熱気球の絵が好きだった。それにここはビルの最上階で、それに相応しいファロという名前が気に入っていた。

イタリア語でFARO（ファロ）、フランス語ではPHARE（ファール）。日本語の灯台。なんとなく、ほっとする人恋しさと、逆に荒波に見え隠れして、突き放されたような冷たさも感じる。今の笙子にぴったりと添ってくる場所だった。

「あれからね」と突然、九鬼が相好《そうごう》をくずした。

「どれから？」

「トミーがぼくの膝でぐっすり寝込んじゃった話」

「うん、それから?」

「また、トントンとノックと同時に、ドアを開けてジェーヌが長女の長女、真紀って名前なんだけれど、その子の手を引いて、入ってきたんだ」

「真紀ちゃん、いくつ?」

「さあ、三つか四つかなあ。とにかく、孫たちは今までただの一度もぼくに抱かれたこともないし、書斎に入ってきたこともないんだ」

「で、大騒ぎになった?」

「真紀が眼をまん丸くしてトミーをひきずり降ろそうとするんだ。これは、あたしのおじいちゃんって叫んで」

「うれしかったでしょ」

「吃驚《びっくり》した。起こされたトミーはトミーで真紀を突き飛ばしてぼくにしがみつくし、気がついたら胸にトミー、真紀は背中に回って両手をぼくの首に巻きつけてきた。ちいさい手がやわらかくて可愛かった」

「ジェーヌが喜んで、パチパチと写真を撮ったんでしょ」

九鬼の顔に、なんともいえない躊躇いと、当惑と、込みあげるような安堵の色が浮かんでいた。

「お宅は今、ご家族がみなさん集まっているのね」

「息子たちは仕事があるから二男ももうアメリカへ帰ったけれど、ジェーヌとおちびは、当分日本にいるらしい。長女も子供連れで来ているし、女と子供ばかりで、賑やかを通り越してうるさいほどだよ」

「すばらしいわ、お家は今『絆』の花盛りなのね」

九鬼の顔がさっと冷えた。

「ごめん、皮肉じゃないのよ、羨ましいのよ」

笙子はほんのりとほほ笑んだ。

「私はまだ時差が残っていて、ぼんやりしているけれど、パリでは、シリアのアサド政権の反政府デモに対する発砲や、女子供まで虐殺する惨《むご》たらしい状況に、抗議のデモで大変だったわ」

「シリアまで飛び火するとは思っていなかったし、アサドはしぶといね。エジプトのムバラク政権は簡単に崩壊したし、リビアのカダフィもみっともない最期だった」

「ムバラクだって、カダフィだって、政権についたときはなかなかいい指導者だったのに、三十年も四十年も独裁をほしいままにしていると、人間って、どうして腐敗していくのかしら。シリアはひどいことになるんでしょうね。ロシアと中国のせいで、国連にまで見放されて。『プラハの春』にちなんだ名前でしょうけれど、『アラブの春』はまだまだ遠いわ」

「シリアはなんといっても、中東の要《かなめ》になっていた国だし、父子二代で四十年以上続いた、盤石そうに見えていた国だけれどね、長期独裁はいけない」

「ちょっとモノを言っただけで、密告されて、子供を攫って虐殺して、翌朝、家の入り口に両耳をそがれた死体を捨てていくなんて、人間のすることじゃないわ」

「国際社会が手を出せないのも情けない。ツイッターやフェイスブックがなかったら、まだ恐怖政治が続いていたかと思うと、情報伝達の即時性は人類の役に立っているね」

イスラムの理念が分からないと言っている九鬼に、笙子自身も分からないアラブ・イスラム圏の話は避けてきた。ただ、笙子が信じるひとつの真実は、欧米先進国の人びとが、イスラム文化に顔を背け、アラブを疎んじる、むしろ蔑視《べっし》する傾向があり、そのことが、極端に言えば、イスラム原理主義を掲げるテロ組織を生んだ遠因だということなのだった。

人間、無視され、屈辱を受ければ、誰しも何かの行動を起こす。単純すぎるかも知れないけれど、笙子はそう思っている。

二人は申し合わせたように、ブダペストとクリムトの旅の話をしなかった。

銀座に遠慮がちな明かりが灯っていた。

九鬼は精力的に被災地へ足を運んでいた。顧問という立場だからこそ、時間があるからできるし、しなければならないことだと言って、自分の会社に限らず、被災地への土地の工面や、経済的な支援へのネゴシエートを買って出ているようだった。そうした援助のしかたは九鬼の得意とする分野だろうと笙子も思っていた。

行動している九鬼は、生き生きとしていた。

「笙子、逢いたい、笙子を感じたい。どうにかなりそうだ。横浜へもずいぶん行っていない。笙子に拘《こだわ》りがあるのは分かるけど、逢いたい。あした、突然行こうと思っていたら、被災地から連絡があって、福島の県庁へ行かなければならない。笙子を連れていきたいよ」

携帯を通じて流れる、九鬼の低い声が身に沁みて懐かしかった。

笙子は黙っていた。思いが言葉になりにくかった。

「帰りには、必ず横浜で降りるよ」

「東北へはいつ行くの？」

「明日。東京駅で東北新幹線に乗り換える」

「送っていくわ」

「じゃあ、横浜で降りて迎えに行く」

「ううん、東京駅でぱったり逢うほうがロマンティックでしょ？」

「方向オンチが何を言ってる。ホームが見つかるわけがない」

「大丈夫。ちゃんと見つける」

笙子はすこし掠れた声で、東北新幹線の時間を訊いた。


新幹線は発車まで後三分ほどしかなかった。

歌舞伎のせり上がりのようにエスカレーターから浮き上がってきた笙子が、ひたと九鬼を見つめて走ってきた。九鬼は笑みを浮かべていた。笑みのなかに笑窪が浮かんだ。

「今日こそは三十分ぐらい前に着いて、あなたを待っていたかった」

「待つ女は似合わないよ」

息を整えた笙子がしみじみと九鬼を眺めた。恋しさが胸にたぎった。

「また秋が来てしまうわね」と笙子が言った。

「すこしさびしいな」とつけ加えた。

「夏の終わりのつくつくぼうし、あれはほんとにさびしいね。でも、その前に笙子のお誕生日が来る。後期高齢者二年生になるんだね。また笙子の好きな、『ＦＡＲＯ』に行こう。ぼくもあそこが好きになった」

笙子は黙ってほほ笑んだ。

「あのね、電車のなかで読んでもらおうと思って手紙を書いたの。久し振りに書いた手書きのラヴレターよ」

「えっ」

九鬼が怯んだように笙子を凝視した。彼はこの瞬間が来ることを知っていたにちがいない。

「来る秋はさびしいけれど……でも、秋には秋の華やぎがあるわね」

九鬼はその笙子を眩しそうに見つめた。その顔が途方もなくさびしそうに笑った。

発車のベルが鳴った。うっすらとしたその笑顔のまま、九鬼は電車に乗り、間もなくドアが閉まった。滑るように走りだした電車はあっという間に加速して飛び去っていく。

その電車の後ろ姿をみる笙子の顔に、かすかなほほ笑みが浮かび、その奥に隠れていた、沁みいるようなさびしさや、懐かしみが一挙に溢れ出して、頬を濡らした。ほほ笑みが消えていくころ、電車の姿も消え去っていた。

九鬼は笙子の手紙を開いた。パソコンをやる前の、おおきくて男っぽい躍るような文字が飛び込んできた。

九鬼兼太さま

あなたはたぶん……ではなくほぼ確実に知っていたと思います。先夜の『FARO』でのお食事が、私たちの最後の晩餐だったということを。

あした、東京駅のホームであなたが電車に吸い込まれて行った後、これから先、私たちが再び逢うことがないことを。

飛行機で出逢ったとき、私たちは、「プラハの春」という東欧の民主化の話をしました。最後の夜、私たちは「アラブの春」の話をしましたね。

この二つの革命のあいだに、四十三年という歳月が流れました。そして、私たちの出逢いから、足掛け七年という月日が過ぎてゆきました。

はじめてあなたに抱かれたときのショックを、私は『かくも長き不在』という映画に託して手紙を書きましたね。

今、別れのとき、また、ある映画を思い出してほしいのです。あなたも観た『マディソン郡の橋』のラスト・シーンです。ベストセラーになった本をさっそく読んではみたものの、なんだか身が入らず、ばかばかしくて途中で投げ出してしまいました。

親しくしていた編集者が「オレ、泣いちゃった。ぽろぽろ、ぽろぽろ泣いちゃった」と言ったとき、ちょっと呆れました。彼はかなりの硬派であゝいう話に泣く男とは思えなかったのです。

さて、映画の話。私は二度も観てしまいました。映画の方が原作よりよかったと私は思います。

「雨に濡れて、さびしく笑ったクリント・イーストウッドがたまらなかった」

とあなたは言いましたね。時ならぬ時に燃え上がった四日間の恋。

夫の運転する車の「夫」の横に座って「家族」のもとに帰ってゆくメリル・ストリープの、男を見つめる必死な瞳。降りしきる雨の町角にじっと立ち続け、夫のもとに帰る、二度と逢うことのないだろう女を茫然と見る男の姿は、ほんとうに切なかった。

あしたは逆になりますね。

東北新幹線に乗って、「妻」を迎えに行く男。だって、福島県庁まで行って、奥さまを迎えに行かないほど、あなたは薄情ではない。けれど、それを見送る女の私は、どんな顔をするのだろう。雨の降るアメリカの田舎町ではなく、東京駅の混み合ったホームに立って、私はどんな顔をするのだろう。

私は雨に濡れそぼれてはいない。そんなドラマティックなロケーションとはかけ離れた、雑多な人込みのなか、カラリと晴れ上がったインディアン・サマーの昼下がり、「女」は眼を見開いて、二度と逢うことのない男の顔を、姿を、大好きだった頬の笑窪を、じっと見つめるにちがいない。

さようなら、私の兼太さん。「おしあわせで……」なんてお座なりは言わないよ。

でも、でもね、ありがとう。逢えてよかった。

笙子

九鬼は込みあげてくるものを抑えるように、眼をつむった。現のなかで、夢を見た。『ダナエ』に感動した笙子。プラータ公園の観覧車のなかで、オーソン・ウェルズの声色を真似ておどけた笙子。ライラックの花が顔に垂れさがるほど賑わった森の道で、迷子になり、それも楽しく歩き回っているうちに、ひっそりとうつくしい、お墓があった。

「あっ、思い出した！」と笙子が言った。

「ここ、聖マルコス墓地、そして、これはモーツァルトのお墓なの、かなりむかしに来たことがあるの。墓石の横に立っているのがモーツァルトなの。右肘を墓石について頰杖《ほおづえ》をしているでしょう？　彫像の頰に一粒の疵があるでしょう、あれは歳月が刻んだ疵なのか……人はモーツァルトの涙だと言うんですって」

ひどく興奮していた笙子。

「大正時代の終わりに、ここへ留学していた斎藤茂吉もこの墓地に来たらしいの。

詩があるのよ。

我が生の
ときに痛々しくあり経しが

一人……ひとり……なんだったかしら、忘れちゃった」

哀しそうな顔をした笙子。電車に揺られながら、眼をつむったままの九鬼が続けた。

一人この墓地に
来ゐる寂《しず》かさ

九鬼は、なおも一人で墓地の森を歩き回った。しずかな道が急に険しい山道になった。九鬼は夢のなかで笙子を捜した。

「笙子、笙子……」

喉が渇いてきた。ひどい渇き方だった。九鬼は夢中で水を捜した。

「あそこに滝があるでしょう。すこし下に、ちいさな水溜《みずたま》りがあるわ、きれいな水よ」と、笙子の声がささやく。

九鬼は尾根を滑り降りた。日差しを受けてときおりきらめく水は、ちいさな湖だった。九鬼は腹這いになって唇を水面につけた。ひと口飲むと、水が妙に色づいてきた。むらさき色のなかで水が急に金色に変わって揺れ動いた。九鬼は自分が金の雨になってダナエを飲んでいるような錯覚に襲われ、震えながら眼を開いた。

夕映えに色づきながら、東北新幹線はどこかの山間《やまあい》を走っている。

九鬼は再び眼を閉じた。水のなかに笙子がいた。ほっそりと裸の笙子は美しかった。

水面に浮かぶ笙子を抱き取り、唇からごくごくと水を飲んだ。のけぞった笙子が掠れた声でささやいた。

「あなた、今、私の中にいるの?」

「笙子の中にいるよ」

水面が流れていく。湖はいつの間にかしずかに流れる川になっていた。

笙子は笑っていた。笑いながら川の流れにゆったりと身を任せて、ゆるゆると流れていった。

エピローグ

長い坂道を一人の男が歩いてゆく。

若くはないが、年寄りという風情ではない。すっきりと背筋を立てて、豊かではあるがかなり白くなった髪の毛を搔きあげて、坂道に面したちいさな家のちいさな庭に眼をやった。そこにもう、男に懐いていた犬はいなかった。坂はまだだらだらと続いていた。その坂を、一歩一歩踏みしめるように男はゆっくりと登っていった。

坂を登りつめたところにある、おおきな角地のブロックに男が愛した、純日本式の家ももうなかった。歩調をゆるめた男は、東に面した道から、角を曲がって、かつて裏庭のあった道に回った。

そこに、はっとするほどおおきな房をつけたミモザの木があった。まだ冷たい春風のなかに、黄色いミモザの花盛りがあった。

塀をまたいで、路上にこぼれ咲く花を、男は見つめ、そっと手を触れた。

「よう、生きていたね。おおきくなったなあ、逢いたかったぞ。俺は今日、七十五歳になった。同い年になったんだ。それを言いに来た」

男の眼が潤んだ。潤んだ眼から涙が零れた。零れた涙は浅い皺のなかにうっすらと浮かんだ笑窪にひととき留《とど》まって流れ落ちた。

男は、何軒かに建て替えられた家々には眼もくれなかった。ただひたすら、黄色いミモザを見つめていた。暮れてゆく空に浮かんだ雲が、愛した女の晴れやかな笑顔になったり、掠れた声で自分を詰るときに、瞳の周りがうすく青ずんで、その眼がすーっとつり上がる、怖いほど美しい顔になったりした。

男は微動だにしなかった。ミモザの茂る塀に寄りかかって、雲の姿を眺めていた。驚くほど繊細なくせに、どこか抜けていて、甘えん坊でお茶目な女の顔が、雲とともに流れてゆく。男の記念すべき七十五歳の一日が暮れようとしていた。

やがて、男も、笑窪も、ミモザの花も、夕闇にやわらかく包まれて淡み、遠く蒼ずんで空のなかに溶けていった。

あとには、しん、と更に冷たくなった春の夜風が吹き流れているだけだった。

この作品は書下ろしです。

〈著者紹介〉
岸 惠子　女優・作家。横浜市出身。『我が家は楽し』で映画デビュー。『君の名は』『雪国』『おとうと』『怪談』『細雪』『かあちゃん』と名作に出演。いまも映画、テレビ界の第一線で活躍している。40年あまりのパリ暮らしの後、現在はベースを日本に移しながらフランスと日本を往復する。海外での豊富な経験を生かし、作家、ジャーナリストと多方面でも活躍。2011年フランス共和国政府より芸術文化勲章コマンドールを受勲。『ベラルーシの林檎』(日本エッセイスト・クラブ賞受賞)、『風が見ていた』『私のパリ私のフランス』ほか著書多数。

わりなき恋
2013年3月25日 第1刷発行

GENTOSHA

著　者　岸 惠子
発行者　見城 徹

発行所　株式会社 幻冬舎
〒151-0051 東京都渋谷区千駄ヶ谷4-9-7

電話:03(5411)6211(編集)
03(5411)6222(営業)
振替:00120-8-767643
印刷・製本所:中央精版印刷株式会社

検印廃止

ISBN978-4-344-02361-1 C0093
幻冬舎ホームページアドレス　http://www.gentosha.co.jp/

この本に関するご意見・ご感想をメールでお寄せいただく場合は、
comment@gentosha.co.jpまで。